For anyone who has wondered what their life might look like at the end of the road not taken...

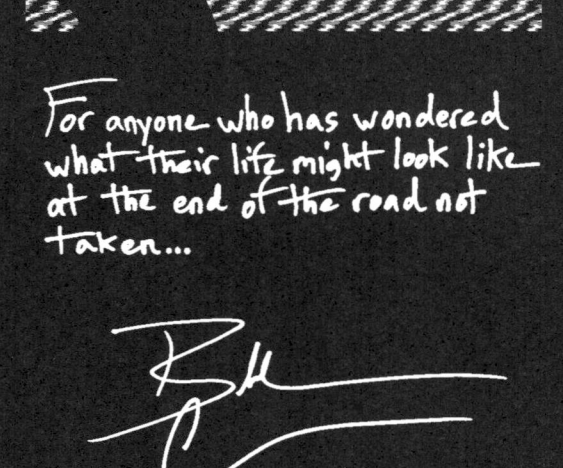

谨将此书献给
那些曾好奇自己未选择的人生道路尽头是何模样的人。
——布莱克·克劳奇

人生复本

[美] 布莱克·克劳奇 著
颜湘如 译

中信出版集团·北京

图书在版编目（CIP）数据

人生复本 /（美）布莱克·克劳奇著；颜湘如译
. -- 北京：中信出版社，2017.11（2024.7 重印）
书名原文：Dark Matter
ISBN 978-7-5086-7271-7

I.①人… II.①布…②颜… III.①长篇小说－美
国－现代 IV.①I712.45

中国版本图书馆 CIP 数据核字（2017）第 221912 号

DARK MATTER by Blake Crouch
Copyright © 2016 by Blake Crouch
This edition arranged with InkWell Management, LLC through Andrew Nurnberg Associates International Limited
Simplified Chinese translation copyright © 2017 by CITIC Press Corporation
ALL RIGHTS RESERVED
本书中文译稿由寂寞出版股份有限公司授权使用
本书仅限中国大陆地区发行销售

人生复本

著　　者：[美]布莱克·克劳奇
译　　者：颜湘如
出版发行：中信出版集团股份有限公司
　　　　　（北京市朝阳区东三环北路 27 号嘉铭中心　邮编 100020）
承　印　者：河北鹏润印刷有限公司

开　　本：880mm×1230mm　1/32　　印　张：13.5　　字　数：257 千字
版　　次：2017 年 11 月第 1 版　　　　印　次：2024 年 7 月第 22 次印刷
京权图字：01-2017-4019
书　　号：ISBN 978-7-5086-7271-7
定　　价：45.00 元

版权所有·侵权必究
如有印刷、装订问题，本公司负责调换。
服务热线：400-600-8099
投稿邮箱：author@citicpub.com

原可能发生的与业已发生的
直指向一个终点，那永远都是现在
脚步声回响在记忆中
顺着我们未选择的通道而下
朝着我们始终未开启的门而去
——T.S.艾略特《烧毁的诺顿》[①]

　　[①] T.S.艾略特（T.S.Eliot，1888-1965），诗人、诺贝尔文学奖得主，这段诗句引自《四个四重奏》（*Four Quartets*）。

1

我爱周四的夜晚。

周四的夜晚有一种专属于它、凌驾于时空之上的感觉。

那是我们家的例行公事,就我们三个人——是家庭之夜。

儿子查理坐在桌前,在一本素描本上画画。他快十五岁了。这个夏天孩子长高了五厘米,现在已经和我一样高。

正在切洋葱丝的我扭过头去,问:"可以看吗?"

他举起素描本,让我看他画的一座山脉,颇像另一个星球上的景物。

我说:"我喜欢。只是画着好玩?"

"作业。明天要交。"

"那就继续画吧,'临时抱佛脚'先生。"

我站在厨房里,心情愉悦,有些微醉意,并不知道这一切将在今晚结束。我所熟悉、深爱的一切,都将结束。

没有人告诉你一切即将改变、即将被剥夺。没有危险迫近的警讯,没有征兆显示你站在悬崖边。或许这正是悲剧之所以悲惨的原因,不只因为发生了什么,还因为事情是**怎么**发生的:在最意想不到之际,猛然挨一记闷棍,根本来不及退缩或抵挡。

轨道灯投射在我的葡萄酒表面上,闪闪发光,洋葱开始刺痛我的眼睛。小书房里,爵士乐手塞隆尼斯·蒙克的专辑在旧唱片机上旋转,那种醇厚的韵味让我百听不厌,尤其是静电在音轨间发出的噼啪声。书房里的绝版黑胶唱片堆积如山,我一再提醒自己,这几天一定要找时间整理整理。

我的妻子丹妮拉坐在厨房中岛吧台旁,一只手拿着几乎已空的酒杯摇晃,另一只手握着手机。她感觉到我在看她,咧嘴笑了笑,眼睛却仍盯着屏幕。

"我知道。"她说,"我违反了家庭之夜的基本规则。"

"什么事这么重要?"我问道。

她抬起西班牙人特有的黝黑眼眸凝视我:"没什么。"

我朝她走去,温柔地取走她手中的手机,放到料理台上。

"你可以煮面了。"我说。

"我比较喜欢看**你**煮面。"

"是吗?"我更轻柔地说,"让你兴奋哦?"

"没有,只不过光喝酒,什么都不做比较好玩。"

她的气息夹带着酒香,还露出似笑非笑的笑容。那笑容至今依然令我神魂颠倒。

我一口喝干杯中的酒。"应该再开一瓶?"

"不开就太愚蠢了。"

我打开另一瓶酒的瓶塞时,她又拿起手机,将屏幕对着我。

"我在看《芝加哥杂志》评论玛莎·奥尔特曼的节目。"

"评论得客气吗?"

"嗯,基本上像封情书。"

"算她幸运。"

"我一直在想……"她没把话说完,但我知道她想说什么。十五年前,我们相识之前,丹妮拉有很大机会在芝加哥艺术界出人头地。她在巴克镇有间工作室,作品在六七家画廊展出,而且刚刚才在纽约安排了第一场个展。接下来的人生发生逆转。我。查理。一场令她遭受重创的产后抑郁。从此脱离原来轨道。现在她为中学生上一些美术家教课。

"我倒也不是不替她高兴。说实话,她很优秀,绝对实至名归。"

我说:"不知道你听了会不会好过一点?瑞安·霍尔德刚刚赢得帕维亚奖。"

"那是什么?"

"一个综合性奖项,奖励生命与科学方面的杰出人士。瑞安是因为神经科学方面的成就得奖。"

"很了不起吗?"

"百万奖金、无上荣誉、补助金将滚滚而来。"

"还有身材更火辣的助教?"

"这显然才是最大的奖品。他请我今晚去参加一个不算正式的小小庆功宴,但我婉拒了。"

"为什么?"

"因为今天是属于我们的夜晚。"

"你应该去的。"

"我宁可不去。"

丹妮拉举起空杯:"所以你的意思是说,我们俩今晚都有痛饮的好理由喽。"

我吻了她,然后将新开的酒倒满杯。

"你本来可以得那个奖的。"丹妮拉说。

"你本来可以傲视芝加哥艺术界的。"

"但我们有这个。"她比了一下我们这间高大、宽敞的褐石联排别墅。这是我认识她以前用继承的遗产买下的。"我们还有他。"她又指指查理,只见他正以一种美妙的专注神情画画,让我想起丹妮拉作画时心无旁骛的模样。

当少年的家长真是件不可思议的事。养育一个小男孩是一回事,但一个即将成年的人仰赖你提供引导,完全又是另一回事。我觉得自己几乎没什么能够给他。我知道有些父亲对世界有一定的看法,既明确又自信,很清楚该对儿女说些什么。但我不是,我只觉得自己年纪越大,懂得越少。我爱儿子,他是我的一切。然而我总觉得自己很失败,就这么把他赶向社会,除了一些天马行空的、不靠谱的想法之外,什么也给不了他。

我走到洗碗槽旁的橱柜前,打开柜门,找意大利宽面。

丹妮拉转头对查理说:"你爸爸本来可以得诺贝尔奖的。"

我笑了:"这么说应该是夸张了。"

"查理,别被他骗了。他是天才。"

"你太可爱了。"我说,"而且有点醉了。"

"本来就是,你自己知道。就因为你爱你的家人,科学成就才没能更上层楼。"

我只能面露微笑。每当丹妮拉喝醉,就会发生三件事:她的口音会跑出来,她会体贴到带有攻击性,她还会夸大其词。

"有一天晚上你爸爸对我说——这你千万不能忘记——纯研究工作会让人油尽灯枯。他说……"出乎我意料的,她一度激动到双眼微湿,摇了摇头——她快要哭出来的时候总会这样。就在最后一秒,她克制住了,尽力用平静的语调说,"他说,'丹妮拉,我宁愿在临死前看到的是你,而不是一个冰冷、乏味的实验室'。"

我望向查理,正好瞧见他边画画边翻白眼。

八成是看到父母如此戏剧化的夸张演出,感到尴尬。

我盯着柜子里面看,等着哽在喉头的疼痛感消失。然后我抓起意大利面,关上柜子。

丹妮拉喝着她的酒。查理画着画。

那一刻过去了。

"瑞安的派对在哪儿办?"丹妮拉问道。

"小村啤酒馆。"

"那是你的酒吧啊,贾森。"

"所以呢?"

她走过来,从我手上拿走那盒意大利面。

"去跟你的大学老同学喝一杯吧。告诉瑞安你以他为荣。记得头要抬得高高的。告诉他我恭喜他。

"我不会告诉他你恭喜他。"

"为什么?"

"他对你有其他心思。"

"少胡说。"

"是真的。老早以前,从我们当室友的时候就有了。记得去年圣诞派对吗?他不断想骗你跟他一起站到槲寄生底下,趁机搞暧昧。"

她只是笑了笑,说道:"等你回家,桌上就会摆好晚餐了。"

"也就是说我可以过去……"

"四十五分钟。"

"要是没有你,我该怎么办?"

她吻了我。

"这个连想都别想。"

我从微波炉旁边的小瓷碟上抓起钥匙和皮夹,穿过饭厅,视线恰巧落在餐桌上方的四维超正方体吊灯上。那是丹妮拉在结婚四周年时送给我的。有史以来最棒的礼物。

我走到前门时,丹妮拉高喊:"回来顺便买冰激凌!"

"薄荷巧克力碎片口味！"查理说道。

我抬起手臂，竖起大拇指。

没有回头。

没有说再见。

这一刻就在不知不觉中溜走。

我熟悉、深爱的一切，到此结束。

我在洛根广场住了二十年，而最好的时节莫过于十月第一个星期。这总会让我想起菲茨杰拉德《了不起的盖茨比》中的一句话："秋天一到，天高气爽，生活就又重新开始了。"

夜晚凉爽，天空清澈到看得见大把星星。酒吧里挤满失望的小熊队球迷，喧闹更胜平日。

我在人行道上，一块闪着"小村啤酒馆"字样的俗艳招牌灯下停住脚步，从敞开的门口向内凝视。像这种街角酒吧，在芝加哥每个像样的街区都随处可见，而这一家碰巧是我经常光顾的酒馆，因为离家最近，和我的褐石屋只隔几条街。

我穿过霓虹招牌发出的蓝光，走进大门。

当我沿着吧台，穿梭过包围在瑞安·霍尔德身旁的人群时，酒保兼店主马特向我点了点头。

我对瑞安说："我刚刚还在跟丹妮拉说你的事。"

他微微一笑，外表和打扮优雅得不像个讲座教师——身材保持得极好，皮肤晒得黝黑，穿了一件黑色套头毛衣，胡子修剪得精致有型。

"见到你真是太好了。你能来，我很感动。亲爱的？"他碰了碰坐在旁边那名年轻女子的裸肩，"你不介意让我的亲密老友借用一下你的椅子吧？"

女子顺从地让位，我便爬上瑞安旁边的高脚椅。

他越过人群对酒保高喊："请替我们准备两杯你们店里最贵的酒。"

"瑞安，不需要。"

他抓住我的手臂："今晚我们要喝最好的。"

马特说："我有二十五年的麦卡伦威士忌。"

"来两杯双份。记我的账。"

酒保走开后，瑞安捶了我的手臂一下，很用力。乍看第一眼，你不会认为他是科学家。他大学时期打过长曲棍球，至今仍保持着运动员那种宽肩体态与灵活的行动力。

"查理和美丽的丹妮拉还好吗？"

"好得不得了。"

"你应该把丹妮拉带来，我从去年圣诞节以后就没见过她。"

"她要我跟你说恭喜。"

"你娶了个好老婆，不过这也不算新闻了。"

"你很快就安定下来的概率有多大？"

"微乎其微。单身生活，还有那许许多多附带的好处，好像还挺适合我的。你还在雷克蒙大学？"

"嗯。"

"好学校。大学部物理系，对吧？"

"没错。"

"那你教的是……"

"量子力学，主要是入门的知识，不具备挑战性。"

马特端着我们的酒回来，瑞安接过两只酒杯，将其中一只放到我面前。

"今天这个庆功宴是……"我说。

"只是我带的几个研究生临时起意办的。他们根本就是想把我灌醉，好让我给他们一些点拨。"

"这是你很重要的一年啊，瑞安。我还记得你的微分方程差点不及格。"

"多亏你救我一命。还不止一次。"

刹那间，在那股自信与优雅背后，我仿佛瞥见了当年与我在一间令人作呕的公寓同住了一年半的那个傻气贪玩的研究生。

我问道："你得帕维亚奖的研究课题是……"

"证明前额叶皮质区是个意识产生器。"

"对，可不是嘛，我读过你写的相关论文。"

"你觉得如何？"

"目眩神迷。"

听了这句赞美，他似乎是真的开心。

"老实说，贾森，我绝不是假谦虚，我一直认为发表学术论文的人会是你。"

"真的?"

他透过黑色塑胶镜框上缘细细打量我。

"当然是真的。你比我聪明,这每个人都知道。"

我喝着威士忌,尽力掩饰内心的得意。

他说:"就问你一个问题,现在你认为自己比较像做研究的科学家还是老师?"

"我……"

"因为我认为自己首先是一个为基本问题寻找答案的人。如果我周遭的人,"他指着大批涌入的学生,"够敏锐,光是接近我就能吸收知识……那再好不过。可是我对传授知识这件事本身并不感兴趣。最重要的还是科学,是研究。"

我留意到他声音里有一丝气恼,抑或是愤怒,在慢慢累积,好像为了什么事情逐渐激动起来。

我试着一笑带过:"你在生我的气吗,瑞安?怎么听起来好像我让你很失望似的。"

"你看看,我在麻省理工、哈佛、约翰霍普金斯等世界名校教过课,遇见了那些聪明绝顶的小混蛋,而贾森你呢?你本来可以改变世界的,只要当初下定决心走这条路,只要你坚持下去。结果你却在大学里给未来的医生和专利律师上物理课。"

"不是每个人都能跟你一样变成超级巨星,瑞安。"

"放弃了当然不能。"

我将威士忌一饮而尽。

"好啦,真的很高兴能来这里坐坐。"我跨下高脚椅。

"别这样,贾森。我这么说是一种恭维。"

"我很以你为荣,兄弟,真心的。"

"贾森……"

"谢谢你的酒。"

走出酒吧,我昂首阔步走下人行道。与瑞安之间的距离越远,我的怒气越往上涌。却不知道究竟因何生气。

我的脸滚烫,汗水沿着脸颊流下。

我想都没想就闯红灯过街,脚才跨出去就听到马路那头传来轮胎锁死、橡胶吱吱嘎嘎作响的声音。

我转过头,只见一辆黄色出租车朝我冲来,一时不敢置信地瞪目凝视。透过快速接近的挡风玻璃,出租车司机的脸看得一清二楚——留着小胡子的男人,眼睛瞪得大大的,准备迎接撞击,惊恐之情一览无余。

紧接着我双手平贴在引擎盖那温热的黄色金属板上,司机将头探出窗外,对我大叫:"你这白痴,差点就没命了!你没长眼睛啊!"出租车后面也开始喇叭声大作。

我退回人行道上,看着车流重新动起来。

分别有三辆车的司机"贴心"地放慢速度,好让我看清他们竖起的中指。

全食超市的味道很像我在丹妮拉之前交往的那个嬉皮女孩——些许生鲜食品、研磨咖啡和精油的香气。被出租车那么一吓,我激愤的情绪顿时一落千丈,浏览冰柜找东西时,整个人仿佛处于一种迷蒙、迟钝、昏睡状态。

再次回到街上,感觉更冷了,一阵冷风从湖上吹来,预示严冬已近在眼前。

我提着装满冰激凌的帆布袋,走另一条路回家。得多走六条街,虽然损失了时间,却获得了独处机会。继瑞安之后又来那辆出租车,我需要多一点时间平复。

我经过一处工地,夜里十分荒凉。过了几条街,是儿子小学母校的操场,金属滑梯在街灯下闪着亮光,秋千在微风中轻轻摇晃。

这样的秋夜有股活力,碰触到我内心某个原始角落。那是很久很久以前,我在艾奥瓦西部的童年往事。我想到高中足球赛,想到球场的炽烈灯光照射在球员身上。我闻到熟透的苹果芳香,还有玉米田啤酒聚会上散发的啤酒酸臭味。我仿佛又坐在老旧敞篷小货车的车厢里,趁夜驶过乡村道路,感觉得到风吹在脸上,车尾灯光中红土飞扬,整个人生即将在眼前展开。

那正是青春的美好之处。一切都弥漫着一种失重感,还没有做出毁灭性的选择,还没有选定道路,前方岔路纯粹只代表了无限可能性。

我喜爱我的人生,但也许久未曾感受到那种轻松。而今晚这样的秋夜可说是最接近的了。

寒意让我的脑子逐渐清明。

回家会是好事。我想把煤气壁炉的火点燃。以前从未在万圣节之前升火,但今晚冷得不像秋天,在这风里走上一公里之后,我只想端着一杯酒,陪丹妮拉和查理坐在火边。

街道从高架电车轨道下方切过。我从生锈的铁道底下穿过。

对我来说,电车比建筑群的天际线更能代表芝加哥。

这是回家路程中,我最喜欢的一段,因为最暗也最静。

这一刻……

没有列车进站。

两个方向都看不见车头灯。

听不见酒吧的噪音。

只有远处天空一架喷气式飞机的隆隆声,已到达最后进场点,即将降落奥黑尔机场。

等等……还有一个声音传来……是人行道上的脚步声。

我回头一瞥。

一个黑影朝我冲过来,我们之间距离缩短的速度快到我来不及理解是怎么回事。

第一眼看到的是一张脸。

毫无血色的苍白,高高弓起的眉毛像是画的。

噘起的红唇——太薄、太完美。

骇人的眼珠——大而漆黑,没有瞳孔也没有虹膜。

第二眼看到的是一把枪,离我鼻尖约十厘米。

那张艺妓面具后传来低沉沙哑的声音:"转过去。"

我迟疑着,惊愕得动弹不得。

他用枪抵住我的脸。我于是转身。

我还没来得及讲皮夹在前面左边口袋,他便说:"我不是来抢钱的。往前走。"

我只好往前走。

"快一点。"

我只好走快一点。

"你想做什么?"我问道。

"闭上你的嘴。"

头上一辆电车轰然驶过,我们走出电车轨道底下的暗处,心脏在我胸口怦怦乱跳。我忽然被一股莫大的好奇心所驱使,密切留意起周遭环境。对街是一处设有大门的联排住宅社区,而这一侧的街区则有不少店家赶在五点前打烊了。

一家美甲沙龙。一家律师事务所。一家电器行。一家轮胎行。

这一带宛如鬼城,街上空无一人。

"看到那辆 SUV(运动型多功能车)了吗?"那人问道。正前方路边停了一辆黑色林肯领航员车,警示器发出啾啾两声。"上驾驶座。"

"不管你想干什么……"

"难道你想在人行道上流血流到死?"

我只得打开驾驶座侧的门,滑坐进去。

"我的购物袋。"我说。

"带着。"他爬上我后面的座位。"发动引擎。"

我手一拉关上车门,将超市的帆布袋放在副驾驶座底下。车内静悄悄的,我甚至可以听见自己的脉搏,咚咚咚的声音快速地敲打着耳膜。

"你还在等什么?"他问道。

我发动引擎。

"打开导航。"

我打开了。

"按下'搜寻记录'。"

我从来没买过内设GPS系统的车,所以花了好一会儿工夫才在触控屏幕上找到正确按键。

上面出现三个地点。

一个是我家的地址。一个是我教书的大学。

"你一直在跟踪我?"我问道。

"按普拉斯基道。"

我选了"六零六一六——伊利诺伊州芝加哥市普拉斯基道一四零零号",却对这一地点毫无概念。GPS的女声指引说:"前方调头,直行一点三公里。"

我挂挡、转动方向盘,正要驶入黑暗的街道。

身后那人说:"系上安全带。"

我拉下安全带扣好,他也一样。

"贾森,路线听明白了吗?"

"明白。"

开车经过我住的那一区时,我不禁想到这会不会是最后一眼。

红灯亮了,我在住处附近的酒吧前停下,透过副驾驶座的深色车窗,看见店门依旧敞开。我瞥见酒保马特,还有夹在人群中的老同学瑞安,此时的他仍坐在高脚椅上,但已转身背对吧台,手肘凭靠在磨损的木板上,对那群研究生说着什么。说不定他正讲起大学老室友令人惊骇的失败经验,并以此告诫学生,而他们也听得入迷。

我很想大声喊他,让他知道我遇上麻烦了,我需要……

"绿灯了,贾森。"

我加速驶过十字路口。

GPS导航系统指引我们往东穿过洛根广场上的肯尼迪快速路,那平板的女声指示我:"三十米后右转,然后继续直行十五点七公里。"

往南的车辆不多,让我得以将时速固定在一百一十公里。我握着方向盘的双手不停冒汗,心里一再嘀咕:**我今晚要死了吗?**

我蓦然想到,倘若真能活下来,也将以一种新的体悟过完下半辈子:我们离开这个人世和来到人世是一样的,孤孤单单、一无所有。我很害怕,我从未像此时此刻这样需要丹妮拉或查理或是任何人,但是谁也帮不上忙。他们甚至不知道我正在经历些什么。

州际公路绕过市区西侧边缘,威利斯大楼和它周边那群较低矮的摩天大楼,在夜色中发出祥和温暖的光芒。

在惊恐难当之际,我的心思飞速运转着,拼命想理出一点头绪。

GPS里有我的住址,因此这不是偶然的遭遇。这人一直在跟踪我,他认识我。由此可知,是我的某个举动导致这项结果。

是什么举动呢?

我并不富有。除了对我和我心爱的人之外,我这个人一文不值。

我从未遭拘捕,从未犯过罪。从未和另一个男人的老婆上过床。

当然了,我偶尔会在开车时向人比中指,但在芝加哥难免嘛。

我最后一次也是唯一一次与人发生肢体冲突是在六年级,有个同学用牛奶从背后泼湿我的衬衫,我就朝他鼻子揍了一拳。

我从未有意地误解、伤害过任何人,至少不会造成现在被迫开着一辆林肯领航员还被枪抵在脑后的结果。

我只是一个在学校教书的原子物理学者。

我对待学生,哪怕是成绩最差的,向来除了尊重还是尊重。被我打不及格分数的那些人都是因为他们自己不在乎,绝对没有人能指责我毁了他们的人生。我甚至会故意放宽标准,让学生及格。

天际线在侧面后视镜中逐渐缩小,越来越远,就像一道熟悉又令人安心的海岸线。

我壮起胆子问:"我以前得罪过你吗?还是得罪过你的老板?我实在不明白你到底想从……"

"你说得越多,对你越不利。"

我头一次察觉他的声音有点耳熟。我怎么也想不起在何时何地听过,但我们确实见过。我敢肯定。

我感觉到手机震动,收到一条短信。

接着又一条。

然后又一条。

他忘了拿走我的手机。

我看到时间是晚上九点五分。

我已离开家一小时多一点,无疑是丹妮拉想问我人在哪。迟回家十五分钟,而我一向准时。

我往后视镜瞄一眼,可惜太暗了,只能看见一点点苍白无血色的面具。我冒险做了个试验,将左手从方向盘放下来搁在腿上,数到十。

他未置一词。

我将手放回方向盘。

那个电脑语音打破静默:"前方六点九公里,八十七街出口下辅路。"

　　我再次慢慢让左手离开方向盘，偷偷将手伸进卡其裤口袋。手机放得很深，只能勉强用食指和中指碰到，费了好大力气才用两指夹住。

　　我一点一点慢慢把它挖出来，每碰到布料褶皱处，橡胶套子就会被卡住。这时候，我两指指尖感觉到震动——有电话进来。

　　好不容易掏出手机后，我将它正面朝上放在腿上，手重新握住方向盘。

　　趁着导航语音更新下一个转弯的距离，我往下偷瞄一眼手机。

　　有一通来自"丹妮"的未接电话和三条短信：

　　丹妮：晚餐上桌了。2分钟前
　　丹妮：快回家我们**饿死了**！2分钟前
　　丹妮：你迷路了吗？:）1分钟前

　　我重新集中注意力开车，心里一面在想不知道后座看不看得到手机屏幕的光。

　　触屏变暗了。我往下伸手按了开关键，滑一下屏幕，输入四位密码，再点一下绿色"短信"图标。最上面便是丹妮拉发的短信，我打开对话记录时，后座的绑架者动了动身子。

　　我又重新用两手握住方向盘。

"前方三公里，八十七街出口下辅路。"

待机时限到了，屏幕自动锁定，瞬间变黑。

该死。

我又偷偷放下手，重新键入密码，开始写下我这辈子最重要的一条短信。我的食指笨拙地点击键盘，由于自动选字功能不断搅局，每个字总得试两三次才能打对。

枪口用力顶我的后脑勺。

我本能反应，手一歪便拐进快车道。

"你在干吗，贾森？"

我用一只手将方向盘打直，重新转回慢车道，另一只手则往下伸向手机，准备点击"发送"键。

他冷不防探身越过前方座位，戴着手套的手绕过我的腰，一把抢走手机。

"前方一百五十米，八十七街出口下辅路。"

"你的密码是多少，贾森？"见我不吭声，他又说，"等等，我敢打赌我猜得到。出生月份年份颠倒过来，对不对？我们试试……三、七、二、一。对啦。"

我从后视镜看见手机的光照亮他的面具。

他读着被他拦截没能发送的短信："'普拉斯基一四零零拨打九一一'，你这个坏孩子。"

我转下州际公路的辅路。

GPS说："左转八十七街，继续向东行驶六点一公里。"

我们驶进了芝加哥南区，穿过一个我们没有理由涉足的街区。

经过一排又一排组合屋、一栋栋计划住宅公寓。

空荡荡的公园，里面有生锈的秋千和没有网的篮球框。

一间间入夜后上了锁并拉下铁门的店家。帮派的涂鸦到处可见。

他问道："你叫她丹妮或丹妮拉？"

我喉咙一紧。内心里，愤怒、恐惧与无助感油然而生。

"贾森，我在问你。"

"去死吧。"

他凑上前来，话语随着热热的气息送进我耳里。"你不会想跟我一起死的。我会让你受到你这辈子没受过的伤害，让你尝到你想都想不到的痛苦。你都怎么叫她？"

我咬牙切齿地说："丹妮拉。"

"从没叫过丹妮？你手机上不是这么写的吗？"

我真想让车子提速翻车，两人同归于尽。

我说："很少。她不喜欢。"

"购物袋里面是什么？"

"你为什么想知道我怎么叫她？"

"袋子里是什么？"

"冰激凌。"

"你们的家庭之夜，对吧？"

"对。"

我从后视镜看见他在我的手机上打字。

"你在写什么？"我问道。

他没有回答。

此时已离开贫民区，驶过一片不毛之地，感觉甚至不像芝加哥，呈现市区轮廓的天际线也只剩远方地平线上的一抹微光。房屋只剩断壁残垣，一片漆黑，毫无生气。到处早已荒废。

我们越过一条河，正前方是密歇根湖，以一大片漆黑湖水终结这片都市荒野，倒也恰当。

仿佛已来到世界尽头。

也许是我的世界尽头。

"右转普拉斯基道，向南行驶八百米后到达目的地。"

他咯咯窃笑。"哇，你和老婆有得吵了。"我两手紧紧掐住方向盘。"贾森，今晚和你一起喝威士忌的那个男人是谁？我从外面看不清楚。"

此时来到芝加哥与印第安纳边界地带，四下黑漆漆。

我们经过一片铁路调车场与工厂废墟。

"贾森。"

"他叫瑞安·霍尔德，是我……"

"你以前的室友。"

"你怎么知道？"

"你们俩感情好吗？你的联络人里面没他的名字。"

"不算好。你怎么……"

"我对你几乎了如指掌,贾森。也可以说我专攻你的生平。"

"你是谁?"

"前方一百五十米,即将到达目的地。"

"你是谁?"

他没回答,但我的注意力渐渐从他身上移开,转而专注于四周越来越荒凉的景象。

柏油路面在SUV前照灯底下往后滑动。后头一片空荡荡。前面空荡荡一片。

左边稍远处是湖水,右边有许多废弃仓库。

"到达目的地。"

我将车停在路中央。

他说:"入口就在正前方左手边。"

车灯掠过一道三米高、摇摇欲坠的围墙,顶端还有生锈的有刺铁丝。栅门半敞,一度用来拴门的铁链已被剪断,盘绕成圈躺在路边杂草丛。

"直接开过去,用保险杠把门撞开。"

即使在近乎完全隔音的SUV内,栅门咿咿呀呀打开的声音依然尖锐。两道锥形光束照亮一条残破的路。在芝加哥严酷寒冬的多年蹂躏之下,柏油路面处处龟裂凹陷。

我打开远灯,光线照向一座停车场,只见到处是倾倒的街灯,仿佛打翻了火柴盒。

再过去，一大片不规则的建筑跃然眼前。

这栋饱受岁月摧残的红砖建筑两侧，除了巨大圆筒槽，还有一对三十米高、耸入云霄的烟囱。

"这是哪里？"我问道。

"打到空挡，关掉引擎。"

我将车停下，打空挡，按下按钮熄灭引擎。

顿时一片死寂。

"这是哪里？"我再问一遍。

"你周五通常都做什么？"

"你说什么？"

这时我头的一侧忽然被重重一击，整个人砰地往前撞到方向盘。我当下呆愣住，刹那间甚至怀疑是不是头部中枪。

不过没有，他只是用枪身打我。

我摸摸被打的地方。放下手时，指尖沾了黏黏的血。

"明天，"他说，"你明天有什么计划？"

明天。忽然觉得这是个陌生的概念。

"我……物理三三一六的课要考试。"

"还有呢？"

"没有了。"

"你把衣服全脱了。"

我看了看后视镜。

他让我赤裸身子到底想干吗？

他说:"你要是企图做什么,就应该在你还能控制车子的时候。从现在起,你就是我的了。好啦,衣服脱掉,要是让我再说一遍,你就得见血。很多的血。"

我解开安全带。

在拉开帽衫拉链、扭动身体拉下两边袖子时,我仍抱着仅存的一丝希望:他还戴着面具,就表示不想让我看见他的脸。如果他打算杀我,应该不会在乎我有没有认出他。

是这样的吧?

我解开衬衫纽扣。

"鞋子也要脱吗?"我问道。

"全部。"

我脱下球鞋、袜子。褪下长裤与四角裤,然后是上衣,一件不剩地,全堆在副驾驶座上。

我觉得脆弱。毫无掩蔽。有种怪异的羞耻感。

万一他想强暴我呢?难道从头到尾就是为了这个?

他在座椅中间的置物箱上放了一只手电筒。

"下车,贾森。"

我这才发觉自己将这辆车视为某种救生艇。只要待在车内,他便无法真正伤害我。

他不会把车里搞得脏兮兮。

"贾森。"

我的胸口剧烈起伏着,呼吸变得困难,视野内到处是爆炸的黑点。

"我知道你在想**什么**，"他说，"就算留在车上，我要伤害你也同样易如反掌。"

我吸不到氧气，开始恐慌起来。

但我终究还是勉强喘着气说："放屁。你才不会想让我的血弄脏你的车。"

当我回过神，他已经抓住我两只手臂拖我下车，把我摔在碎石地上。我就愣愣地坐在那里，等着思绪恢复清明。

湖边总是比较冷，今晚也不例外。冷风犹如参差尖锐的利齿咬在我裸露的肌肤上，全身都起了鸡皮疙瘩。

这一带又黑又暗，比在市区里可以多看到五倍星星。

我的头怦怦抽动，又有一道鲜血流下脸颊。但因为有大量肾上腺素在体内横冲直撞，也不觉得痛。

他往我身边的地上扔下一只手电筒，并用他自己手上那只照着我们开车进来时看见的那栋分崩离析的建筑，"你先请。"

我抓起手电筒，挣扎起身，赤脚踩着湿透的报纸，踉踉跄跄朝建筑走去，避开扭曲变形的啤酒罐和在光线下闪闪发亮的锯齿状玻璃碎片。

逐渐接近大门口之际，我脑中浮现这个荒废停车场另一晚的景象。未来的另一晚。那是初冬时分，雪花纷飞的黑夜，夜色中点缀着警车车顶闪烁不定的红蓝灯。警员带着寻尸犬涌入废墟，当他们在内部某处检视我赤裸、腐烂、遭残害的尸体时，我在洛根广场的住家前面也停了一辆巡逻警车。时间是凌晨两点，丹妮拉穿着睡袍来应门。我已经失踪数星期，她心里有数我是不会回来了，她自以为已经能平静面对这个残酷事实，然而看见年轻警察眼中的严峻、沉着，看见轻洒在他们肩上与帽上的细雪，看见他们毕恭毕敬地将警帽夹在腋下……她不知道原来自己内心还有一块完好无缺的地方，终究被眼前这一切给打破了。她感觉到膝盖发软、全身无力，当她跌坐在门口踏垫上，睡眼惺忪、满头乱发的查理，从她身后吱嘎作响的楼梯上下来，问道："是爸爸的事吗？"

随着建筑物慢慢靠近，门口上方褪色砖面出现了几个字，但只看得清其中的"加哥电厂"。

他叫我走进砖墙间的一处开口。

我们手上的灯光扫过一间办公室。

有腐烂到只剩金属骨架的家具。

有台老旧的饮水机。

有人生过火的痕迹。

有一只破破烂烂的睡袋。

发霉地毯上还有几个用过的安全套。

我们走进一道长廊。若没有手电筒，这里头恐怕黑得伸手不见五指。

我停下脚步往前照亮，灯光却被黑暗吞噬。走在卷翘起来的亚麻地板上，踩不到什么垃圾碎片，安静许多，只听见风在墙外远远地低声呻吟。

我感觉每一秒都比前一秒更冷。

他将枪口抵在我的后腰，逼我往前走。有一刻我心想，会不会是什么精神变态盯上我了，他想在杀害我以前把我的一切打听得清清楚楚。我经常和陌生人打交道。也许我们在学校附近那间咖啡馆聊过几句，又或是在电车上，又或是在我时常光顾的酒吧里喝啤酒时。

他对查理和丹妮拉有什么企图吗？

"你想听我哀求吗？"我问，声音已开始沙哑分岔。"我会的，你要我做什么我都做。"

可怕的是我没撒谎。我会自甘堕落，会伤害别人，也几乎会有求必应，只要他让我回去，让这个夜晚照既定规划走下去，也就是放我回家，让我兑现承诺：带冰激凌给家人。

"条件呢？"他问道，"要我放你走？"

"对。"

他的笑声在廊道上弹跳回响。"就算你为了逃避这个什么都愿意做，我恐怕也不敢看。"

"'这个'到底是什么？"

但他没有回答。

我跪倒在地。

手电筒滚过地板。

"求求你，你不必这么做。"我哀求道，声音怪到几乎连自己都认不出来,"你大可以直接走开。我不知道你为什么想伤害我,可是你稍微考虑一下。我……"

"贾森。"

"……爱我的家人,我爱我的妻子,我爱……"

"贾森。"

"……我的儿子。"

"贾森!"

"我**什么**都肯做。"

此时我不由自主地打起哆嗦——因为冷,因为害怕。

他往我肚子踢了一脚,气息从肺部爆发出来的同时,我滚到地上仰躺着。他整个人压上来,把枪管从我唇间强塞进嘴里,一路塞到喉咙深处,直到我再也咽不下那陈年机油与炭渣残留的气味。

就在我将当晚的葡萄酒与威士忌吐满地之前的两秒钟,他抽出手枪,大喊:"站起来!"

他抓住我一只手臂,猛地将我拉起。

一面用枪指着我的脸,一面把手电筒重新塞到我手里。

我凝视着那张面具,手里的灯光照在武器上。

这是我第一次细看那把枪。我对武器几乎一无所知,只知道那是手枪,有一个击锤、一个旋转弹膛,枪管末端还有一个大洞,看起来绝对有能力送我上西天。瞄准我的脸的子弹头在手电筒的照耀下,微微闪着铜色光辉。不知为何,我想象着这个人在一室一厅的公寓里,将子弹一颗颗上膛,准备要做他此刻已经做了的事。

我会死在这里,也许就是现在。每一刻感觉都可能是最后一刻。

"走。"他低吼道。

我起身往前走。

来到岔口后转进另一条通道,这条比较宽、比较高,还有拱顶。空气湿闷。我听到远处有水在滴,答——答——答。墙壁是水泥砌的,脚下不再是亚麻地板,而是一层潮湿的青苔,越往前走就越厚也越湿。

嘴里仍残留着枪的气味,并掺杂着胆汁的酸味。

脸被冻得一点一点失去知觉。

脑子里有个小小的声音在呐喊,我要做点什么、尝试点什么,什么都好。别像只任人宰割的绵羊,乖乖地一步接着一步往前走。为什么要被他这么轻松控制住?

很简单啊,因为我害怕。害怕到几乎直不起身子走路。

我的思绪零碎而杂乱。

如今我明白被害者为何不反击了。我不敢想象试图打倒这个人、试图逃跑,会有何结果。

而且最可耻的是:我心里有一部分自己宁可一了百了,因为死人不会感觉恐惧或痛苦。这是否意味着我是个懦夫?难道这竟是我死前要面对的最后一个现实?

不。我得做点什么。

我们走出地道踏上一个金属表面，赤脚踩上去感觉都要冻僵了。我抓住一道生锈的铁栏杆，栏杆环绕着一座平台，毫无疑问的是，这里感觉更冷、更空旷。

一轮黄色明月仿佛装了定时器似的，缓缓爬升到密歇根湖上空。

月光从一个偌大房间高处的窗户流泻而入，亮得即使不用手电筒也能看清周遭一切。

我登时胃液翻涌。

我们正高高站在一道至少有十五米深的开放式楼梯上。

在这里，看老旧灯光照着底下一排闲置发电机与头顶上交叉成格状的工字大梁，宛如一幅油画。四周静得像一座教堂。

"我们下去。"他说，"小心点。"

我们逐级而下。再两阶就到由上往下的第二层平台了，我右手死命握住手电筒，猛然转身朝他的头挥去……

……结果挥空，我顺着势头又转回原点，甚至过了头。一时重心不稳，往下跌去。

我重重撞到平台，手电筒受到冲击自手中飞出，掉落边缘消失不见。

片刻后，我听见手电筒在约十二米深的地板上爆裂。

劫持我的人昂扬着头，从那毫无表情的面具背后盯着我看，枪瞄准我的脸。

他用拇指按下击锤，朝我跨前一步。

然后他一脚跪下，以膝盖用力顶住我的胸骨，将我钉在平台地上动弹不得，我哀哼一声。

枪碰到我的头。

他说："我不得不承认，你这么奋力一搏，让我为你感到骄傲。其实也挺可悲的。我老早就看出你在打什么主意，但至少你虽败犹荣。"

脖子一侧忽然一阵刺痛，让我缩了一下。

"别反抗。"他说。

"你给我注射了什么？"

他还没回答，我便感觉有样东西像货车般冲撞我的脑血管，刹那间无比沉重又无比轻盈，整个世界天旋地转、天崩地裂。但这感觉来得快，去得也快。

接着又一针刺进我大腿。

我才大喊出声，他已经将两根针筒从栏杆边缘往下丢。"走吧。"

"你给我打了什么？"

"起来！"

我扶着栏杆勉强起身。刚才那么一跌，膝盖流血了，头也还在流血。我又冷、又脏、又湿，牙齿打战打得太厉害，好像一不小心就会断裂。

我们往下走，体重压得脆弱的铁梯不停抖动。到了底层，跨下最后一级阶梯后，沿着一排旧发电机走。

从下往上看，这个空间显得更加巨大。

走到一半，他停下来，用手电筒照射其中一台发电机，只见机体旁放了一个帆布袋。

"新衣服。快点。"

"新衣服？我不懂……"

"你不必懂，穿上就是了。"

在莫大的恐惧中，我生出一丝微弱的希望。他要放了我？不然为什么要我换衣服？我有机会活命吗？

"你是谁？"我问道。

"快点。你剩下的时间不多了。"

我蹲在帆布袋旁。

"先把身子擦干净。"

我拿起最上面一条毛巾，用来擦去脚上的泥巴，还有膝盖和脸上的血渍，接着穿上四角裤与牛仔裤，都恰恰合身。因为他刚才给我注射的东西，现在好像手指也有感觉了——我摸索着要扣上格子花呢衬衫的纽扣时，手指不再灵活自如。套上昂贵的皮制懒人鞋时，毫不费力且皮鞋尺寸也合适，和牛仔裤一样。

现在不冷了。胸口像是有一团热气，慢慢将暖意散发到四肢。

"还有夹克。"

我从袋子底部拿出一件黑色皮夹克，将两手先后伸入衣袖。

"好极了。"他说,"现在坐下。"

我靠着发电机的铁座慢慢坐下。这架机器体型庞大,约莫像个火车头。

他坐在我对面,漫不经心地将枪口对着我。

月光从高处破窗折射而下,四散开来,弥漫全室,照亮了——

纠结、缠绕的电缆。齿轮。管线。杠杆与滑轮。

布满裂纹的仪表与操纵装置的控制盘。

另一个时代的科技。

我问道:"接下来呢?"

"我们等。"

"等什么?"

他挥挥手,不理会我的问题。

我整个人被笼罩在一种怪异的平静中。是一种错置的平和感。

"你带我来是想杀了我?"我问道。

"不是。"

靠着旧机器的感觉好舒服,好像全身陷在里头。

"可是你让我这么以为。"

"别无他法。"

"什么事别无他法?"

"把你弄到这里来。"

"我们为什么来这里?"

但他只是摇头,然后伸出左手扭曲地钻到艺妓面具底下搔痒。

这感觉很怪。好像一边看电影又一边在其中演出。

一股无法抗拒的困顿沉沉压住双肩。我的头往下垂。

"随着感觉走吧。"他说。

但我没有。我抗拒着,同时心想他的思路变化之快令人不安。他仿佛变了个人,此刻的他与短短数分钟前施展暴力的他之间断裂开来,我应该感到惊恐,不该如此镇定,然而我的身体却安详地微微晃动,太安详了。

我感到无以名状的祥和、深沉、遥远。

他几乎像告解似的对我说:"这条路好漫长。我简直不敢相信能坐在这里看着你,跟你说话。我知道你不明白,但我有太多事情想问。"

"问什么?"

"身为你是什么感觉?"

"什么意思?"

他略一犹豫,才又说:"你对自己的境遇有何感想,贾森?"

我缓慢而从容地说:"想想你今晚对我做的事,这还真是个有趣的问题。"

"你这一生快乐吗?"

在此时此刻的阴影笼罩下,我的人生美得令人心痛。

"我有个令人称羡的家、一份让人满意的工作,我们过得很舒适,大家都健健康康。"

我的舌头有点不听使唤，语句开始含糊不清。

"可是呢？"

我说："我的人生很好，只是不那么杰出罢了。本来是有机会的。"

"你扼杀了自己的野心？"

"它是自然死亡，因为被忽视。"

"你知道到底出了什么事吗？有没有一个特定时间点……"

"我儿子。那年我二十七岁，刚和丹妮拉交往了几个月。她跟我说她怀孕了。我们在一起很愉快，但那不是爱。也可能是吧。我不知道。总之我们根本没打算组织家庭。"

"你们却这么做了。"

"当一个科学家，二十几岁是最重要的关键期。如果没有在三十岁以前发表一点重大的东西，你就只能引退了。"

也许纯粹是药物作用，但说话的感觉实在太好了。度过这一生中最疯狂的两个小时后，终于能重返舒畅的正常状态。我知道事实并非如此，但就是觉得只要继续交谈，便不会有坏事发生。像是话语能保护我似的。

"你当时有什么重大的研究计划吗？"他问道。

现在我得专心致志才能撑开眼皮。

"有。"

"是什么？"

他的声音听起来很遥远。

"我试着想为一种宏观物体①制备量子叠加状态。"

"你为什么放弃研究?"

"查理出生后第一年,有很严重的健康问题。做研究的话,我需要在无尘室里待一千个小时,实在没法很快地赶过去。可是丹妮拉需要我,儿子需要我。结果补助没了,冲劲也没了。有一瞬间我是刚冒出头的年轻天才,可是一退缩,就被取代了。"

"你后不后悔当初决定留在丹妮拉身边,和她共度一生?"

"不后悔。"

"从不?"

想到丹妮拉,我再度激动起来,同时夹杂着此刻实实在在的恐惧感。我开始变得很害怕,连带掀起一股痛彻心扉的想家愁绪。这一刻我需要她,这辈子我从未如此需要过任何人和事物。

"从不。"

然后我趴倒在地,脸贴着冰冷的水泥地面,很快被药物制伏了。

这时他蹲在我身旁,将我翻过来。我仰望大片月光从这个遭世人遗忘之处的高窗洒入,随着发电机旁那些旋转、空洞的缝隙一开一阖,四下的黑暗也在一眨一眨的光与色彩中泛起褶皱。

"我还会见到她吗?"我问道。

---

① 宏观物体(macroscopic objects),物理学名词,通常指单纯肉眼可测量与观察的物体,不牵涉到原子与分子尺度。——译者注

"不知道。"

我已不下千万次想问他,他到底想对我怎么样,却不知从何问起。

我的眼睛一再阖起,我努力地想睁开,却注定要失败。

他脱下一只手套,光着手摸我的脸。很不自在。很小心翼翼。

他说:"你听我说。你会害怕,但你可以把它变成你的。你可以拥有从未有过的一切。很抱歉,刚才不得不那么吓你,只是我得把你弄来这里。真的很抱歉,贾森。这么做是为了我们两个人。"

我用嘴型说,你是谁?

他没有回答,却伸手从口袋掏出新的针筒和一瓶小小的玻璃安瓿。安瓿小瓶中装满清澈液体,在月光下闪亮如水银。

他取下针头盖,将瓶中液体吸入针筒。

眼皮慢慢垂下之际,我看着他拉起左边袖子,给自己打了一针。

然后他将安瓿与针筒扔在我们中间的水泥地上。我在双眼紧闭之前看到的最后一个景象,就是那个安瓿小瓶朝我的脸滚来。

我低声说:"然后呢?"

他说:"就算我说了,你也不会信。"

2

我意识到有人用力抓住我的脚踝。

接着一双手滑到我肩膀下面。这时有个女人说："他是怎么离开箱体的？"

一个男人回答："不知道。你看，他醒了。"

我睁开眼睛，却只看到模糊的动作与光线。

男人高喊道："赶快把他弄出去吧。"

我试着要说话，但一开口全是模糊、混沌的语句。

女人说："德森博士？听得到吗？我们现在要把你搬上推床。"

我往脚的方向看去，男人的脸逐渐聚焦。他穿着配有呼吸器的铝箔防护衣，正透过面罩看着我。

他瞄了我头后方的女人一眼，数道："一、二、三。"

他们将我抬上推床，并在我的脚踝与手腕扣上约束带。

"这完全是为了保护你，德森博士。"

我看着上方十二至十五米高的天花板如卷轴般展开。

我到底在哪里？机棚吗？

我脑中闪现一丝记忆——针头刺入我的脖子。我被注射了什么。这应该是疯狂的幻觉。

无线电嘎嘎作响。"撤离小队,请报告,完毕。"

女人语气透着兴奋地说:"找到德森,已经上路,完毕。"

我听到轮子尖锐的转动声。

"收到。最初状况评估?完毕。"

"脉搏,一一五。血压,一四〇/九一一。体温,三十七度二。氧浓度,百分之九十五。肌酐,零点八七。预计三十秒后抵达。完毕。"

一阵嗡鸣声吓了我一跳。我们穿过缓缓开启、像金库的门一样的双扇门。

老天爷。

冷静。这不是真的。

轮子吱嘎声响更快、更急了。

脚底下是一条以塑胶垫覆盖的走道,头顶上是刺得我眯起眼睛的日光灯。

身后的门轰然关闭,发出不祥的哐啷声,犹如监狱的门。

他们将我推进手术室,只见规模惊人的手术灯下站了一个身形魁梧、穿着正压式防护衣的人。

他好似认识我,低头透过面罩微笑对我说:"欢迎回来,贾森。恭喜,你成功了。"

回来?

我只看得见他的眼睛,却全然想不起以前见过他。

"你觉得哪里痛吗?"他问道。

我摇摇头。

"你知道你脸上的割伤和瘀伤是怎么来的吗?"

摇头。

"你知道你是谁吗?"

点头。

"你知道现在在哪里吗?"

摇头。

"你认得我吗?"

摇头。

"我是医疗 CEO(首席执行官)莱顿·万斯,我们是同事也是朋友。"他举起一把手术剪,"我得把你这身衣服剥掉。"

他移除了监测装置,剪开我的牛仔裤与四角裤,然后丢到一个金属盘里。当他剪开我的衬衫时,我凝视着从上方直射而下的耀眼灯光,极力压制心中的恐慌。

但我全身赤裸,被绑在推床上。

不,我提醒自己,现在是我幻想自己全身赤裸被绑在推床上。因为这一切都不是真的。

莱顿举起装着我衣鞋的托盘,交给站在我头部后方、不在视线内的某人。"全部检验。"随即脚步声响起,他匆匆离开了手术室。

在莱顿给我手臂内侧一小块表皮消毒的前一秒,我已感受到异丙醇酒精引起的强烈刺痛。

他在我手肘上方绑上止血带。

"只是抽点血。"他说着从器具盘拿起一支粗的注射针。

他技术很好,我甚至没感觉到针头刺入。

莱顿抽完血后,将推床推向手术室另一头的玻璃门,门边墙上装有触屏。

"真希望能告诉你这是最好玩的部分。"他说,"如果你心思太紊乱,想不起接下来会如何,说不定会更好。"

我想问接下来要做什么,却仍说不出话。莱顿的手指在屏幕上飞快跳动,随后玻璃门打开,他推我进入一个刚好能容纳一张推床的小房间。

"九十秒,"他说,"不会有事的。到目前为止还没有一个受试者被弄死过。"

这时响起充气的嘶嘶声,然后玻璃门滑动关闭。天花板上的嵌灯发出冷冷蓝光。

我伸长脖子想看个清楚。只见两侧墙壁布满精巧缝隙。

天花板喷出一阵细细的冷水雾,把我从头到脚包覆住。

冰冷水珠一附在肌肤上随即冻结,冷得我全身紧绷起来。

当我打起哆嗦,墙壁开始发出嗡嗡声。墙壁缝隙流泻出些许白色蒸气,尖锐嘶声持续不断,而且越来越大。

蒸气开始源源涌出,接着喷发出来。气流在推床上方对冲,小房间顿时弥漫起浓浓雾气,遮蔽了头顶上的灯光。冰珠在皮肤上爆裂,引发阵阵刺痛。

风扇开始逆转。不到五秒钟,室内气体都抽了出去,留下一股奇特味道,仿佛夏日午后雷雨来临前夕——干雷与臭氧。

气体与过冷液体在皮肤上起了反应,产生滋滋作响的泡沫,那种烧灼感就像泡在酸性溶液中。

我低声吼叫,扭动身躯想挣脱束缚,觉得自己快撑不下去了。我的忍痛度算高的,但这已经快要跨越"再不停止就让我死了吧"的界线。

我的思绪以光速爆发。真有这么强力的药物吗?竟能在产生幻觉与痛苦的同时,还让人意识清醒到如此可怕的地步?

太强烈、太真实了。万一这些是确实发生的事呢?

会不会是中情局搞的把戏?会不会是我被送到某个黑心医院当作人体实验品?我被绑架了吗?

温水以壮阔声势从天花板射出,犹如消防水管喷出的水柱,将折磨人的泡沫冲散。

水关闭后,热风轰隆隆从缝隙吹出,仿佛沙漠热风打在肌肤上。

痛苦消失了。我彻底清醒。

后面的门被打开,推床重新被推出去。

莱顿俯视着我。"感觉没那么糟,对吧?"他推着我穿过手术室,进入隔壁病房,并解开我手脚的约束带。

他用戴着手套的手把我从推床上拉坐起来,我头很晕,视野中房间旋转了一会儿才恢复正常。

他细细观察我。

"好些了吗？"

我点点头。

这里有张床和一个抽屉柜，换洗衣服整整齐齐放在柜子上面。墙壁有软垫包覆，无棱无角。我慢慢移到担架边缘后，莱顿抓住我一边的手肘，扶我站起来。

我两条腿软绵绵的，一点力气也没有。

他带我来到床边。

"我让你在这里换衣服，等你的检验结果出来以后，我会再来。不会太久的。我出去了，你没问题吧？"

我好不容易能出声了："我不知道这是怎么回事。我不知道我在哪……"

"心思紊乱的情况会过去的。我会密切监控。我们会帮你渡过这一关。"

他推着推床走到门口时忽然停住，回头透过面罩看了我一眼。"兄弟，能再见到你真好。简直就像任务管制中心的人看到阿波罗十三号从太空顺利返航一样。我们真的都以你为傲。"三道门锁很快地连续上锁，仿佛枪声连响三下。

我下床走到抽屉柜旁，脚步摇晃不稳。

由于实在太虚弱，我花了几分钟才穿好衣服——好看的长裤、亚麻衬衫，没有腰带。

就在门的正上方,有一部监视器对着我。

我回到床上,独自坐在这间单调、安静的房间里,试图唤醒最后一点具体的记忆。就这么尝试一下,竟犹如在离岸三米处溺水的人。岸上散落着零碎记忆,我看得见,也几乎快摸到了,可是肺里不断进水,我无法把头抬出水面。越是努力想搜集碎片,就越费力,手挥动得更厉害,也更加慌张。

当我坐在这间铺了软垫的白色房间,所能想到的只有——

塞隆尼斯·蒙克。红酒味。站在一个厨房里切洋葱。一个少年画画。

等一下。

不是**一个**少年。

是**我的**少年。我儿子。

不是**一个**厨房。

是**我的**厨房。是我家。

那是家庭之夜。我们正在一起做饭。我能看见丹妮拉的笑容,能听见她的声音与爵士乐,能闻到洋葱味和丹妮拉气息中红酒的酸甜味,能看见她眼中的迟滞目光。我们家庭之夜的厨房,多么安全又完美的地方。

可是我没有留下来。不知道为什么,我出门了。为什么呢?

眼看就要想起来了……

连珠炮似的开锁声传来,病房门随之打开。莱顿已经将防护衣换成普通的医生工作服,他站在门框里咧嘴笑,好像难以抑制内心翻涌的期待。此时可以看出他大约和我同年，有种寄宿学校学生的英挺之气，脸上隐约可见星星点点、傍晚重新长出的胡碴。

"好消息，全部清除了。"他说。

"清除什么？"

"辐射暴露、生物危害、传染病。明天早上会有完整的血检报告，不过你已经解除隔离了。哦，对了，这个给你。"

他递给我一个夹链袋，里面装了一串钥匙和一个钞票夹。

塑料袋外面贴着一张纸胶带，上面用黑色马克笔潦草写着"贾森·德森"。

"出去吧？大家都在等你。"

这袋东西显然是我的个人物品，我放进口袋后，跟着莱顿走出手术室。

走廊上，有六七名工作人员正忙着拆下墙上的塑胶布。他们一看见我，全部开始鼓掌。

一名女子高喊："太酷了，德森！"

当我们走近，玻璃门迅速打开。

我渐渐恢复了力气与平衡感。他带我走楼梯，下楼时，金属台阶在脚下哐啷哐啷响。

"走楼梯还好吧？"莱顿问。

"还好。我们要去哪里？"

"做汇报。"

"可是我根本……"

"你最好还是想想面谈时要说什么。你也知道,就是实验计划那些细节。"

爬了两层楼之后,他打开一扇大约三厘米厚的玻璃门。我们走进另一条廊道,一侧是成排落地窗,望出去是一座机棚。这些走道似乎是将四层楼高的机棚团团围住,像环绕一个中庭。

我不由自主移往窗边想看清楚些,却被莱顿拉回来,带着我从左边第二扇门进入一个灯光微暗的房间。里面有个女人穿着一身裤装站在桌子后面,像在等我。

"嗨,贾森。"她招呼道。

"嗨。"

她目不转睛凝视着我,这时候莱顿在我左手臂绑上监测带。

"你不介意吧?"他问,"我想再检查一下你的生命征象会比较好。很快就能解脱了。"

莱顿轻推我的背部,驱使我继续往内走。我听见门在身后关上。

那名女子四十来岁,矮小、黑发,低低的刘海紧贴在眼睛上方。不知为何,那双眼睛竟显得既亲切又凌厉,令人一见难忘。

灯光柔和,不具威胁,很像戏院电影放映前的感觉。

这里面有两张直背木椅和一张小桌,桌上有一台笔记本电脑、一壶水、两只水杯、一个不锈钢保温壶和一只冒着热气并让室内充满咖啡香的马克杯。

墙壁和天花板都是雾面玻璃。

"贾森,等你入座,我们就可以开始了。"

我犹豫了整整五秒钟,盘算着要不要直接走出去,但直觉告诉我这不是好主意,而且可能会造成不可收拾的后果。于是我坐到椅子上,伸手去拿水壶,自己倒了杯水。

女子说:"你饿的话,可以叫人拿吃的进来。"

"不用了,谢谢。"

最后她坐到我对面,将滑落的眼镜往上扶了一下,然后在电脑上打了些字。

"现在是……"她看看手表,"……十二日,凌晨十二点七分。我是阿曼达·卢卡斯,员工编号九五六七,今晚与我会谈的是……"她向我打了个手势。

"嗯,贾森·德森。"

"谢谢你,贾森。我先描述一下背景作为记录。十月一日晚上十点五十九分左右,技师查德·哈吉在做例行内部场地审查时,发现德森博士躺在棚厂地上昏迷不醒。撤离小队立刻出动,在十一点二十四分将德森博士移往隔离室。莱顿·万斯医师为德森博士进行辐射除污与初步的实验净化后,陪同他来到地下二楼的大会议室,开始第一次任务汇报面谈。"

她抬头看我,此时脸上带着笑容。

"贾森,你能回来,我们实在太兴奋了。虽然时间很晚,可是大部分组员都特地从城里赶过来。你应该猜到了,大家都在玻璃后面看着呢。"

四周响起了掌声与欢呼,还有几个人喊着我的名字。

灯光变亮了些,刚好能让我看穿墙面。以玻璃围起的小会谈室四周,环绕着剧场式阶梯座位,有十五到二十个人站着,多数都面带微笑,甚至有几个在拭泪,仿佛我是完成了某项光荣任务凯旋。

我发现其中有两人携带武器,手枪枪托在光线下一闪一闪。这两人既无笑容也没拍手。

阿曼达将椅子往后退,接着站起身,也开始和其他人一起鼓掌。

她似乎也深深感动。

我脑子里却只有一个念头:我到底发生了什么事?

掌声停歇后,阿曼达重新坐下。

她说:"请原谅我们的热情,不过到目前为止,你是唯一回来的人。"

我完全不知道她在说什么。此时我内心天人交战,既想直说,却又担心这么做恐怕不妥。

灯光再次变暗。我牢牢握住水杯,活像抓住一条救生索。

"你知道自己去了多久吗?"她问道。

去哪里?

"不知道。"

"十四个月。"

天哪。

"你感到震惊吗,贾森?"

"可以这么说。"

"老实说,我们可是如坐针毡、屏息以待、全神贯注。等了一年多,我们一直想问的是:你看到了什么,你去了哪里,你是怎么回来的?全都告诉我们吧,请从头说起。"

我啜了一口水,紧抓着最后一点可靠的记忆——在家庭之夜离开家。我简直像是把住崖壁上一个松动欲坠的把手点。

接下来……我在凉爽秋夜里沿着人行道走。可以听到所有酒吧都在转播小熊队赛事,闹哄哄的。

去哪呢?我要去哪里?

"慢慢来,贾森。我们不急。"

瑞安·霍尔德。那是我要去见的人。

我走到小村啤酒馆,和我昔日的大学室友瑞安·霍尔德喝了一杯,不,是两杯,而且是世界顶级威士忌。

这多少和他有关吗?我再度怀疑:这一切是真实发生的事吗?

我举起水杯,无论是杯壁冒汗的景象,或是我指尖感受的湿冷,看起来都百分之百真实。

我直视阿曼达的双眼。

我细看墙壁。墙面没有融化。

如果这是药物导致的迷幻之旅,也是我前所未闻的一种。

没有视觉或听觉畸变，没有欣快感。不是这个地方感觉不真实，只是我不该在这里。甚至可以说**我的**存在才是虚假的。其实我也不太确定这是什么意思，总之内心有这种感觉。

不，这不是幻觉，完全是另一回事。

"我们试试另一个方法。"阿曼达说，"你在棚厂醒来以前，最后的记忆是什么？"

"我在一间酒吧。"

"你在那里做什么？"

"去见一个老朋友。"

"这间酒吧在哪里？"她问道。

"洛根广场。"

"这么说你人还在芝加哥。"

"对。"

"好，你能不能形容……"

她的声音瞬间安静下来。

我看见高架电车轨道。很黑。很静。

对芝加哥来说，太静了。

有人过来。一个想伤害我的人。

我的心跳开始加速。手开始冒汗。

我把杯子放回桌上。

"贾森，莱顿跟我说你的生命征象数值变高了。"

她的声音又回来了，但依然隔着一大片海洋。

这是恶作剧吗？有人在整我吗？

不，别这么问，别说这些话。继续当他们心目中的你。这些人沉着冷静，还有**两人持枪**。不管他们要听你说什么，就说吧。否则万一他们发现你不是他们想的那个人，会怎样呢？

也许你永远无法离开这个地方。

我的头开始抽痛。我举起手，摸摸后脑勺，碰到一个肿块，痛得我瑟缩了一下。

"贾森？"

我受伤了吗？有人攻击我吗？我会不会是被强行带来的？这些人尽管表面友善，会不会和对我不利的人是一伙的？

我摸摸头的一侧，感觉着受到第二次重击的伤处。

"贾森。"

我看见一副艺妓面具。我全身赤裸又无助。

"贾森。"

短短数小时前，我还在家里准备晚餐。

我不是他们认为的那个人。等他们知道之后，会怎么样呢？

"莱顿，请你下来一下好吗？"

不会有好事。

我需要马上离开这个房间。我需要离开这些人。我需要想一想。

"阿曼达。"我把自己强拉回当下，尽力驱除心里的疑问与恐惧，但这就像试图撑住一道即将崩溃的堤防，撑不久，也撑不住。我说道:"真是尴尬。我实在太累了,而且老实说,辐射除污可不轻松。"

"你想休息下吗?"

"可以吗?我只是需要让脑子清醒清醒。"我指着电脑说,"也希望别对着这玩意儿说出什么蠢话来。"

"当然可以。"她打了几个字,"现在停止记录了。"

我站起来。

她说:"我可以带你去别的房间……"

"不用了。"

我打开门步入走廊。莱顿·万斯正等候着。

"贾森,我要你躺下来。你的生命征象出现异常。"

我扯下监测臂带,交给医生。

"多谢关心,但我真正需要的是厕所。"

"噢,当然没问题,我带你去。"

我们往走廊另一头走去。

他用一侧肩膀顶开厚重的玻璃门,重新带我进入楼梯间,此时里头空无一人,只听到通风设备将暖气从附近一个排气孔抽出的运转声。我抓着栏杆,探身去看这个开放空间的中心。

往下两层,往上两层。

阿曼达在面谈一开始是怎么说的?我们在地下二楼?也就是说这些全都在地下?

"贾森?你来吗?"

我跟在莱顿后面,强忍着双腿无力、头痛万分的感受,爬上楼去。

到了楼梯最顶端有一道强化钢门,旁边一块牌子写着"一楼"。莱顿刷了门卡、按了密码,开门后让我先进去。

正前方对面墙上贴了"速度实验中心"的字样。

左边:一排电梯。

右边:一处安检哨,有个一脸凶悍的警卫在金属探测门和旋转闸门之间,后面就是出口。

这里的安全戒备主要似乎是对外,比较着重于防止外人进来。

莱顿引我经过电梯,走过走廊,来到尽头的一道双扇门,他再次拿出门卡开门。

进入后,他开了灯,眼前出现一间设备完善的办公室,墙上装饰着一些飞机照片,有商用客机、超音速喷气式飞机与动力引擎。

桌上一张裱框相片吸引了我,是一个年纪较大的男人抱着一个男孩,男孩看起来很像莱顿。他们站在机棚内一具正在组装的巨大涡轮风扇前。

"用我的专用洗手间吧,我想你会自在些。"莱顿指向内侧角落的一扇门,"我就在这里,需要什么就喊一声。"他说着往桌子边缘一坐,从口袋掏出手机。

厕所冰冷,洁净无瑕。里面有一个马桶、一个小便斗、一个淋浴间,内侧墙面半高处开了一扇小窗。

我坐到马桶上。我觉得胸口很闷,几乎无法呼吸。

他们等我回来已经等了十四个月,绝不可能让我走出这栋建筑,至少今晚不可能。或许不会太久,因为我并不是他们以为的那个人。

除非这一切是个精心策划的实验或游戏。

莱顿的声音从门外传进来:"你在里面都还好吧?"

"嗯。"

"我不知道你在那玩意儿里面看见了什么,但我希望你知道我是站在你这边的,兄弟。你要是很害怕,就告诉我,这样我才能帮你。"

我起身。

他又接着说:"刚才我从外面看着你,我不得不说,你看起来有点恍神。"

我要是跟他走回大厅,有可能中途逃跑,直接冲过警卫哨吗?我脑中浮现出那个站在安检门旁的大块头警卫。恐怕很难。

"我想你的身体状况不会有问题,但我担心的是你的心理状态。"

我必须踩上陶瓷便斗的边缘,才够得着窗户。窗玻璃似乎被窗户两侧的拉杆给锁住了。

窗口大小只有六十平方厘米,不确定能不能爬得过去。

莱顿的声音在卫生间里回响着,当我悄悄回到洗手台边,才又清楚听到他说的话。

"……你最不该做的就是试图自己解决。我们实话实说吧,你就是那种爱逞强的人,自以为什么都难不倒你。"

我走到门边。门上有个旋转门锁。我用颤抖的手慢慢转动锁舌。

"可是不管你有什么感觉,"这时他的声音很近,只离我几厘米,"我都希望你能告诉我,如果有必要把这个汇报延到明天或是下……"

他忽然打住,因为听到锁舌轻轻"咔嗒"一声,迅速上锁。

片刻间,毫无动静。

我小心地后退一步。

门动了一下,几乎微不可察,接着便开始在门框里剧烈地卡喇卡喇晃动起来。

莱顿喊道:"贾森,贾森!"随后说:"立刻派安保人员到我办公室。德森把自己锁在厕所里了。"

门被莱顿撞得不停颤动,但仍牢牢锁着。

我奔向窗户,爬上小便斗,打开窗子两侧的拉杆。

莱顿正对着某人大喊,虽然听不清楚,但好像有脚步声接近。

窗户开了。夜风涌入。

即使站在便斗上面,我也不确定自己爬不爬得上去。

我跳离便斗边缘,跃向打开的窗框,却只有一只手伸得够长够着了。

就在不知什么东西猛力撞击厕所门的同时,我的鞋底擦过光滑垂直的墙面，毫无阻力与着力点。

摔落在地后，我又重新爬上便斗。

莱顿对某人叫嚷："快点！"

我再跳一次，这次两只手都伸过了窗台，手的着力点不是太好，只是没摔下来而已。

厕所门被撞开时，我正好扭动身子爬出窗口。

莱顿大喊我的名字。

我在黑暗中坠落半秒钟，面朝下跌落在路面。

我站起身，惊愕、茫然，耳朵嗡鸣，血顺着脸颊流下。

我出来了，身处两栋建筑物之间的一条暗巷内。

莱顿现身在上方那个打开的窗口。

"贾森，别这样。让我帮你。"

我转身就跑，也不知道要上哪去，只是一头冲向巷底的通道。

我到了巷底。接着奔下一段红砖梯，来到一个办公园区。

单调的低矮建筑物围聚在一座小得可怜的水池边，池中央有个打了灯的喷泉。

这个时间，外面自然一个人也没有。

我飞奔过几条长椅、修剪过的灌木丛、一座凉亭和一块路标。路标上画了个箭头，箭头底下写着"通往步道"。

我很快地回头一瞥：刚刚逃离的那栋建筑有五层楼高，毫无特色，普通到可能转眼即忘，而此时门口涌现人潮，犹如被捅落的蜂窝。

到了水池尽头,我离开人行道,走上一条碎石步道。

汗水刺痛了双眼,肺叶也像着火似的,但我还是努力摆动手臂,一步一步往前疾走。

每走一步,办公园区的灯光便又远了些。

前方什么也没有,只有一片漆黑,我向它移近、走入其中,好像这一生就靠它了。

一阵足以让人清醒的强风打在脸上,我不禁开始怀疑现在要往哪去,远处不是应该会有点灯光吗?哪怕只是一个小点?但我却跑进一个巨大的黑暗深渊。

我听见波浪声。我来到了一处沙滩。

没有月亮,但星光够亮,隐约能看到密歇根湖翻腾的水面。

我往陆地那头办公园区方向看去,听到风中断续传来人声,瞥见手电筒光束划破黑暗。

我转身往北跑,鞋子吱吱嘎嘎踩过被浪打得光滑的石头面。沿岸前方数公里处,可以看见市区高空泛着模糊夜光,那里有一幢幢摩天大楼紧邻水岸。

我回头看见几道光往南移,与我反方向,也有一些往北移,渐渐向我逼近。

我突然转向,离开水边,越过自行车道,朝一排矮树丛走去。

人声越来越近。我怀疑夜色是否够深,足以隐蔽我的行踪。

一道一米高的防波堤挡住去路,我于是攀越水泥堤岸,小腿前侧都磨破了皮,接着趴跪着爬过那排灌木,被树枝钩破衬衫和脸，还划伤了眼皮。

出了灌木丛，刚好闯进一条与湖岸平行的公路中央。

我听到从办公园区的方向传来引擎的高速旋转声。

强光刺得我睁不开眼。

我穿过马路，跳过一道铁丝网围墙，忽然间已经闯进某户人家的院子，我左闪右躲，以免被翻倒的自行车和滑板给绊倒，然后沿着屋侧往前冲，这时屋内有狗狂吠起来，灯急促亮起时我已经来到后院，再次跳过围墙后，发现自己正直穿过一座棒球场空荡荡的外野，心想不知道还能撑多久。

答案以惊人的速度出现。

到了内野边缘，我就倒下了，全身汗如雨下，每寸肌肉都疼痛不已。

狗还远远地吠着，但回头望向湖边，已经看不到手电筒的光，也听不到人声了。

我不知躺了多久，好像过了好几个小时才终于能平顺地呼吸，不再气喘吁吁。

我好不容易坐起身。

夜很凉，风从湖面吹来，在四周的树梢间横冲直撞，在内野场上扫落一阵秋叶。

我勉强站起来，又饥又渴，试图分析自己人生最后这四小时的遭遇，只是当下完全收不到脑波讯号。

我拖着脚步走出球场，进入南区一个多半是劳工聚居的街区。

街上空无一人。只见一排又一排平和宁静的住户。

我走了一公里半,或许不止,然后来到一个商业区,站在空空的十字路口,注视着头上的红绿灯在深夜里加快速度循环着。

主街道横跨两个街区,四下杳无人迹,只见对街那个脏兮兮的酒吧窗口,有三块量产的啤酒广告招牌光芒耀眼。当一群顾客踩着蹒跚步伐,吞云吐雾、喧哗地走出来时,远远出现了一辆车,这是我二十分钟内看见的第一辆车。

是一辆出租车,亮着"休息"的灯牌。

我走上十字路口,站在红绿灯下方挥舞双臂。出租车接近时放慢了速度,企图从我身边绕过去,但我往旁边一站,让它不管怎么绕都会撞到我,迫使它停下。

司机摇下车窗,怒气冲冲。"你在搞什么鬼?"

"我需要搭车。"

出租车司机是个索马里人,瘦巴巴的脸上留着胡子,却是一块一块稀疏斑驳。他透过一副巨无霸厚镜片瞪着我。

他说:"现在凌晨两点,我收工了,不载客了。"

"拜托。"

"你不识字吗?看看灯牌。"他拍拍车顶。

"我得回家。"

车窗开始上升。我从口袋掏出装着我个人物品的塑料袋,一把扯开，让他看钞票夹。

"我可以多付你……"

"走开，别挡路。"

"我可以付两倍车费。"

车窗登时停住，只差十五厘米就到顶。

"现金。"

"现金。"

我快速地数起那叠钞票。从这里到北区大概要七十五美元，而且还得加倍。

"要走就上车！"他吼道。

有几个酒吧客人发现出租车停在十字路口，可能是需要搭车，信步便往这边走来，一边喊着要我别让车开走。

我数完身上的资产了——三百三十二美元外加三张过期的信用卡。

我爬上后座，告诉他我要去洛根广场。

"距离这里四十公里！"

"我会付你双倍的钱。"

他从后视镜里怒视我。

"钱呢？"

我拿出一张百元钞递向前座："剩下的到了以后再付。"

他抢过钞票，立刻加速通过十字路口，与那群醉汉擦身而过。

我仔细检视一下钞票夹，在钞票与信用卡下面有一张伊利诺伊州驾照,上面大头照里的人是我,但我从未见过这张驾照。另外还有一张健身房会员卡和健康保险卡,我从未去过那家健身房,也从未买过那家公司的保险。

司机从后视镜偷瞄了我几眼。

"你今天晚上很不顺。"他说。

"看得出来吗?"

"我以为你喝醉了,结果不是。你衣服破了,脸上还有血。"

凌晨两点站在十字路口中央,一副无家可归、精神错乱的样子,换作是我,恐怕也不想载这种客人。

"你遇上麻烦了。"他说。

"对。"

"什么事?"

"我也说不清楚。"

"我载你去医院。"

"不,我想回家。"

3

　　我们在冷清的州际公路上往北行驶，市区大楼的轮廓逐渐变大。每驶过一公里路，我就觉得神智又正常了些，主要还是因为马上就要到家了。

　　无论这是怎么回事，丹妮拉都会帮我厘清。

　　司机把车停在我的褐石别墅对面，我付清了车费。

　　我匆匆过街爬上门阶，从口袋掏出那串不属于我的钥匙。正试着找出能插进锁孔的钥匙时，我发现这不是我家的门。不对，这是我家的门，我住在这条街，信箱上也是我的门牌号码。可是门把手不对，木头材质太过优雅，而门上那铁制的哥特风铰链，似乎更适合出现在中世纪旅店。

　　我转动门锁。门往里打开。

　　不知哪里不对劲。非常、非常不对劲。

　　我踏入门槛，进到餐厅。

　　这不像我家的气味，闻起来只有淡淡的尘土味，似乎久无人住。灯暗着，不是只亮了几盏，而是全部没亮。

我关上门,在黑暗中摸索着,直到手掠过一个灯光开关。一盏鹿角吊灯照亮室内,灯下有一张极简风玻璃桌,不是我的,还有几把椅子,也不是我的。

我喊出声来:"有人吗?"

屋里安安静静。安静得令人作呕。

在**我的**家里,餐桌后方壁炉架上有一张大大的生活照,是丹妮拉、查理和我站在黄石国家公园的"灵感台"上拍的。

在**这间**房里,摆的是同一座峡谷的高对比黑白照,颇具艺术风格,但照片中没有人。

我继续往厨房走去,一进去,便有感应器开启嵌灯。

很豪华。昂贵。也毫无生气。

在**我的**家里,有一张查理一年级做的卡片(通心粉艺术),用磁铁固定在白色冰箱上。我每次看到总会情不自禁面露微笑。

在**这个**厨房,嘉格纳牌冰箱的不锈钢表面连块污渍也没有。

"丹妮拉!"

在这里,连我声音的回声都不一样。

"查理!"

这里东西比较少,回声比较多。

走过客厅时,我发现我的旧唱片机摆放在一套最先进的音响旁边,而我收藏的爵士黑胶唱片则被精心收放在特制的嵌入式层架上,还按照字母顺序排列。

我爬楼梯上二楼。

走廊是暗的，灯的开关也不在原来的地方，但无所谓。照明设备多半都以传感器控制，我头上又亮起几盏嵌灯。

这不是我家的硬木地板。比较高级，木板较宽，质地也略为粗糙。

浴室和客房之间本来挂着我和家人在威斯康星谷拍的三连拍照片，如今却换成了海军码头的素描，是画在牛皮纸上的炭笔画。右下角画家的署名吸引了我的目光——丹妮拉·瓦尔加斯。

我走进左手边的一个房间。

我儿子的房间。

但却不是。里面完全没有他的超现实主义画作，没有床，没有漫画海报，没有作业凌乱散布的书桌，没有熔岩灯，没有背包，没有乱丢一气的衣服。

只有一个电脑放置在十分宽阔却堆满书本与纸张的书桌上。

我愕然地走到通道尽头，将一扇毛玻璃拉门滑入墙内，进到一间让人感觉冰冷的豪华主卧室，这间卧室也跟屋内其他东西一样，不是我的。

墙上又挂了几幅用炭笔在牛皮纸上画的素描，和走廊上那幅风格相同，不过房间里的主要装饰是一个嵌在桃花心木立架里的玻璃展示柜。强烈灯光从底部打上来，照亮一张得奖证书，证书以软垫皮套裱起，靠在一根丝绒支柱上。另外支柱上还用细链挂着一枚金币，上头印刻着朱利安·帕维亚的肖像。

证书上写着：

帕维亚奖

贾森·阿什利·德森 将宏观物质置于量子叠加状态，提升了人类对宇宙的起源、进化与特质的认识与了解，贡献卓著。特颁此奖，以资表扬。

我在床尾坐了下来。

我很不舒服。太不舒服了。

家应该是个避风港，是一个安全舒适、家人聚集的地方。但这根本不是我的家。

我突然一阵胃液翻涌。急忙冲进主卧房的浴室，一把掀起马桶盖，往洁白无瑕的马桶里大吐特吐。

我口渴难耐，便打开水龙头，直接把嘴凑到水流底下。然后往脸上泼水。

接着又晃回卧室。

不知道手机跑哪去了，不过床头柜上有个固定电话。

我从来没有真正拨打过丹妮拉的手机号码，所以回想了好一会儿，最后还是按了号码。

响了四声。

接电话的是个男人，嗓音深沉，充满睡意。

"喂？"

"丹妮拉呢？"

"我想你打错了。"

我念出丹妮拉的手机号码，他说："对，你没打错，但这是我的号码。"

"这怎么可能？"

他挂断了。

我又重打一次，这次才响一声他便接起。"现在是凌晨三点，别再打来了，混蛋。"

试第三次时，直接进入了那个男人的语音信箱。我没有留言。

我下床回到浴室，照着洗脸台上方的镜子，细细端详自己。

我的脸上有瘀伤、刮伤、血渍，还有一道道泥巴痕迹。虽然胡子需要刮，眼中也布满血丝，但我还是我。

倦意犹如一记重拳打中我的下巴。

我膝盖忽地一软，幸好及时扶住洗脸台面。

就在这时候，楼下……有声响。

轻轻的关门声？

我直起身子。再次警觉起来。

回到卧室后，我静静移到门边，往走道上看过去。

我听到有几个人在轻声说话。

听到无线对讲机的讯号声。

听到脚踩在硬木阶梯上，闷闷的吱嘎声。

人声越来越清晰，先是在楼梯间的墙壁回响，到了楼顶涌出，顺着廊道漫流。

墙上出现他们的影子，犹如鬼魅般抢着上楼来。

我正试图跨前一步进入走廊,忽然有个男人的声音——是冷静、慎重的莱顿——从楼梯间溜了出来:"贾森?"

走五步,我便来到走廊上的浴室。

"我们不是来伤害你的。"

他们的脚步声已经进入走廊。

一步步慢慢地、规律地往前。

"我知道你觉得困惑迷惘。在实验室的时候,你要是说点什么就好了。我没有发现你的情况有多糟,对不起,是我疏忽了。"

我小心地关上门,推入门闩。

"我们只想带你回去,以免你伤害自己或其他人。"

这间浴室比我的大一倍,有一个铺了花岗岩砖的淋浴间,和一座大理石面的双槽洗脸台。

马桶对面正是我在找的东西。墙上有个大大的内嵌架,掀开拉门,里面是让脏衣服直直落到地下室的滑槽。

"贾森。"

我听见浴室门外无线电噼啪响。

"贾森,拜托你跟我谈谈。"冷不防地,挫折感自他声音中涌现,"我们所有人放弃自己的生活,努力不懈,就是为了今晚。出来吧!这根本是莫名其妙!"

查理九岁或十岁时,某个下雨的周日午后,我们玩起地下冒险的游戏。我一次又一次把他从脏衣物滑槽放下去,把这里当成洞穴入口。他甚至背了个小背包,还将手电筒绑在头顶充当头灯。

我打开拉门,很快地爬上架子。

莱顿说:"去卧室。"

脚步声啪嗒啪嗒经过走廊。

想从滑槽下去似乎很勉强。可能太勉强了。

我听到浴室门开始晃动,门把急转,接着有个女人的声音说:"喂,这里锁着。"

我往滑槽底下看。

乌漆抹黑。

浴室门够厚实,他们第一次冲撞只些微裂开。

这玩意儿我恐怕根本挤不下去,可是当他们第二次撞门,门板轰然一声脱离铰链,倒在瓷砖上时,我发觉自己已别无选择。

他们冲入浴室时,我从镜子里飞快地瞥见莱顿·万斯与实验室一名安保顾问的身影,后者手里似乎还拿着一把电击枪。

莱顿与我在镜中四目对视了半秒钟,拿电击枪的人旋即转身,举起武器。

我两手抱胸,让自己往下坠。

正当浴室里的叫嚷声在头上越离越远,我猛地撞上一个空洗衣篮,塑胶篮应声裂开,我也从洗衣机和烘干机中间滚了出来。

脚步声已经往这儿传来,他们正咚咚咚地奔下楼梯。

我这一跌,一阵刺痛贯穿右腿。我连忙爬起身,朝通往住户后院的落地窗冲去。

铜制门把手上了锁。

脚步声接近了,说话声也变大,无线电噪声中夹杂着尖声下达的指令,叽叽作响。

我转开锁、拉开落地窗,以最快的速度跑过红杉木平台,平台上有个足以用来炫耀的烤肉架,比我的更高级,还有一座我从未拥有过的按摩浴缸。

下了阶梯进入后院,经过一片玫瑰园。我试着去开车库门,但上了锁。

屋内闹出这么大的动静,家中每盏灯都点亮了。想必有四五个人在一楼跑来跑去找我,一面互相叫喊。

后院有一道高达两米半的围墙,用以遮蔽外界目光,当我打开栅门的搭扣锁,正好有个人跑上后院平台,高喊我的名字。

巷子里没有人,我也没停下来思考该往哪个方向,只顾着跑。

到了下一条街,我回头一瞄,看见有两个人在追我。

远处有辆车的引擎轰隆发动,随后便听到轮胎急速旋转摩擦路面的吱嘎声。

我往左转,全速冲刺到下一条巷子。

每家后院几乎都有高高的围墙护卫着,但从这里过去的第五家,搭建的却是及腰的铸铁围墙。

一辆SUV一个甩尾急转弯,加速驶进巷内。

我连忙逃向矮墙。

由于没力气跳过去,只好笨手笨脚翻爬过顶端的金属尖齿,摔进后院。我爬过草地,来到车库旁的小库房,门上没有挂锁。

库房门吱呀一声打开,我溜进去时有个人刚好跑过后院。

我将门关上,以免被人听见我的喘气声。

我实在喘不过气来。

库房里黑漆漆的,充满汽油和旧草屑的味道。我背靠着门,胸口猛烈起伏着。

汗水从下巴滴落。我抓掉脸上一条蜘蛛丝。

在黑暗中,我用双手触摸三夹板墙,手指抚掠过各种工具,有树剪、锯子、齿耙、斧头的斧刃。

我从墙上取下斧头,握住木柄,用一根指头划了一下斧刃。我什么也看不见,但感觉斧头已经多年未磨,斧刃上有多处深缺口,已不再锋利。

我眨着被汗水刺痛的眼睛,小心地打开门。

没听到一点声响。

我用手肘再顶开几厘米,直到能再次看见后院。

是空的。

在这个宁谧平静的窄缝中,奥卡姆剃刀定律在我耳边呢喃——当两种理论的所有条件相等时,最简单的解答通常就是正确的。那么我认为有个秘密的实验组织,为了控制人的心智或天晓得什么目的而下药绑架我,这么想符合该定律的逻辑吗?恐怕不然。若是如此,他们就得给我洗脑,让我相信我家不是我家,否则就得在短短几小时内,弄走我的家人、搬空屋里的东西，好让我再也认不出来。

再不就是……脑子里长瘤，把我的世界搞得天翻地覆？这个可能性会不会比较大？

也许这颗瘤已经默默在我脑袋里长了几个月或几年，最后终于摧毁我的认知，扭曲我对一切事物的知觉。

这么一想，我忽然对这一猜测深信不疑。

否则还有什么能以如此毁灭性的速度打得我毫无招架之力？

还有什么能让我在数小时内失去身份、与现实脱节，并质疑自认为熟知的一切？

我等着。

等着。

再等着。

最后，走到外面草地上。

没有说话声了。没有脚步声了。没有影子。没有引擎声。

夜晚再度显得正常而真实。

我已经知道接下来要往哪去。

芝加哥慈恩医院与我家整整隔了十条街，我在凌晨四点零五分，一跛一跛地走进急诊室的强光中。

我讨厌医院。

我在医院里眼睁睁看着母亲去世。

查理一出生的前几周也在新生儿加护病房度过。

候诊室里几乎没人。除了我之外,只有一个夜班工人和苦着脸的一家三口,工人抱着绑了绷带的手臂,绷带上血迹斑斑,而那一家子的父亲则抱着哭得满脸通红的小婴儿。

在服务台处理文件的女护士抬起头来,此时此刻她双眼还能如此炯炯有神,倒是出乎意料。

她透过亚克力隔板问道:"有什么需要我帮忙的吗?"

我还没想到该说什么,甚至不知道该从何解释自己的需求。

见我没有立刻回答,她说:"你出了车祸吗?"

"不是。"

"你脸上全是伤。"

"我不太对劲。"我说。

"什么意思?"

"我想我需要找人谈谈。"

"你无家可归吗?"

"不是。"

"你家人呢?"

"不知道。"

她上下打量我——进行迅速而专业的评估。

"你叫什么名字呢,先生?"

"贾森。"

"等一下。"

她从椅子上站起来,消失在转角处。

三十秒后,服务台旁边的门发出嗡嗡声,解锁打开。

护士微笑着说:"跟我来。"

她带我来到一间病房。

"医生马上就来。"

等她出去,门关上后,我坐到诊察台上,在炫目的光线下闭上双眼。我这辈子从来没这么累过。

我下巴点了一下,随即挺直身子。

差点坐着就睡着了。

门开了。

一个胖胖的年轻医生拿着板夹走进来,身后跟着另一名护士——染了一头金发,身穿蓝色手术衣,一脸凌晨四点的倦容,就好像背着千斤重担。

"是贾森吗?"医生问道,但既没有伸出手,也没有试图掩饰值大夜班的冷漠态度。

我点点头。

"姓什么?"

我迟疑着,不知该不该说出全名,但话说回来,也许这只是脑瘤作祟,或是我脑袋里出了问题。

"德森。"

我告知拼法,他便照着草草写下来,那应该是个人基本资料表吧。

"我是主治医师鲁道夫。你今晚为什么挂急诊？"

"我觉得我精神出了问题。可能是长瘤或什么的。"

"为什么这么说？"

"事情变得很奇怪。"

"好，能不能请你说得详细一点？"

"我……好吧，这些话听起来很疯狂。我只是想让你知道我自己也明白。"

他从板夹往上瞄了一眼。

"我家不是我家。"

"我不懂。"

"就是我说的这样。我家不是我家。我的家人不见了。里面的东西都……高级得多。全部都重新装潢过，而且……"

"但还是你的住址？"

"对。"

"所以你是说里面变得不一样，但外面还是一样？"他的口气像在跟小孩说话。

"对。"

"贾森，你脸上的伤是怎么来的？你衣服上的泥巴呢？"

"有人在追我。"

我不该告诉他的，只可惜我太累了，无力过滤思绪。我听起来一定百分之百像个疯子。

"追你？"

"是的。"

"谁在追你？"

"不知道。"

"那你知道他们**为什么**追你吗？"

"因为……事情很复杂。"

他评估、狐疑的眼神隐藏得远比服务台的护士细腻且训练有方。我差点就没看出来。

"你今晚有没有吃药或喝酒？"他问道。

"早一点的时候喝了些葡萄酒，后来又喝了威士忌，但已经是几个小时前了。"

"抱歉，我再问一次——值班值太久了——你为什么认为自己的精神有问题？"

"因为过去这八小时，我的人生根本说不通。一切感觉都很真实，但又不可能是真的。"

"你最近头部有没有受伤？"

"没有。不过，我的后脑好像被人打过，摸起来很痛。"

"是谁打你？"

"我也不确定。现在我几乎什么都不确定。"

"好。你用过药吗？不管是现在或过去。"

"我一年会抽几次大麻。但最近没有。"

医生转向护士说："要叫芭芭拉来抽血。"

他把板夹往桌上一扔，从工作服口袋里掏出一支小手电筒。

"可以让我检查一下吗？"

"可以。"

鲁道夫的脸凑上前来，近在咫尺，可以闻到他气息中有混浊的咖啡味，也可以看到他刮胡子时在下巴留下的新伤口。他把光线直接照入我右眼，有那么片刻，我的视野中心只剩一个亮点，暂时将世界其他事物都消融了。

"贾森，你有没有伤害自己的念头？"

"我没有自杀倾向。"

光线射入我的左眼。

"你以前有没有因为精神疾病住院的记录？"

"没有。"

他用柔细、冰凉的手轻轻拉起我的手腕，测量脉搏。

"你从事哪一行？"他问道。

"我在雷克蒙大学教书。"

"结婚了吗？"

"结婚了。"我下意识地摸摸手上的结婚戒指。

不见了。

天哪。

护士动手卷起我左手的袖子。

"你妻子叫什么名字？"医生问道。

"丹妮拉。"

"你们处得好吗？"

"好。"

"你不觉得她会想知道你在哪里吗？我认为我们应该打电话给她。"

"我打过了。"

"什么时候？"

"一小时前，在我家。是另一个人接的。说打错了。"

"说不定你按错号码了。"

"我知道我老婆的电话号码。"

护士问道："打针没问题吧，德森先生？"

"没问题。"

她替我消毒内侧手臂时说："鲁道夫医师，你看。"她摸摸那里的一处针孔，是几个小时前莱顿替我抽血时留下的。

"这是什么时候的事？"他问。

"我不知道。"我想最好还是别提我刚刚才逃离实验室。

"你不记得有人拿针戳你的手臂？"

"不记得。"

鲁道夫对护士点了点头，她警告我说："会有点刺痛。"

他问道："你手机带在身上吗？"

"手机不知道跑哪去了。"

他抓起板夹。"再跟我说一次你妻子的名字，还有电话号码。我们会试着替你联络她。"

我说了丹妮拉的名字，并一口气念出她的手机和我们家的电话号码，而我的血也在同一时间注入塑胶试管内。

"你会替我做头部扫描吗？"我问道，"看看到底怎么回事。"

"当然会。"

他们给我安排到八楼一间单人房。

我在浴室将脸洗净，踢掉鞋子，便爬上床去。

强烈睡意袭来，但我大脑里的科学家却不肯关机。我无法停止思考。

针对一个个假设进行组织、拆解。努力地以逻辑思考贯穿所有发生的事情。

此刻的我无法知道哪些是真，哪些是假。我甚至没有把握自己结过婚。

不对，等一下。

我举起左手，端详无名指。

戒指没了，可是手指底端留有一道浅浅凹痕，证明确实有戒指存在。本来是有的，它留下痕迹了。这表示被人拿走了。

我抚摸着凹痕，对于它代表的意义感到既恐惧又安慰——这是我的现实世界的最后遗迹。

我在想……

当我的婚姻这最后的证物也消失不见，会怎么样？

当我再无依靠，会怎么样？

芝加哥的天空一步步趋近黎明，漫天紫云透着绝望，我这才沉沉睡去。

4

丹妮拉听见前门砰一声关上时，双手正浸在温热的泡沫水中。随着脚步声接近，她放下手中已经用力刷洗半分钟的炖锅，从洗碗槽上方抬起头来，转头往后看。

贾森出现在厨房与餐厅之间的拱门下，咧着嘴笑，就像她母亲说的，像个傻瓜。

丹妮拉重新将注意力转回到碗盘上，口中说道："给你留了一盘吃的，在冰箱里。"

从碗槽上方窗子里雾蒙蒙的倒影，她看着丈夫将帆布购物袋放在中岛上，然后朝她走来。他张开手臂环抱住她的腰。

她半开玩笑地说："你要是以为买几桶冰激凌就能解决了事，我就真的无语了。"

他贴靠到她身上，在她耳边轻声说："人生苦短，别生气，这是浪费时间。"他刚刚不知喝了哪种威士忌，浓浓酒味仍残留在气息中。

"四十五分钟能完成的事，怎么搞到都快三个小时？"

"因为本来说喝一杯,后来变成两杯,又变成三杯,就没完没了了。真的很对不起。"

他轻吻她的颈背,顿时仿佛有一道电流从她的脊柱直窜而下。

她说:"没这么简单就放过你。"

这时他开始吻她的脖颈。他已经好一段时间没有这样碰她。

他两手滑入水中。

与她十指交缠。

"你应该吃点东西。"她说,"我替你热一热。"

她想绕过他去开冰箱,却被他挡住去路。

此时面对着他,她直视他的双眼,或许是因为他们俩都喝了酒,两人之间的空气有股强力电流,就好像每粒分子都带了电。

他说:"天哪,我好想你。"

"你到底喝了多少,竟然……"

他冷不防地吻了她,将她推到橱柜上,料理台紧紧压迫着她的背,他的手先是抚摸她的臀,然后将她扎进牛仔裤的上衣拉了出来,这时她的肌肤感受到他手的温度,犹如火炉般滚烫。

她将他推回到中岛。"别这样,贾森。"

她在厨房微暗的光线下细细打量他,试图理出他这股生龙活虎的精力从何而来。

"你出去的这段时间有事发生。"她说。

"没事,我只是忘了时间而已。"

"这么说你没有在瑞安的派对上碰到什么年轻辣妹,让你觉得自己又回到二十五岁?你看看你回到家活像发情似的,还说……"

他笑起来,笑容灿烂。

"怎么了?"她问。

"原来你就是这么想的?"他往她靠前一步,"我离开酒吧的时候,心不在焉,脑子不知道在想些什么,也没看车就闯进马路,差点被一辆出租车撞个正着,吓都吓死了。不知道该怎么说,总之从那一刻起,不管是在店里、走路回家时,或是站在我们家厨房里,我都觉得充满生气。好像终于真真正正看清自己的人生,看清自己必须感激的一切——你,还有查理。"

她感觉到自己对他的怒气渐渐融化。

他说:"我们好像都太一成不变,深陷在那些固定轨迹里,不再能看清自己心爱的人的真实面貌。可是今晚,就是现在,我又看到你了,就像我们第一次相遇,你的声音和气味对我来说都是一个新境界,此刻我正重新感受你。"

丹妮拉走过去,捧起他的脸亲吻他。

然后拉起他的手,牵他上楼。

走廊上很暗,而她已想不起丈夫最后一次有令她如此怦然心动之举,是什么时候的事。

来到查理房前,她暂停一下,将耳朵贴到关闭的房门上,清楚听到儿子耳机里轰然传出音乐嘈嘈切切的杂音。

"警报解除。"她低声说。

他们尽可能蹑手蹑脚地走过吱嘎作响的走廊。

进卧室后,丹妮拉锁上门,打开斗柜最上层抽屉,想找根蜡烛来点,但贾森等不及了。

他将她拉向床边,拖着她一起倒在床垫上,然后翻身压在她上面,一面吻她,一面将手伸进她衣服里面,摩挲着她的胴体。

她感觉脸颊、唇上湿湿的。

是泪水。

他的。

她两手包住他的脸,问道:"你怎么哭了?"

"我觉得刚才好像失去了你。"

"你有我啊,贾森。"她说,"我就在这里,宝贝,你还有我。"

当他在漆黑卧室里为她解衣,她从未如此渴望过一个人。愤怒不见了,酒后的睡意消失了,他带着她回到他们第一次在她位于巴克镇的复式公寓里做爱的时光。市区灯光从大大的窗户照射进来,为了让十月的清爽凉风一点一点吹入,窗子敞开着,随风而入的还有深夜里酒客踉跄回家的喧闹声、远处的鸣笛声与这座休憩中的大都会的引擎声——它并未完全停摆,它从不停息,只是维持在一种舒缓的基调上,缓慢向前。

高潮时,她极力忍住不高喊出声,但她无法压抑,贾森也一样。

今晚办不到。

因为有种不同的感觉,一种更好的感觉。

过去这几年,他们并没有**不幸福**,甚至称得上十分幸福。只是她实在太久、太久没有那种如痴如醉的疯狂爱恋在心窝里沸腾、恨不得把世界搅得翻天覆地的感觉了。

5

"德森先生？"

我抽搐一下醒了过来。

"嗨，抱歉吓着你了。"

有位医生正俯视着我，她身材矮小、绿眼、红发，身穿白袍，一只手端着咖啡，另一只手拿着平板电脑。

我坐起身来。

床边窗外天色已亮，整整五秒钟，我完全不知自己身在何处。

透过窗玻璃看出去，低低云层笼罩着城市，截断了三百米以上的高楼。从这里居高临下，可以看见远方的湖水与介于当中密密麻麻、绵延三公里长的芝加哥城区，在一片中西部特有的阴霾下，所有景物都灰蒙蒙的。

"德森先生，你知道这是哪里吗？"

"慈恩医院。"

"对了。昨晚你走进急诊室，神志相当混乱，是我的同事鲁道夫医师让你住院的。今天早上他离开前，把你的病历交给我，我叫朱莉安娜·斯普林格。"

我往下瞄一眼手腕上的点滴针,然后目光顺着管子望向高挂在金属架上的袋子。

"你给我打的是什么?"我问道。

"只是普通的水。你脱水脱得厉害,现在觉得怎么样?"

我很快地自我诊断。反胃。头胀痛。嘴巴里像有棉花。

我指向窗外,说道:"就像那样,全身弥漫着一种奇怪的云雾。"

除了生理上的不舒服,我还感觉到一种压迫的空虚感,好像雨水直接落在灵魂上。

好像整个人被掏空了。

"你的核磁共振结果出来了。"她边说边开启平板电脑,"扫描结果正常,有几处轻微瘀伤,但不严重。倒是药物筛检的结果更重要得多。我们发现有些微酒精,和你告诉鲁道夫医生的相符,不过还有其他东西。"

"什么?"

"氯胺酮。"

"没听说过。"

"这是一种手术麻药,俗称克他命,副作用之一就是短期失忆,这应该是你神志混乱的部分原因。另外还筛检出一种我从未见过的东西,是一种精神作用性的化合物,非常奇怪的混合药物。"她啜饮一口咖啡,"我不得不问一下……你不是自己使用这些药吧？"

"当然不是。"

"昨天晚上，你给了鲁道夫医生你妻子的名字和两个电话号码。"

"她的手机和座机。"

"我整个早上都试着联络她，不过那个手机号码的主人是一个名叫雷夫的男人，座机则一直转到语音信箱。"

"你能把她的号码再念一遍给我听吗？"

斯普林格念出丹妮拉的手机号码。

"没错。"我说。

"你确定吗？"

"百分之百确定。"见她将视线移回到平板上，我问道，"你们在我体内发现的这些药物，可不可能造成长期的意识状态改变？"

"你是说妄想、幻觉？"

"正是。"

"老实说，我不知道这是什么样的精神药物，所以我无法确定它会对你的神经系统造成什么影响。"

"这么说它还是可能继续影响我？"

"还是那句话，我不知道它的效用持续多长，或者要多久才能排出体外。但我觉得你目前并不像受到任何药物影响的样子。"

前一晚的记忆再次浮现。

我看见自己全身赤裸,被人用枪抵着走进一栋荒废的建筑物。

针头刺入我的脖子。刺入我的腿。

和一个戴着艺妓面具的男人之间进行一段怪异谈话的片段。

一个摆满旧发电机,弥漫着月光的房间。

回想起昨夜,心头所感受到的情绪重量虽与真实记忆无异,却又衬着一种梦尤其是噩梦般的奇异感觉。

我在那栋旧屋里被人做了什么手脚?

斯普林格拉过一张椅子,坐到我床边。拉近距离后,可以看见她脸上满是雀斑,犹如洒了一脸浅色细沙。

"我们来谈谈你跟鲁道夫医生说的事。他的记录上写着……"她叹了口气,"抱歉,他笔迹太潦草了。'病患声称:我家不是我家。'你还说你脸上会有割伤和瘀伤,是因为有人在追你,可是一问到他们为什么追你,你却说不出所以然。"她从平板屏幕抬起头来,"你是教授?"

"是。"

"在……"

"雷克蒙大学。"

"是这样的,贾森。你睡觉的时候,因为我们找不到你妻子的任何踪迹……"

"什么叫你们找不到她的任何踪迹?"

"她叫丹妮拉·德森,对吧?"

"对。"

"三十九岁？"

"是啊。"

"整个芝加哥都找不到符合这个姓名、年龄的人。"

这句话将我击垮了。我别过头去，目光从斯普林格身上重新移回窗外。天阴沉沉的，连时间都被掩盖了。上午、中午、下午——难以分辨。细小雨珠附着在窗玻璃的另一面。

此时此刻，我甚至不确定该害怕什么了：是这个事实的确可能成真？或是我脑中的一切有可能瓦解溃散？之前脑瘤作祟的想法感觉要好得多，至少有个解释。

"贾森，我们也冒昧地查过你，你的名字、职业，以及我们能找到的所有资料。我希望你能非常谨慎地回答我。你真的以为自己是雷克蒙大学的物理教授吗？"

"我不是**以为**。我就是。"

"我们搜寻了包括雷克蒙在内的芝加哥每所大专院校科学系所的教职员网页。但教授名单中都没有你。"

"那不可能，我已经在那里教了……"

"我还没说完，因为我们确实找到一些关于你的讯息。"她在平板上打了几个字，"贾森·阿什利·德森，一九七三年出生于艾奥瓦州丹尼森，父亲兰德尔·德森，母亲埃莉·德森。这里说你母亲在你八岁时去世。是怎么死的？如果你不介意我问的话。"

"她有潜在的心脏疾病，又罹患恶性流感，转变成肺炎。"

"真遗憾。"她又接着念,"一九九五年,芝加哥大学毕业,二〇〇二年,取得同一所大学的博士学位。目前为止都对吗?"

我点点头。

"二〇〇四年获得帕维亚奖,同一年,《科学》杂志以封面故事报道你的研究成果,称赞那是'年度大突破'。你还担任哈佛、普林斯顿、伯克利的客座讲师。"她抬起头,正好迎上我茫然的眼神,便将平板转过来,让我看她正在读的关于贾森·德森的维基百科网页。

我所连接的心脏监测器上,心律明显变快。

斯普林格说:"二〇〇五年,你接下速度实验中心——一个喷气推进实验室——首席科学家的职务,在那之后就没有再发表过新的论文或担任教职。这里最后说,八个月前你哥哥去申报你失踪,还说你已经超过一年没有公开露面。"

我实在太过震惊,几乎喘不过气。

我的血压启动了心脏监测器的某种警报,开始发出刺耳的哔哔声。

一个身形魁梧的男护士出现在门口。

"没事,"斯普林格说,"能不能请你把它关掉?"

护士走向监测器,关掉警报。

他走了以后,医生将手伸过床边栏杆,摸摸我的手。

"我想帮你,贾森。看得出来你吓坏了。我不知道你发生了什么事,而且我觉得你自己也不知道。"

湖上来的强风把雨吹斜了。我看着雨滴在窗上画出一条条水痕，使得窗外世界模糊成一幅灰色的印象派都市风景画，其间还点缀着远方车头、车尾灯的光。

斯普林格说："我报警了。等一下会有一名警探过来听取你的说辞，看看能不能彻底查明昨晚究竟发生了什么事。这是我们首先要做的事。现在，我已经放弃联系丹妮拉，不过倒是找到了你住在艾奥瓦市的哥哥迈克的联络信息。我想征求你的同意打电话给他，让他知道你人在这里，并和他讨论你的状况。"

我不知道该说什么。我已经两年没和哥哥说话。

"我好像不太希望你打电话给他。"我说。

"可以理解，不过你要明白，根据《医疗保险流通与责任法》规定，假如我依据专业判断患者因为丧失能力或情况紧急，而无法同意或反对告知，我就有权决定是否应该将你的情况告知家属或朋友。我认为你目前的精神状态已属能力丧失，也觉得和一个认识你、知道你过往的人商量，才是对你最好的做法。因此我会打给迈克。"

她往地板瞄一眼，似乎不想告诉我接下来要说的话。

"第三件事，也是最后一件。"她说，"我们需要精神科医生的协助来掌握你的病情。我会把你转到芝加哥瑞德医院，那是一家比较靠近北区的心理卫生中心。"

"我承认，我无法完全清楚地理解现在是怎么回事，但我没有发疯。我很愿意和精神科医生谈谈；事实上我也很乐意接受这样的安排。可是我不会自愿住院,如果你是想问这个的话。"

"那不是我想问的。恕我冒昧,贾森,这件事你没有选择。"

"什么?"

"这叫作心理健康控制,而且法律规定,如果我认为你可能对自己或他人造成威胁,便可下令强制你住院七十二小时。你要知道,这样对你是最好的。你不适合……"

"我是自行决定走进这家医院的,因为我**想要**知道自己怎么了。"

"那是正确的选择,也正是我们要做的:找出你与现实脱节的原因,安排你接受必要的治疗,以便能完全康复。"

我看着监测器上的血压升高。我不想再次启动警报器,于是闭上眼睛,吸气。

吐气。再吸足一大口氧气。

血压降低了。

我说:"所以你们要把我关进软垫房里,没有皮带,没有尖锐物品,用药物让我神志恍惚吗?"

"不是那样。你来我们医院是想要好起来,对吧?这个就是第一步。你得信任我。"

斯普林格站起身,将椅子拖回房间另一头的电视底下。"那就再休息一下吧,贾森。警察很快就到了,然后今天傍晚我们就会把你转到芝加哥瑞德医院。"

我看着她离去,澄清谜团的紧迫感当头重重压下。

万一构成现在的我的所有信念与记忆片段——我的职业、丹妮拉、我儿子——纯粹只是我双耳之间的灰质所发射出的悲剧空包弹,那该怎么办?我还要奋力当那个我自以为的男人吗?或是干脆脱离他与他所爱的一切,进入这个世界希望我成为的那个人的躯壳?

万一我精神错乱,又该如何?

万一我知道的一切都是错的呢?

不对,打住。

我**没有**精神错乱。

昨晚抽的血里有药物,我身上有瘀伤,我的钥匙打开了不是我家的门。我没有脑瘤。我的无名指上有婚戒痕迹。我此时身在这间病房,这一切都实实在在地发生了。

我不能认为自己疯了。

我只能解决这个问题。

当电梯到达医院大厅打开门时,我与两名身穿廉价西装与湿外套的男人擦肩而过。他们看起来像警察,而就在他们步入电梯时,与我眼神相对,我心想他们是不是上楼来找我的。

我经过候诊区,走向自动门。由于我住的不是受到严密监视的病房,溜出来比我预期的简单许多。我只是换了衣服,等到走廊空无一人时,慢慢走过医护站,里头的人连眉毛都没抬一下。

接近出口时,我一直以为会有警报响起,有人大喊我的名字,或是警卫跑过大厅来追我。没多久我已站在雨中,天色感觉像傍晚,从繁忙的车流看来应该是下午六点左右。

我急急步下台阶,走上人行道,一直到下一条街才放慢脚步。

我回头看一眼。

没有人跟踪我,至少我看不出有人跟踪。

只有一片伞海。

我被慢慢淋湿了。不知道自己要往哪去。

来到一家银行前,我离开人行道,跑进门下躲雨。我靠在一根石灰岩柱旁,看着雨水直直打落在路面,行人穿梭其间。

我从裤子口袋掏出钞票夹。昨晚的出租车费让我原已微薄的财产大大失血,如今只剩一百八十二美元,信用卡则毫无用处。

回家是绝不可能了,不过离我住处几条街外有一家廉价旅馆,简陋到我觉得自己应该负担得起住房费。

我再次步入雨中。

外头一分一秒地变暗。变冷。

因为没穿外套或夹克,才走不到两条街的距离就已经浑身湿透。

戴斯旅馆应该就位于小村啤酒馆对街。没想到不是。顶篷的颜色不对,整个门面高档得怪异。那是一栋豪华公寓大楼。我甚至看见一个门童撑着伞站在路边,替一名身穿黑色风衣的女人拦出租车。

没走错路吧?

我往后瞄一眼经常光顾的酒吧。

小村啤酒馆的前窗应该有霓虹招牌闪烁，此时却只见门口柱子上挂着一块厚重的铜字木板招牌，被风吹得摇晃还吱吱嘎嘎响。

我继续往前走，只不过加快了脚步，雨水猛力打入眼中。

我经过了……

几家闹哄哄的酒馆。

几家正准备迎接晚餐高峰的餐厅——服务生迅速地将亮晶晶的酒杯与银器摆在白色亚麻桌布上，同时背诵当天的特别菜色。

一家陌生的咖啡馆，里头充满咖啡机磨豆的刺耳声响。

我和丹妮拉最爱的意大利餐馆，看起来一点也没变，也让我想起自己已经将近二十四小时没有进食。

但我仍继续走着。

直到连袜子都被浸湿了。

直到全身不由自主地发抖。

直到夜幕降临，我站在一栋三层楼的旅馆外面，旅馆窗上装了铁栏杆，门口上方有一块大得令人反感的招牌，上面写着：

皇家饭店

我走进去，在龟裂的棋盘式地板上滴出一摊水来。

这里出乎我的意料，不是那种破旧或脏得吓人的地方，只是遭人遗忘，风光不再。这儿的大厅很像我记忆中，曾祖父母在艾奥瓦那间摇摇欲坠的农舍里的客厅。老旧家具仿佛已经摆放上千年，当世界前进的时候，它们却被时光冰封。空气中散发着霉味，大爵士乐团的演奏轻轻地从隐藏式音响流泻而出，是四十年代的曲风。

柜台前有个上了年纪、穿着半正式礼服的接待人员，看见我这副落汤鸡模样仍面不改色，只是接过湿答答的九十五美元现金，然后交给我三楼房间的钥匙。

电梯非常狭窄，我一路气喘吁吁地勉力爬到三楼，活像个胖子，而这段时间我则是目不转睛瞪着自己倒映在铜门上扭曲变形的五官。

出电梯后的走廊昏暗又狭小，几乎无法两人并排行走。差不多走到一半时，我找到我的房间号码，费了好大劲才用钥匙转开那个旧式门锁。

里面没什么特别。

一张单人床，脆弱的金属床架加上凹凸不平的床垫。

一间浴室，约莫像衣橱大小。

一个带抽屉的柜子。

一台传统显像管电视机。

窗边有张椅子，窗外似乎有什么东西一闪一闪的。

我绕过床尾，刷地拉开窗帘往外看去，发现旅馆招牌顶端正好在齐眼高度，距离近到可以看见绿色霓虹灯光中纷落的雨。

我瞥见下方人行道上，有个男人倚着灯柱，烟在雨中缭绕而上，香烟灰烬在他帽檐的暗处忽闪忽灭。

他是在那里等我吗？

也许我太神经质，但还是走到门边检查门锁，并拴上门链。

接着我踢掉鞋子，脱去衣裤，用浴室里唯一一条毛巾擦干身子。

这间房最大的优点就是立在窗下那个旧式铸铁暖炉。我把温度调得很高，将两手放在如堤防般环绕的热气中。

我把湿衣服挂在椅背上，椅子推到暖炉旁边。

在床头柜的抽屉里发现一本基甸会《圣经》，和一本偌大的芝加哥大都会电话簿。

我趴在被压得咿呀作响的床上，匆匆将电话簿翻到 D 开头的部分，开始搜寻我的姓氏。

很快就找到我的姓名。

贾森·德森。地址正确。电话号码正确。

我拿起床头柜上的电话，拨了自己家里的电话。

电话响四声后，我听到自己的声音："嗨，我是贾森，其实也不尽然，因为真正接起电话的并不是我，是录音机。你知道该怎么做。"

哔声尚未响起，我便挂断。

那不是我们家的答录留言。

疯狂的感觉再度逼近，恐怕会让我像胎儿一样蜷缩起来，也会让我粉碎成千千万万片。

但我将它阻挡下来，重新念起我的新咒语：我不能认为自己疯了。我只能解决这个问题。

实验物理——胡扯，是所有科学——的主旨就在于解决问题。然而，不可能一次全部解决。总会有一个较大的、最重要的问题，一个大目标。可是一旦你满脑子只想到问题有多么巨大，就会茫然。

关键在于从小处着手，先专心解决你能回答的问题，开辟出一点可以站立之地。等付出努力后，**如果**够幸运，便有可能解开最重要的谜题。就像看一张特殊合成照片要一步步往后退，最后完整影像才会自动出现。

我必须把担忧、猜疑、恐惧跟自身隔离开来，只专注于这个问题，就像在实验室一样——一次解决一个小问题。

开辟出一点可以站立的干地。

此时困扰我的最大问题是：**我发生了什么事？**这个问题没有答案。暂时还无法回答。我当然有一些大致的怀疑，可是怀疑会导致偏见，而偏见不会导向真相。

为什么丹妮拉和查理昨晚不在家？为什么我看起来好像独居？

不行，这个问题还是太大、太复杂。要缩小范围。

丹妮拉和查理在哪里？

这个问题好一点，但还要再缩小。丹妮拉会知道我儿子的下落。

所以就从这个开始：丹妮拉在哪里？

昨晚在那个不是我家的屋里，我看到墙上挂了几幅素描，那是丹妮拉·瓦尔加斯的画作。她以婚前的姓名署名，为什么呢？

我将无名指举到从窗外射入的霓虹灯光下。

婚戒的痕迹不见了。

真的曾经有过吗？

我从窗帘扯下一根松脱的线头，绑在无名指上，当作我与以往熟知的世界的实际联结。

然后又回去找电话簿，匆匆翻到 V 开头的部分，找到唯一一个丹妮拉·瓦尔加斯时停下来，一把将整页撕了后拨打她的号码。

听到她录在录音机上熟悉的声音让我感动，然而留言本身却让我深感不安。

"我是丹妮拉，我出门画画去了，请留言。拜。"

不到一小时，我的衣服已经暖了，也差不多干了。我梳洗、更衣后，走楼梯下到大厅。

外头街上风在吹，但雨势已歇。靠在灯柱旁抽烟的男人走了。我饿得头昏眼花。

经过六七家餐厅后才找到一家不至于让我倾家荡产的比萨店，光线明亮却脏兮兮的，卖的是巨无霸厚片比萨。店内没有地方坐，我只好站在人行道上狼吞虎咽起来，心里一边纳闷，是不是这块比萨真如我所想的有改变人一生的力量？或者是我饿到失去判断力？

丹妮拉的地址在巴克镇。我身上还剩七十五美元和一点零钱，所以可以搭出租车，不过我想行人与车流数量都显示出周五夜晚的氛围，空气中也有相当程度的能量浮动着。

我往东走，去找我的妻子。

丹妮拉住的是一栋黄砖建筑，正面墙上爬满了最近因为天气转冷而逐渐呈枯褐色的常春藤。门铃仍是老式的黄铜面板，我在第一排从下往上第二个门铃的位置，看见她婚前的姓名。

我按了三次门铃，但没有回应。

透过镶在门边高高的玻璃窗，我看见一名穿晚礼服外加大衣的女子，踩着细细的高跟鞋，咔嗒咔嗒从走廊另一头走来。我退离窗边，在门被推开时转过身去。

她在用手机打电话，随着她经过也飘过一阵酒气，看来她今晚的节目已经提早热烈展开。她快步奔下阶梯，没注意到我。

我趁着门还没关上，赶紧推门进入，然后爬楼梯来到四楼。

丹妮拉住处的门在走廊尽头。

我敲敲门，静候着。

无人应门。

我又回到楼下大厅，不知道是否应该干脆在这里等她回来。

可是万一她出城去了呢？如果她回家时发现我像个跟踪狂在她住处附近流连，会做何感想？

快到大门口时，我的目光扫过一处布告栏，上面贴满广告传单，从画廊开幕到读书会到诗歌创作朗诵比赛，什么都有。

吸引我注意的是贴在栏位正中央那张最大的告示。其实是一张海报，宣传丹妮拉·瓦尔加斯将在一间名叫"力与美"的画廊办展览。

我停下来，很快瞄一眼开幕时间。

十月二日，星期五。

今天晚上。

回到街上，又下起雨来。我拦了一辆出租车。

画廊在十来条街外，我们沿着达曼路行驶，值此交通晚高峰时段，这里俨然成了出租车停车场，我的神经也仿佛随之紧绷到极点。

我放弃搭车，加入重金属派的文青人潮，行走在冰寒细雨中。

"力与美"是由旧包装工厂改建的画廊，排队等候进入的人组成的长龙绵延了大半条街。

浑身发抖、可怜兮兮地等了四十五分钟后，我终于脱离雨水，付了十五美元门票，与一组十人团体被匆匆带进一间前厅，看见丹妮拉的全名以巨大涂鸦字体写在四周环绕的墙面上。

在一起这十五年来，我和丹妮拉参加过许多展览与开幕式，却从未见识过这样的场面。

一个身材瘦削、留着胡子的男人从墙里一道暗门现身。

灯光转暗。

他说:"我是史蒂夫·康卡利,各位即将看到的作品的制作人。"他从门边一个抽取架扯下一个塑料袋:"请将手机放进袋子里,到另一边再还给你们。"

收集手机的袋子在众人之间一一传递。

"简单说明一下各位接下来十分钟的人生历程。创作者请大家先将理性思考搁置一旁,尽量以感性来体会她的装置。欢迎参观'缠结'。"

康卡利拿走那袋手机后,将门打开。我最后一个进入。

顷刻间,我们这群人聚集在一个瞬间变得漆黑的幽闭空间里,从门砰然关闭的回音听得出这是一个如仓库般的偌大房间。

头上逐渐淡入点点亮光,我的注意力也随之往上转移。

是星星。看起来逼真得惊人,一颗颗都蕴含着一种氤氲白光。有些近,有些远,偶尔还有一颗划过虚空。

我看出前面摆设了什么。

我们当中有人喃喃低呼一声:"我的天哪。"

那是一个用亚克力板搭成的迷宫,通过某种视觉效果,看起来仿佛在星空底下连绵不绝。一波波光线如涟漪般穿梭在嵌板之间。

我们一群人慢慢前行。

通往迷宫共有五个入口，我站在所有入口的中心交汇点，看着其他人漫步走向各自的通道。我注意到从刚才就一直有个低低的声音，与其说是音乐，倒更像是电视噪声类的白噪声，低沉而持续地沙沙作响。

我选了一条通道，进入迷宫后，透明感消失了。亚克力板被近乎炫目的强光吞噬，就连脚下也一样。

一分钟后，有几块嵌板开始显示循环影像。

诞生——孩子哭号，母亲喜极而泣。

被判死刑的男人吊在绳圈底下又扭又踢。

暴风雪。

大海。

沙漠景致绵延开展。

我继续往前。进入死巷。绕过险弯。

影像出现得越来越频繁，循环越来越快。

车祸中撞得稀巴烂的汽车残骸。

正在享受激情欢爱的一对情侣。

病患被医生和护士用轮床推过医院走道时，眼中所见的情景。

十字架。

佛祖。

五芒星。

和平标志。

核爆炸。

灯熄了。星星再次出现。

我又能看透亚克力板，只不过现在透明板与某种数码滤波器重叠——有噪声和大群昆虫与雪花纷飞。

这使得迷宫中的其他人仿佛是在辽阔荒野上游移的幢幢黑影。

虽然才刚经历了令人困惑又恐惧的二十四小时，又或者正因为那些经历，此时此刻目睹的景象才会穿透出来，给予我重重一击。

尽管看得见迷宫中的其他人，却不觉得与他们同处一室，甚至不觉得我们在同一个空间。他们似乎相隔好几个世界，迷失在他们自己的矢量空间里。

刹那间，我感觉一股迷失感排山倒海而来。不是哀伤或痛苦，而是一种更原始的感觉。

一种领悟与随之而来的惊怖——为了我们周遭无穷无尽的冷漠而惊怖。

我不知道这是不是丹妮拉的装置艺术想传达的主要信息，但我确实有此体悟。

刚刚我们所有人都游荡过自己生命的冻原，赋予无意义的事物价值，因为我们爱恨的一切，我们信仰、奋斗、杀戮与牺牲性命所为的一切，都和投射在亚克力板上的影像一样毫无意义。

在迷宫出口处有最后一个循环影像——**晴朗蓝天下，一男一女各牵着孩子的小手，三人一齐奔上草坡**——板子上缓缓出现以下一段话：

> 什么都不存在。
> 一切都是梦。
> 上帝——人类——世界——太阳、月亮、荒凉的星空——梦，全都是梦；这些并不存在。除了虚空之外，一切都不存在——而你……你不是你——你没有身躯、没有血液、没有骨骼，你只是一个念头。
>
> ——马克·吐温

我走进另一间前厅，发现同团的其他人正围聚在塑料袋边，取回手机。

再过去，进到一间灯光明亮又宽敞的展示厅，有光亮的硬木地板、装饰着艺术品的墙面、小提琴三重奏……还有一名女子穿着艳丽无比的黑色礼服，站在临时搭的活动平台上对参观民众说话。

我整整花了五秒钟才认出她是丹妮拉。她艳光照人，一只手端着酒杯，另一只手打着手势。

"这真是最美好的一夜，对前来支持我新作品的各位，我心中充满感激。这确实意义非凡。"

丹妮拉举起酒杯，用西班牙语敬道："干杯。"

众人也回敬她，趁着大家饮酒之际，我朝她走去。

近距离的她电力四射、精力充沛，我费尽力气才压制住大声呼唤她的冲动。这个丹妮拉散发着十五年前我们初次相遇时的活力，当时的她尚未被年复一年的生活——一成不变、亢奋、忧郁、妥协——转化成那个与我同床共枕的女人：一个了不起的母亲，也是了不起的妻子，却仍总得对抗他人对她原本能有何成就的谈论。

我的丹妮拉眼中有一种力道与距离，有时也让我畏惧三分。

这个丹妮拉则有些飘飘然。

现在我离她不到三米远，心怦怦直跳，不知道她会不会发现我，就在这时候……

四目交接。

她睁大眼睛、张开嘴，看不出她看到我的脸是惊吓、高兴或只是诧异。

她挤过人群，张开双臂搂住我的脖子，用力一拉，同时说道："我的天哪，真不敢相信你来了。你没事吧？我听说你出国一阵子还是失踪了什么的。"

我不知道该如何回应，便只是说："总之我来啦。"

丹妮拉已经多年没擦香水，但今晚擦了，闻起来像是没跟我在一起的丹妮拉，像是在我们各自的气味混合成**一体**之前的丹妮拉。

我不想放手——我需要她的触摸——但她已经退开来。

我问她："查理呢？"

"谁？"

"查理。"

"你在说谁？"

我心里像被什么拧了一下。

"贾森？"

她不知道我们的儿子是谁。我们真的有个儿子吗？查理存在吗？

他当然存在。他出生的时候我在场。他挣扎尖叫着来到这个世界十秒钟后，我便将他抱在怀里。

"你没事吧？"她问道。

"没事。我只是刚刚通过那个迷宫。"

"你觉得如何？"

"差点都要掉泪了。"

"这全是你的功劳。"她说。

"什么意思？"

"我们一年半前的那次对话呀。你来找我那次，记得吗？是你启发了我的灵感，贾森。我打造迷宫的每一天都会想到你，会想到你说的话。你没看到献词吗？"

"没有，在哪里？"

"在迷宫入口。这是为你而做的。我把它献给你，我也一直试着联络你，希望你今晚来当我的特别来宾，可是谁也找不到你。"她微笑着说，"现在你来了，这才是最重要的。"

我心跳得好快，整个厅室简直就像要旋转起来，忽然间瑞安·霍尔德已经站在丹妮拉身旁伸手搂着她。他身穿花呢套装，头发花白，比我最后一次见到他时更白些，身材也没那么好，不可思议的是，就在昨晚，他还在小村啤酒馆为了自己赢得帕维亚奖而举办的庆功宴上。

"好呀，好呀。"瑞安与我握手说道，"帕维亚先生亲临现场了。"

丹妮拉说："两位，我得去招呼一下，尽尽主人的本分，不过贾森，这里结束后，在我家有个秘密聚会，你要来吗？"

"乐意之至。"

我目送丹妮拉消失在人群中，瑞安说："想不想喝一杯？"

当然想了。

主办这次展览的画廊可以说是全力以赴——穿着礼服的侍者端着一盘盘点心与香槟，大厅另一头还有个餐饮吧台，上方挂着三幅相连的丹妮拉自画像。

吧台服务生替我们倒酒（麦卡伦十二年威士忌）进塑料杯时，瑞安说："我知道你近况好得很，可是我拥有这些。"

真奇怪，他完全不像昨晚我在经常光顾的酒吧里所看见的，那个被仰慕者如众星拱月般围住、自负又神气的男人。

我们端着威士忌，找了一个安静角落，远离丹妮拉与环绕在她身旁的喧闹人群。

当我们站在那里，看着越来越多人从迷宫中出来，我问道：

"你最近都在做什么？我好像跟丢了你的轨迹。"

"我转到芝加哥大学去了。"

"恭喜。这么说你在教书？"

"细胞与分子神经科学。我也一直在做某种很酷的研究，和前额叶皮质区有关。"

"听起来挺有意思的。"

瑞安靠近了些。"说真的，一直有谣言疯传，整个圈子里的人都在谈。有人说，"他压低声音，"你精神失常，发了疯，被关在哪家精神病院。还说你死了。"

"我人就在这里，脑子很清楚，有体温，有呼吸。"

"那我替你制造的那个复合物……应该是发挥功效了吧？"

我只是愣愣地瞪着他，不知道他在说什么，见我没有立刻回答，他又说："好，我明白。他们让你签了一大堆保密协议，多得都快把你整个人埋掉了。"

我啜了一口酒，肚子还觉得饿，酒精太快就冲上脑门。另一个侍者从旁经过时，我从银盘上抓起三个迷你咸派。

瑞安只要心有疑虑，便不会轻易罢休。

"其实不是我想抱怨什么，"他说，"我只是觉得我替你和中心做了很多白工。我们俩是老交情了，我也知道你现在的成就非同寻常，可是我不知道……我想你已经从我这里得到你想要的，而且……"

"什么？"

"算了。"

"不，拜托你说出来。"

"我只是想说你大可以对大学时代的老室友多一点尊重。"

"你在说什么复合物？"

他看着我，几乎毫不掩饰鄙夷之情。"去你妈的。"

厅里越来越拥挤，我们默默站在外围。

"你们俩在一起了吗？"我问道，"你和丹妮拉？"

"可以这么说。"他回答。

"什么意思？"

"我们交往了一阵子了。"

"你一直对她很有意思，对吧？"

他只是不自然地笑笑。

我的视线扫过人群，找到了丹妮拉。她正被一群记者团团围住，神情自若，记者们则翻开活页本，奋笔疾书记录她的谈话。

"还顺利吗？"我虽这么问，却不是真的想知道答案，"你和我的……和丹妮拉。"

"太棒了。她是我梦寐以求的女人。"

他露出神秘的笑容，有那么几秒钟，我真想杀了他。

凌晨一点，我坐在丹妮拉家的沙发上，看着她送最后一位客人出门。过去这几个小时可说是一大挑战，既要努力和丹妮拉艺术界的朋友维持尚算有条理的谈话，还要找机会与她真正独处。但我显然还会继续错失这个时机,因为瑞安·霍尔德,现在和我妻子上过床的这个男人,也还没走,当他瘫坐在我对面的沙发上时,我有预感他今晚可能会留下过夜。

我端着厚重的威士忌酒杯,啜饮杯底剩余的些许单(一)麦(芽)威士忌,没有醉,但微醺的感觉好得要命,虽然心神坠入神秘的兔子洞里,酒精却发挥了极佳的缓冲效果。

而兔子洞底的这个仙境,据说就是我的人生。

不知道丹妮拉是否希望我离开。不知道我是否就是那个赖到最后仍不肯走的不识相客人,殊不知主人早就想下逐客令了。

她关上门,拴上门链。踢掉脚上的高跟鞋,踉踉跄跄走向沙发,一屁股跌坐在抱枕当中,大叹一声:"累死了。"

她打开沙发旁边茶几的抽屉,取出一个打火机和一支彩色玻璃烟斗。

丹妮拉怀上查理之后便戒了大麻,从此再也没有抽过。我看着她吸了一口,然后将烟斗递给我,反正这一夜都已经够怪异了,抽一口又何妨?

不久我们三人都飘飘欲仙起来,只觉得这间宽敞、安静的复式公寓,除了墙上挂满各式各样光怪陆离的艺术品,还有一种细细的嗡鸣声。

客厅南面有一扇可当成背景的大窗,丹妮拉刷的一声拉起百叶窗,玻璃窗外立刻出现灯火辉煌的市景。

瑞安将烟斗递给丹妮拉,她开始重填烟草时,我的老室友忽然倒在椅子上,仰头瞪着天花板。看他不停舔着牙齿前侧,我不禁微微一笑,这向来是他抽大麻的习惯动作,早在研究所时期就是这样。

我望着窗外那片灯海问道:"你们两个有多了解我?"

此话一出,似乎引起了他们注意。

丹妮拉将烟斗放到桌上,坐在沙发上转身面对我,两只膝盖缩抱在胸前。

瑞安蓦地睁大双眼,从椅子上坐起来。

"你这话是什么意思?"丹妮拉问道。

"你们信任我吗?"

她伸出手摸摸我的手。简直就是触电的感觉。"当然了,亲爱的。"

瑞安说:"即使我们俩不合,我也一直很敬佩你的气度与正直。"

丹妮拉面露忧色:"你没事吧?"

我不该这么做,**真的**不该这么做。

但是我要。

"纯属假设,"我说,"有位男科学家,也是物理学教授,住在芝加哥。他一直没有实现功成名就的梦想,但却活得快乐,大致上也算满足,而且娶了——"我看着丹妮拉,想到刚才瑞安在艺廊形容她的话,"他梦寐以求的女人。他们生了一个儿子,过着幸福的生活。

"有天晚上，这个男人去一家酒吧见老朋友，是他大学时期的死党，那位朋友最近刚赢得一项大奖。但就在他走路回家途中，发生了怪事。后来他没能回家。他被绑架了。一连串事情都很诡异，可是当他好不容易完全清醒过来，人却在南芝加哥的一个实验室里，而且一切都变了。他住的地方不一样了，也不再是教授，更没有和那个女人结婚。"

丹妮拉问道："你是说他**觉得**这些事情变了，或者是真的变了？"

"我是说从他的角度看，这已经不是他的世界。"

"他长了脑瘤。"瑞安假设道。

我看着老友说："核磁共振扫描的结果没有。"

"那可能是有人在捉弄他，在玩一个计划周密、全面渗透到他生活中的恶作剧。我好像在哪部电影看过类似情节。"

"不到八个小时，他家内部就彻底换新，而且不只墙上挂的画不一样，还有新的电器设备、新的家具，电灯开关也改了位置，恶作剧不可能搞得这么复杂。再说，这么做用意何在？他只是个平凡的男人，怎么会有人如此大费周章地捉弄他？"

"不然就是他疯了。"瑞安说。

"我没疯。"

屋内顿时悄然无声。

丹妮拉拉起我的手："你想跟我们说什么，贾森？"

我看着她说："今晚稍早，你说我和你的一次谈话启发了你的创作灵感。"

"没错。"

"你能跟我说说我们谈了什么吗?"

"你不记得了?"

"一个字也不记得。"

"那怎么可能?"

"拜托了,丹妮拉。"

她停顿了好一会儿,细细凝视我的双眼,或许是想确认我不是在开玩笑。

最后才开口说:"那应该是春天的事了。我们已经有一段时间没见面,而自从多年前分道扬镳以后,我们其实就没说过话。当然了,我一直在留意你成功的消息,也很以你为傲。"

"总之,有一天晚上,你突然跑到我的住处来,说你那阵子老是想起我,起初我还以为你只是想复合,没想到是另有原因。你真的**一点儿**都不记得?"

"就好像我根本不在场。"

"我们开始谈起你的研究,谈起你卷入一项保密的计划,你还说——这我记得清清楚楚——你说你恐怕再也见不到我了。那时我才明白你不是来叙旧情,而是来道别。然后你跟我说人的一生就是一连串的选择,你搞砸了其中几个,但最大的失误却是和我有关。你说对这一切你很抱歉,说得令人感动万分。你走了以后,我再也没有听说你的消息或见到你,直到今天晚上。

现在我有个问题问你。"

"问吧。"在酒精与迷药的作用下,我试图厘清她话中的含意,却不禁晕眩起来。

"今天在开幕酒会上,你一看见我就劈头问我知不知道'查理'在哪里。那是谁?"

丹妮拉最令我喜爱的特质之一就是诚实。她绝对心口如一,不会过滤,不会自我修正。她有什么感觉便直说,没有任何诡诈心机,不懂得算计。

因此当我直视丹妮拉的眼睛,发现她刚刚的话确确实实是由衷之言时,我几乎就要心碎了。

"那不重要。"我说。

"显然很重要。我们已经一年半不见,而你一开口就问这个?"

我一口喝干了酒,用臼齿嘎吱嘎吱咬着最后即将融化的冰块。

"查理是我们的儿子。"

她脸上一下子没了血色。

"等一下。"瑞安语气尖锐地说,"这段对话好像越来越像醉话了。这是怎么回事?"他看看丹妮拉,又看看我,"你在开玩笑吗?"

"不是。"

丹妮拉说:"我们没有儿子,你清楚得很。我们已经分手十五年了,这你知道啊,贾森,你**明明**知道。"

我想我现在可以试着说服她，我知道这个女人太多事情了——有一些童年的秘密，都是她在过去五年的婚姻生活中才告诉我的。但我担心"揭秘"后会产生反作用，她不但不会把这些当成证据，还会认为我在耍把戏、玩手段。我敢打赌，要想让她相信我没撒谎，最好的方法就是明明白白的真诚态度。

我说："丹妮拉，我所知道的是，我和你住在我位于洛根广场的褐石联排别墅里，我们有一个十四岁的儿子叫查理。我是一个平凡教授，在雷克蒙大学教书。你是个了不起的贤妻良母，牺牲自己的艺术事业当家庭主妇。而你呢，瑞安，你是个知名的神经科学家，是**你得到了帕维亚奖，是你**在全世界到处做巡回演讲。我知道这话听起来太疯狂，但我没有长脑瘤，没有人在捉弄我，我也不是失心疯。"

瑞安干笑一声，但声音中明显带着一丝不安。"为了方便论证起见，姑且假设你刚刚说的一切都是真的，或者至少你相信那是真的。在这整段说辞中的未知变量，就是你最近这几年在研究的东西，也就是那个秘密计划。你能告诉我们些什么？"

"无可奉告。"

瑞安费力地站起来。

"你要走了？"丹妮拉问道。

"很晚了，我受够了。"

我说："瑞安，不是我**不愿意告诉你**，是我**没办法**告诉你。我完全不记得了。我是物理学教授。我在实验室醒来，每个人都认为我是那里的一分子,但我不是。"瑞安拿起帽子走向大门。

正要跨出门槛时,他转身面向我说:"你很不对劲,我带你去医院吧。"

"我去过了。我不会再回去。"

他看着丹妮拉:"你要他走吗?"

她转向我,寻思着——我猜——要不要和一个疯子独处。万一她决定不相信我,怎么办?

最后她摇摇头说:"没关系。"

"瑞安,"我说道,"你替我制造了什么复合物?"

他只是怒视着我——有一度我以为他会回答,因为他脸上的紧绷感慢慢消退——好像在研判我到底是疯了或者只是个喝醉的混蛋。

一刹那间,他做出了决定。

严厉的神情重现。

他说道:"晚安,丹妮拉。"声音中没有一丝温度。

然后转身。

离开。

砰的一声关上了门。

丹妮拉穿着瑜伽裤和裸背背心,手里端着一杯茶走进客房。

我已经冲了澡。

丝毫没有舒服一点的感觉,但至少身上干净了,医院里病菌与漂白水的臭味也没了。

她往床垫边缘坐下,将马克杯递给我。

"洋甘菊。"

我用两手捧着热热的陶杯,说道:"你不必这么做,我有地方可去。"

"你住下来吧,不用再多说。"

她翻爬过我的腿,坐到我身边,背靠着床头板。

我啜饮着茶。茶水温热、微甜,有安定心神的效果。

丹妮拉望过来:"你去医院的时候,他们觉得你有什么问题?"

"他们不知道,只是想让我住院。"

"精神病院?"

"对。"

"你不答应?"

"对,我就离开了。"

"所以本来会强制执行。"

"没错。"

"你确定这不是目前最好的做法吗,贾森?我的意思是,如果有人对你说了你对我说的话,你会做何感想?"

"我会认为他疯了,但那是我错了。"

"那你告诉我,"她说,"你觉得你发生了什么事?"

"我也不太确定。"

"可是你是个科学家，你应该有结论。"

"我的资料不足。"

"你的直觉是怎么想的？"

我啜饮一口洋甘菊茶，品尝着茶水滑落喉咙的那股温热。

"我们每个人都是懵懵懂懂地度日，浑然不知自己身在一个更大、更奇怪到无法想象的现实当中。"

她拉起我的手握在手里，尽管她不是我所认识的丹妮拉，尽管是在此时此刻，坐在这张床上，身在这个错误的世界里，我仍难掩对这个女人的疯狂爱恋。

我转头看着她，看着那双眼神迟滞却热切的西班牙眼眸。我不得不用尽全身力气才能克制住自己的手，不去碰她。

"你害怕吗？"她问道。

我回想起用枪指着我的男人，回想起那个实验室，回想起跟踪我回到我的褐石房屋企图逮捕我的那队人马，又想到在我旅馆房间的窗下抽烟的男人。除了有关我身份的诸多元素与眼前的现实不吻合之外，在这四面墙外头还有真真切切的一群人想找到我。

他们以前伤害过我，也可能还想再伤害我。

逐渐清醒后，有个念头猛地重压而下——他们会不会追踪我到这里来？我会不会让丹妮拉身陷险境？

不。

如果她不是我妻子，如果她只是我十五年前的女友，怎会有人注意到她？

"贾森？"她又问了，"你害怕吗？"

"非常。"

她抬起手，轻轻摸一下我的脸说："瘀青。"

"不知道怎么来的。"

"跟我说说他的事。"

"谁？"

"查理。"

"你一定觉得很别扭吧。"

"不能说没有。"

"好吧，我告诉你，他今年十四岁，快满十五了。他的生日是十月二十一日，在芝加哥慈恩医院出生，是早产儿。体重只有八百七十九克。最初几年他需要被很小心地照顾，不过他是个斗士，现在已经跟我一样高、一样健康了。"

她眼中泪水涌现。

"他有你的深色头发和幽默感。成绩一向都是中上。右脑非常发达，像妈妈。很迷日本漫画和滑板。爱画一些疯狂的景致。现在说他的观察力和你一样敏锐，应该不算太早。"

"别说了。"

"怎么了？"

她闭上眼睛，泪水从眼角挤出，流下双颊。

"我们没有儿子。"

"你敢向我发誓,你对他毫无记忆?"我问道,"这不是什么游戏?只要你现在告诉我,我就不会……"

"贾森,我们十五年前就分手了。说得确切一点,是你提出的。"

"不是这样。"

"前一天我告诉你我怀孕了,你需要时间考虑。然后你到我的公寓来,说那是你所做过的最艰难的决定,可是你有研究工作要忙,那是最后会赢得大奖的研究。你说接下来的一年你都要待在无尘实验室里,说我不该受到如此对待,我们的孩子也不该受到如此对待。"

我说:"事情不是那样。我跟你说日子会不好过,但我们会熬过来。我们结了婚,你生了查理,我失去了补助,你放弃了画画,我变成教授,你变成全职母亲。"

"可是今晚的我们,没有结婚、没有小孩。你刚刚从那个即将让我成名的装置艺术开幕酒会过来,而你也确实获得了那个奖。我不知道你的脑子是怎么回事,也许你真的有两段互相矛盾的记忆,但我知道什么才是真的。"

我低头注视从茶水表面升起的蒸气。

"你觉得我疯了吗?"我问道。

"我不知道,不过你不太对劲。"

她看着我,眼中满是同情,富同情心向来是她最大的特点。

我摸摸套在手指上、宛如护身符的线圈。

我说:"你也许相信我现在说的话,也许不相信,但我要你知道:**我**是信的。我绝不会对你撒谎。"

自从在那间实验室恢复意识至今,这恐怕是我所经历过最不真实的一刻——和既是我妻子又不是我妻子的女人,坐在她公寓客房的床上,谈论着我们显然从未有过的儿子,和不属于我们的生活。

半夜里,我独自在床上醒来,心怦怦地跳,黑暗在旋转着,嘴里干得难受。

心慌了整整一分钟,不知自己身在何处。

不是酒精或大麻烟的缘故。

是一种更深层的迷惘。

我用被单紧紧裹住身子,却仍忍不住发抖,每分每秒都感觉全身更加疼痛,两腿酸痒不止,头阵阵抽痛。

眼睛再度睁开时,房里充满阳光,丹妮拉就站在我身边,神情忧虑。

"你身子好烫,贾森。我应该带你去挂急诊。"

"我没事。"

"你看起来不像没事。"她在我额头上放一条冰毛巾,问道,"这样觉得如何?"

"很好,但你不必这么做。我可以搭出租车回旅馆去。"

"你敢离开试试看。"

中午过后不久,我退烧了。

丹妮拉重新给我煮了鸡汤面,我就坐在床上吃,她则坐在角落的椅子上,眼中带着一种我再熟悉不过的距离感。

她在沉思,在琢磨着什么,没有发现我在看她。我不是有意盯着她,只是无法从她身上移开目光。她依然是百分之百的丹妮拉,只不过……

头发较短。

身材较好。

化了妆,穿着打扮——牛仔裤搭合身T恤——让她看起来比三十九岁年轻许多。

"我幸福吗?"她问道。

"什么意思?"

"在你说我们一起度过的人生中……我幸福吗?"

"我还以为你不想谈呢。"

"昨晚我怎么也睡不着,满脑子就想着这个。"

"我想你是幸福的。"

"即使没有我的艺术?"

"你当然会想念。你会去见成名的老朋友,我知道你为他们高兴,但我也知道那刺痛了你。就像它也刺痛了我。那是我们之间的黏合剂。"

"你是说我们两个都是失败者？"

"我们没有失败。"

"**我们**幸福吗？我是说在一起生活。"

我将汤碗搁到旁边。

"幸福啊。虽然有一些小摩擦，婚姻生活就是这样，但我们有一个儿子、一个家、一个家庭。你是我最好的朋友。"

她正视着我，露出一抹奸笑问道："我们的性生活怎么样？"

我笑而不答。

她说："天哪，我竟然让你脸红了？"

"是啊。"

"可是你没回答我的问题。"

"可不是嘛。"

"怎么了？有那么糟吗？"

她这是在调情。

"不，好极了。只是你让我觉得尴尬。"

她起身往床边走来。

坐到床上，用那双深沉的大眼睛瞅着我。

"你在想什么？"我问道。

她摇摇头。"我在想，如果你不是疯了或是满口胡言，那我们刚刚的对话可真是人类史上最奇怪的一段对话了。"

我坐在床上，看着芝加哥上空的日光渐渐消退。

不管昨晚是什么样的风暴带来了降雨，如今都已停歇，风雨过后，天空晴朗，树叶变了色，逐渐转暗的光线偏折成一片金黄，有一种慑人的特质，我却只能以失落来形容。

那是以诗人罗伯特·弗罗斯特①之笔也留不住的金黄。

外头厨房里，锅子咕噜咕噜响，橱柜开开关关，烹调中产生的肉香循着走廊往回飘入客房，那气味熟悉得令人狐疑。

我爬下床，整天下来两脚第一次稳稳踩在地上，接着朝厨房走去。

厨房里播放着巴赫的音乐，红酒已经开瓶，丹妮拉站在厨房中岛前，穿着围裙、戴着泳镜，在皂石料理台上切洋葱。

"好香啊。"我说。

"帮我搅拌一下好吗？"

我走到炉子前，掀起一只深锅的盖子。

蒸气升腾扑向我的脸，让我有种回家的感觉。

"你觉得怎么样？"她问道。

"好像变成了另一个人。"

"所以呢……好些了吗？"

"好多了。"

这是一道传统的西班牙料理：混合各种当地豆类植物与肉

---

① 罗伯特·弗罗斯特（1874—1963），美国诗人，此处的典故出自其诗作《美景易逝》（*Nothing Gold Can Stay*）。——译者注

炖成的豆泥，其中加了西班牙腊肠、意大利培根和血肠。丹妮拉每年会煮个一两次，通常都在我生日那天，或是某个雪花纷飞的周末，我们只想整天一起喝酒、煮东西的时候。

我搅拌一下浓汤，又把盖子盖上。

丹妮拉说："这道豆泥料理是……"

我没来得及制止自己便脱口而出："你妈妈留下的食谱。或者说得确切一点，是**她**妈妈的妈妈留下的。"

丹妮拉停下手中的刀。

回头看着我。

"让我做点事情吧。"我说。

"你还知道我哪些事？"

"在我看来，我们已经在一起十五年了，所以我几乎无所不知。"

"可在我看来，我们只交往两个半月，而且是八辈子以前的事了。而你竟然知道这是我们家几代相传的食谱。"

霎时间，厨房里安静得令人心里发毛。

我们之间的空气中仿佛带着正电荷，以某种频率在我们知觉的边缘嗡嗡作响。

过了一会儿她才终于说："你要是想帮忙，我正在准备铺在豆泥上的东西，我可以告诉你有哪些，不过你八成已经知道了。"

"切达干酪丝、芫荽和酸奶？"

她露出几乎细不可察的笑容,并扬起一边眉毛,"我没说错,你已经知道了。"

我们在大窗边的餐桌用餐,烛光倒映在玻璃上,窗外还有市区的灯光闪烁,那是我们本地的群星。

食物丰盛、火光中的丹妮拉美丽动人,自从跌跌撞撞跑出那间实验室以后,我第一次有了踏实的感觉。

晚餐结束后——碗空了,第二瓶红酒也见底了——她伸手越过玻璃桌面碰触我的手。

"贾森,我不知道你出了什么事,但我很高兴你还是想办法找到了我。"

我想吻她。

她收留了我,在我迷失的时候。

在这个世界完全让人想不通的时候。

但我没有吻她,我只是紧握她的手说:"你根本不知道你帮了我多大的忙。"

我们收拾桌面,将碗盘放进洗碗机,然后着手清理剩下的堆满水槽的碗盘。

我负责洗,她负责擦干、归位,就像一对结婚多年的夫妻。

我忽然没头没脑地说了一句:"瑞安·霍尔德呀?"

她正在擦拭汤锅内部,忽然停下来看我。

"你对这个有什么意见想分享吗?"

"没有,只是……"

"什么?他是你的室友、你的朋友。你不赞成?"

"他一直在打你的主意。"

"你这是在忌妒吗?"

"当然。"

"拜托,成熟点吧。他是个完美的好人。"她又继续擦锅子。

"你们有多认真?"我问道。

"我们出去约会过几次。彼此都还没在对方家留过牙刷。"

"我倒觉得他很想。他好像完全被你迷倒了。"

丹妮拉得意地笑笑:"怎么可能不被迷倒?我这么有魅力。"

我躺在客房床上,开着窗,好让城市的喧嚣像声音播放器一样为我催眠。

我透过高高的窗子,呆呆凝望沉睡中的城市。

昨晚,我最初的动机是回答一个简单的问题:**丹妮拉在哪里?**

结果我找到她了——一个成功的艺术家,独居。

我们从未结过婚,从未有个儿子。

除非我被一起有史以来最精心策划的恶作剧所戏弄,否则丹妮拉的生活特征似乎证实了过去四十八小时以来不断揭露的事实……

这不是我的世界。

即便这几个字闪过脑海，我也难以确定这是什么意思，又该如何考量这句话真正的分量。于是我又说了一次。

试着套用在自己身上。看看有多符合。

这不是我的世界。

轻轻的敲门声将我从梦中惊醒。

"请进。"

丹妮拉进来后，上床爬到了我身边。

我坐起来，问道："没事吧？"

"我睡不着。"

"怎么了？"

她吻了我，感觉不像亲吻结婚十五年的妻子，倒像是十五年前第一次亲吻她。

十足的能量冲击。

当我压到她身上，两手顺着她的大腿内侧往上抚摸，将丝质睡衣撩上她赤裸的臀部时，蓦然停住。

她喘息问道："你怎么停了？"

我差点就说：**我不能这么做，你不是我老婆**，但这根本不是事实。

她**就是**丹妮拉，是这个疯狂世界里唯一帮过我的人，而且没错，也许我是想找到正当理由，但这上下左右实在被搞得太混乱，也太令人惊恐、绝望，因此我不只是想要，也需要，我想她也一样。

我定定俯视她的双眼,只见那眼眸在窗口流泻进来的光线下迷蒙闪烁。

那双眼睛能让人坠入其中,且不停坠落。

她不是我儿子的母亲,她不是我的妻子,我们没有共同生活过,但我依然爱她。我爱的不只是存在我脑海中、活在我过去历程中的丹妮拉,我也爱此时此刻躺在这张床上、被我压在身子底下、有血有肉的女人,不管这是什么地方,因为物质组合是一样的——一样的眼睛、一样的声音、一样的气味、一样的味道……

接下来并非夫妻之间的鱼水之欢。而是一段爱抚、摸索、犹如发生在汽车后座、未采取防护措施(因为谁管得了那么多)、仿佛质子互相撞击般的炽烈性爱。

片刻过后,汗流浃背、浑身震颤的我们交缠在一起,躺着望向窗外的城市灯火。

丹妮拉的心脏在胸腔内狂跳,我可以从肋骨边感觉到她扑通扑通的心跳开始缓和下来。

越来越慢。

越来越慢。

"你没事吧?"她小声地说,"我可以听到你脑子里的齿轮在转动。"

"要是没有找到你,真不知道我会怎么做。"

"但你找到了呀。不管发生什么事,我都会在你身旁,你知道的,对吧?"

她的手指轻抚过我的手。摸到我无名指上的线圈时停了下来。

"这是什么?"她问道。

"证据。"我说。

"证据?"

"我没疯的证据。"

四周再度变得安静。

我不确定几点了,但肯定已经过了凌晨两点。

酒吧现在也要关了。

街道安静沉缓,一如风雪夜之外的日常夜晚。

从窗缝泄入的风是这个季节里最冷的风。

它从我们汗水淋漓的身体上细细流淌而过。

"我得回我家去。"我说。

"你在洛根广场的家?"

"对。"

"为什么?"

"我家里有个工作室,我想打开电脑看看我到底在研究些什么。也许还能找到一些文件资料、笔记之类的,让我知道自己发生了什么事。"

"明天一早我可以开车载你去。"

"最好还是不要。"

"为什么？"

"可能不安全。"

"为什么会不……"

外面客厅大门传来砰砰砰巨响，像是有人用拳头猛捶大门。我想象警察就是这么敲门的。我问道："在这个时间会是谁啊？"

丹妮拉爬上床，光着身子走出房间。

我花了一会儿工夫在扭成一团的棉被里找到内裤，才刚穿上，就看到丹妮拉正好穿着毛巾布浴袍走出她的卧室。

我们一起进入客厅。丹妮拉走到门边时，重重的敲门声仍持续不断地传来。

"别开门。"我低声说。

"当然。"

她正要凑到猫眼上去看，电话忽然响了。

我们俩都吓一跳。

丹妮拉穿过客厅，走向放在茶几上的无线电话。

我从猫眼往外瞄，看见有个男人站在走廊上，背对着门。

他在打电话。

丹妮拉接起电话说："喂？"

那个男人一身黑色装扮——马丁靴、牛仔裤、皮夹克。

丹妮拉对着话筒说："哪位？"

我靠向她，指指大门，用嘴型问道：**是他吗**？

她点点头。

"他想做什么？"

她指了指我。

这时我能听到男人的声音同时从门外和她的无线电话筒中传来。

她对着电话说："我不知道你在说什么。这里只有我，我一个人住，所以不会在凌晨两点让一个陌生男人进……"

门突然打开，门链应声断掉并飞到客厅另一头，那个男人举着手枪走进来，枪管前方加装了一支黑色长管。

他瞄准我们两人，当他踢了一下门，把它关上后，我闻到新旧交杂的烟味飘入公寓中。

"你要的人是我，"我说，"跟她一点关系都没有。"

他比我矮上三五厘米，但身材比较壮，剃了光头，一双灰色眼睛里的眼神，与其说是冷酷倒不如说是疏离，好像不把我当人看，而是当数据看待。全是一与零。如同机器一般。

我觉得口干舌燥。

实际发生的情况与我大脑的分析处理之间有种奇怪的距离，像断线，像延迟。我应该做点什么、说点什么，却好像被这个男人的突然出现给吓呆了。

"我会跟你走，"我说，"只是……"

他将枪口微微从我身上移开，往上举。

丹妮拉说："等一下，不要……"

一声枪响打断了她，装了消音器之后的枪的声音减弱不少。

刹那间，我被一阵细细的红雾蒙住双眼，而丹妮拉坐在沙发上，那双黑色大眼睛之间的正中央开了一个洞。

我尖叫着要冲向她，不料体内每个分子忽然都卡住，肌肉也因为痛苦莫名而不由自主地紧绷起来。我重重摔倒压垮了茶几，整个人就在碎玻璃当中发抖、低号，并告诉自己这不是真的。

抽烟的男人将我无力反击的两条手臂扭到背后，并将我的手腕交叉成十字状，再用束线带绑起。

接着我听到撕扯声。他在我嘴上贴了防水胶带，然后坐在我身后的皮椅上。

我隔着胶带嘶喊，哀求他不要这样对我，但事情还是发生了，我无力改变。

我听到男人的声音在身后响起——口气冷静，声域高得出乎我意料。

"喂，我在这里……不，还是你们回来吧……没错。放回收桶和垃圾桶那里。院子的后栅门和公寓的后门都开着……两个应该就可以了。我们这里情况很不错，不过你也知道，最好还是别拖拖拉拉……对……对……好，可以。"

刚才那令人痛不欲生的一击应该是电击枪造成的，如今痛苦终于慢慢趋缓，只是我仍虚弱得动弹不得。

从我所在之处，只能看见丹妮拉两条腿的下半截。我看着一道鲜血从她的右脚踝往下流过脚背，流过脚趾缝，开始凝聚在地板上。

我听到男人的手机响了。

他接起后说:"嗨,宝贝……我知道,我只是不想吵醒你……对,临时有事……不知道,可能早上吧。等我这边结束以后,带你去'金苹果'吃早餐怎么样?"他笑了一声,"好,我也爱你,做个好梦吧。"

我顿时泪眼迷蒙。

我隔着胶带大喊,喊到喉咙火辣、刺痛,心想或许他会射杀我或把我打晕,只要能结束此刻的剧痛,怎样都好。

但他似乎毫不在意。只是静静地坐在那里,任由我愤怒地嘶喊。

6

丹妮拉坐在计分板下方的观众席上，底下是爬满常春藤的外野墙面。这是个周六午后，是例行赛的最后一场主场赛事，她和贾森、查理正一起观看小熊队在爆满的主场上惨遭修理。

暖和的秋日万里无云。

无风。

像一种永恒的感觉。

空气中充满——

烤花生香。

爆米花香。

塑料杯中啤酒满得快要溢出来了。

观众的呐喊声让丹妮拉出奇心安，而他们坐得离本垒板够远，每当球员挥出一记飞出墙外的高飞球，他们总能留意到挥棒与球棒的敲击声——亦即光速对比音速——之间的时间差。

查理小时候，他们常来看球赛，但最后一次进瑞格利球场好像已经是八百年前的事了。昨天贾森提出建议时，她以为查理不会感兴趣，但想必是搔到儿子心灵深处某个怀旧的痒处，他竟然愿意来，而且此时的他显得轻松愉快。他们都很快乐，对于这阳光底下的三人行——吃着芝加哥式热狗、看着球员在鲜绿草地上跑来跑去——几乎满足得不能再满足。

丹妮拉夹坐在她生命中最重要的两个男人中间，将微温的啤酒一饮而尽时，忽然觉得今天下午的感觉有些不同，却又不确定是因为查理、贾森还是她自己。查理完全专注于当下，没有每隔五秒钟就看手机。而贾森的快乐神情，她已多年未见。此时她心里只浮现了一句"**无事一身轻**"。他的微笑似乎更开朗、更灿烂，也更不吝于展露。

而且他的两只手始终放在她身上。

如此说来，异样或许在她。

或许是这罐啤酒、是那水晶般闪耀的秋日阳光，还有群众共同展现的充沛能量。

也就是说，或许只是秋日里，在她居住的城市中心观赏一场棒球赛所感受到的盎然生气，让她有异样的感觉。

看完球赛，查理有自己的计划，他们便送他到洛根广场一个朋友家，然后回家换个衣服，再出门享受两人独处的夜晚时光——往市区方向去，没有计划，没有特定目的地。

一趟周六夜的漫游。

行驶在湖滨大道夜晚的浩荡车流中，丹妮拉的目光越过车龄十年的雪佛兰萨博班越野车的中央置物箱望过来,说道:"我大概知道我想先做什么了。"

三十分钟后,他们已经坐在一座串满灯光的摩天轮车厢里。

缓缓升上海军码头的上空之际,丹妮拉注视着这座城市的优美轮廓,贾森则紧紧搂着她。

旋转到最高点时(距离下方的乐园四十五米高),丹妮拉感觉到贾森扶着她的下巴,将她的脸转向他。

整个车厢内只有他们两人。

即使在这么高的地方,夜风中依然有漏壶蛋糕与棉花糖的香甜气味。

也能听见孩童骑乘旋转木马的笑声。

还有一名女子在远远下方的迷你高尔夫球场上一杆进洞,发出欣喜的尖叫。

贾森的浓烈激情划破这一切。

当他亲吻她时,她可以感觉到他防风夹克底下的狂烈心跳,仿佛电钻正钻着他的胸腔。

进城后,他们找了一家有点超出他们经济能力的高级餐厅用餐,整顿饭的过程中都聊个不停,就好像已经多年未曾交谈。不是聊别人,也不是聊记不记得什么时候如何如何,而是聊想法。

他们干了一瓶西班牙的丹魄红酒。又点了一瓶。

心想或许就在城里过夜吧。

丹妮拉已经好久没见到丈夫如此热情,如此自信了。

他充满了火一般的热情,再次热爱自己的生命。

第二瓶酒喝到一半,他发现她看着窗外,便问:"你在想什么?"

"这是个危险的问题。"

"我知道。"

"我在想你。"

"想我什么?"

"我觉得你好像企图和我上床。"她笑着说,"我的意思是,我觉得你很努力,但你其实不必如此。我们都已经是老夫老妻,但我觉得你,怎么说呢……"

"在追你?"

"没错。你别误会,我不是在抱怨,绝对不是。这种感觉很棒。我只是想不明白到底怎么回事。你还好吗?该不会是出了什么事,而你没告诉我吧?"

"我很好。"

"所以说全都只是因为两天前的晚上,你差点被出租车给撞了?"

他说:"我不知道是不是整个人生从我眼前闪过,还是怎么了,总之回家以后,觉得一切都变了,变得比较真实,尤其是你。即使现在,我都像是第一次见到你,还会紧张到胃抽痛。我每分每秒都在想你,都在想我们做了哪些决定才会有这一刻的产生,我们才能一起坐在这张美丽的餐桌前。然后我又想到所有可能导致这一刻永远不会出现的事件,感觉实在是……我不知道……"

"怎么样?"

"好脆弱。"接着他若有所思了片刻,最后才说,"只要细想我们兴起的每个念头、我们可能做出的每个决定、通往新世界的诸多分支点,就觉得可怕。今天看完球赛,我们去了海军码头,然后到这里吃晚餐,对吧?但这只是其中一个版本。在一个不同的现实中,我们没去码头,而是去听音乐会。在另一个现实中,我们待在家里。又另一个现实中,我们在湖滨大道上出了车祸,哪里也没去成。"

"可是其他那些现实并不是真的存在。"

"事实上,它们就跟你我正在经历的此时此刻一样真实。"

"那怎么可能?"

"这是个谜,但有一些线索可循。大多数天文物理学家都认为,将恒星与银河系凝聚在一起的力量,也就是让整个宇宙**运作**的东西,其实来自一种我们无法直接测量或观察的理论性物质,他们称之为'暗物质'。目前已知的宇宙,大部分都是由这种暗物质组成的。"

"但那到底是什么?"

"谁也没法确定。物理学家一直在努力建构新理论,试着解释它是什么,又从何而来。我们知道它有重力效应,和普通物质一样，但肯定是由某种全新的东西构成。"

"一种新形态的物质。"

"正是。有一些研究理论物理的弦论学家认为这可能是平行宇宙存在的线索。"

她看似沉思片刻，然后才问道："那么其他那些现实世界……在哪里呢？"

"你想象自己是条鱼，在池塘里游来游去。你可以往前或往后、往左或往右，但绝不会游出水面。就算有人站在池塘旁边看着你，你也不会知道。对你而言，那个小池塘就是整个宇宙。现在你再想象有人伸手进水里，把你捞出池塘。你会发现原本以为是全世界的地方，只不过是个小水池。你会看到其他池塘、树木、上面的天空。你会发觉连做梦都想不到，自己所属的现实世界竟然那么大、那么神秘。"

丹妮拉往椅背靠去，啜了一口酒："这么说，其他那千千万万个池塘，此时此刻就环绕在我们四周，只是我们看不见？"

"一点都没错。"

贾森说话向来就是这样。假设一些疯狂理论，拉着她彻夜长谈，有时候会实际测试，但多半都只是想引她注意。

从前总能成功。

现在也成功了。

她一度转移目光，从桌边的窗子望出去，看着河水流过，四周建筑物的灯光照在犹如吹制玻璃般的河面上，不停地熠熠飞旋。

过了许久她终于回过头来，越过杯沿上方看着他，两人四目相对，烛光在中间摇曳不定。

她说："你觉得在外面的那些池塘里，会不会有另一个你埋首于研究？在人生的际遇阻碍了你之前，把二十多岁时的计划全都实现了？"

他微微一笑："我也想过。"

"说不定也有一个我成了知名艺术家？却是牺牲了这一切换来的？"

贾森倾身向前，将盘子推到一旁，好在桌面上握着她的双手。

"就算外头有百万个池塘，还有许许多多的你和我过着类似与不同的生活，也不会有任何一个比此时此地更好的版本了。在这世上，这是我最肯定的一件事。"

7

天花板上一个赤裸灯泡发出明晃晃又闪烁不定的光,照射在斗室里。我被绑在铁床上,脚踝与手腕被拴在一起,以带锁钩环固定在水泥墙的环眼螺栓上。

门上的三道锁往后撤,但我被注射了太多镇静剂,丝毫未受惊吓。

门晃了开来。

莱顿穿着半正式的礼服。戴着细边眼镜。

当他靠近,我嗅到一阵古龙水味,接着闻到他气息中的酒精味道。香槟吗?不知道他刚刚从哪来的?派对?慈善晚会?他外套的缎面前襟上还别着一条粉红丝带。

莱顿慢慢地坐到薄如纸的床垫边上。

一脸严肃,也带着不可置信的悲伤。

"我敢肯定你有话想说,贾森,但希望你让我先说。发生这样的事,我受到不少责怪。你回来了,我们却没想到你……情况会这么糟,不管是之前或现在。我们让你失望了,很对不起。

我不知道还能说什么。我只是……痛恨发生的这一切。你回来，本该好好庆祝的。"

尽管在受到强力镇静剂的压制，我仍全身发抖，因为悲痛。因为愤怒。

"到丹妮拉公寓来的那个男人……是你派他来抓我的吗？"我问道。

"是你让我别无选择。你甚至有可能告诉她这个地方……"

"你叫他杀了她？"

"贾森……"

"有没有？"

他没有回答，但这也算是回答了。

我直瞪着莱顿，一心只想把他的脸撕个稀巴烂。

"你这个王八……"

我崩溃了。

啜泣起来。

我挥不去脑海中鲜血从丹妮拉的脚流下的画面。

"真的很抱歉，兄弟。"莱顿伸出手搭在我的手臂上，我奋力想挣脱，肩膀差点脱臼。

"别碰我！"

"你在这个小房间待了将近二十四个小时了。把你绑起来注射镇静剂，对我来说毫无乐趣可言，但只要你对自己或其他人造成危险，这个情况就不可能改变。你得吃点东西，你愿意吗？"

我凝神注视着墙上一道裂缝。

并想象着用莱顿的头砸出另一道裂缝。

拽着他的头一而再、再而三地砸向水泥墙,直到他的头变成一团模糊的血肉。

"贾森,要不你让他们喂你吃东西,要不我就替你插胃管。"

我想告诉他我要杀了他,还有这个实验室的每个人。话几乎都到嘴边,但较明智的判断战胜了冲动——我毕竟还是完全受此人掌控。

"我知道你在公寓里看到的情景很可怕,我也很抱歉。真希望那件事根本没发生过,但有时候情况已完全失控……真的,请你相信我非常、非常抱歉,不得不让你看到那一幕。"

莱顿起身走到门边,拉开门。

他站在门边回头看我,脸上半明半暗。

他说:"也许你现在听不进去,但如果没有你,就不会有这个地方存在。如果没有你的研究、你的聪明才智,我们谁都不会在这里。我不会让任何人忘记这一点,尤其是你。"

我冷静下来了。

我**假装**冷静下来了。

因为继续被锁在这个小房间,什么事也办不成。

我从床上往上看着装在门上方的监视器,要求见莱顿。

五分钟后,他一面替我松绑一面说:"能让你摆脱这些玩意儿，我恐怕跟你一样开心。"

他拉了我一把。

我的手腕被皮带磨破了皮。

嘴巴很干。口渴得头都昏了。

他问道："你觉得好些了吗？"

我忽然想到，当初在这个地方醒来时的第一个意念是正确的：假装成他们以为的那个人。要想瞒天过海的唯一方法就是假装自己丧失记忆，忘了自己的身份。让他们来填空。因为假如我不是那个人，对他们便没有用了。

那样我将永远无法活着离开这个实验室。

我告诉他："我害怕，所以才会逃跑。"

"我完全明白。"

"很抱歉让你这么大费周章，但你要理解，我在这里只感到迷失，过去十年就像一个敞开的大洞。"

"我们会尽一切力量帮助你恢复记忆，让你好起来。我们已经启动核磁共振扫描仪，要替你检查有没有创伤后应激障碍。我们的精神科医师阿曼达·卢卡斯会简短地和你谈一谈。我向你保证，我们一定竭尽全力解决这个问题，直到你完完整整回到我们身边。"

"谢谢。"

"换作是我，你也会这么做的。你听着，我不知道你过去这十四个月经历了些什么，但是和我相识十一年的这个人，和我一同建立这个地方的同事兼好友,现在正被锁在你大脑深处的某个地方,我无论如何都要找到他。"

一个骇人的念头闪过:万一他说的是真的呢?

我**应该**知道自己是谁。

但还是有些许疑惑……会不会我记得的那些身为丈夫、父亲、教授的真实生活,并不是真的?

会不会是我在这个实验室工作时,脑部受创的后遗症?

会不会我其实就是这个世界里每个人所认为的那个人?

不会。

我知道自己是谁。

莱顿一直坐在床垫边上。

这时他跷起脚来,往后躺靠着床尾板。

"我不得不问一声,"他说,"你在那女人的公寓做什么?"

撒谎。

"我也不是很确定。"

"你怎么认识她的?"

我极力忍住泪水与怒火。

"我很久以前跟她交往过。"

"我们从头说起。三天前的晚上,你从厕所窗户逃跑以后,是怎么回到洛根广场的家?"

"搭出租车。"

"你有没有告诉司机你刚刚从哪里出来?"

"当然没有。"

"好,你从你家成功摆脱我们以后,又去了哪里?"

撒谎。

"我游荡了一整夜。我又慌又怕。第二天我看见丹妮拉艺术展的海报,才会找到她。"

"除了丹妮拉,你还跟谁说过话吗?"

瑞安。

"没有。"

"你确定?"

"确定。我跟她回到她家,一直都只有我们两个人,直到……"

"你要明白,我们为这个地方、为你的研究,付出了一切。我们把所有赌注都押在这地方了,任何一个人都会牺牲性命来保护它。也包括你在内。"

枪声。

她眉心的黑洞。

"看你这副模样,实在是让我心碎啊,贾森。"

他的口气带着真诚的苦涩与懊悔。

从他眼中看得出来。

"我们以前是朋友?"我问道。

他点点头,下巴紧绷着,仿佛强忍着一波激动情绪。

我说:"我只是难以理解,你和这里的其他任何人怎能接受以杀人的方式来保护这个地方。"

"关于丹妮拉·瓦尔加斯的遭遇，我认识的贾森·德森绝不会多做考虑。我不是说他会高兴，我们谁都不会，我甚至觉得恶心。但他会接受。"

我摇摇头。

他说："你忘了我们一起建造了什么。"

"那让我看看。"

他们帮我打理干净，给我换上新衣，又喂我吃东西。

午餐过后，我和莱顿搭乘货梯来到地下四楼。

上次走这条走廊时，两旁都挂着塑料布，我也不知道自己身在何处。

没有人威胁我。

没有人明确地告诉我不能离开。

但我已经注意到我和莱顿有鲜少独处的机会，有两个一举一动很像警察的男人老在周遭打转。我记得第一晚来到这里就见过这些警卫。

"这里基本上有四层楼。"莱顿说，"第一层有健身房、娱乐室、食堂和几间宿舍。第二层有实验室、无尘室、会议室。地下三楼是制造专用，四楼则有医务室和任务管制中心。"

我们朝类似金库门的两道防护门走去，看起来固若金汤到足以保护国家机密。

门旁墙上装了一个触屏,莱顿停在屏幕前,从口袋掏出门卡,放在扫描器底下。

一个电脑语音的女性声音说:"请说出姓名。"

他靠上前去:"莱顿·万斯。"

"密码。"

"一一八七。"

"声音辨识确认完毕。欢迎,万斯医师。"

我被蜂鸣器的声音吓了一跳,那回音逐渐消失在我们身后的走廊上。

门缓缓开启。

我踏入一座机棚。

强光从上方高处的屋梁往下射,照亮一个古铜色的立方体,每边大约三米半。

我的脉搏瞬间加快。

不敢相信眼前所见。

莱顿想必感觉到我内心的惊叹,因此才说:"很美吧?"

美丽绝伦。

起初,我以为机棚里的嗡鸣声来自灯光,但是不可能。那声音太深沉,甚至从骨子里都能感受到,犹如一部庞大机器的超低频振动。

我仿佛被催眠似的,不知不觉往那个箱体走去。

我怎么也想不到能看到它以这样的规模真实呈现。

近看，它表面并不光滑，而是不规则的，光线一经反射，让它看起来像个多面体，几乎呈半透明。

莱顿指指在灯光下闪闪发光、完美无瑕的水泥地："我们就是在那里发现了昏迷的你。"

我们慢慢沿着箱体的周边走。

我伸出手，手指轻抚过它的表面。

触手生凉。

莱顿说："十一年前，你获得帕维亚奖之后，我们来找你，说我们有五十亿美元。本来可以打造一架航天飞机，却全给了你，想看看你用无限的资源能做出什么成果。"

我问道："我的研究在这里吗？我那些笔记？"

"当然了。"

我们到达箱体的另一头。

他带我绕过下一个转角。

这一面的箱体上开了一扇门。

"里面是什么？"我问道。

"你自己去看。"

门框底部离棚厂地面约有三十厘米高。

我压下门把，推开门，正要往里跨。

莱顿一手按住我的肩膀。

"别再进去，"他说，"为了你自己的安全起见。"

"危险吗？"

"你是第三个进去的人,在你之后又进去了两个人。到目前为止,只有你一个人回来。"

"其他人怎么了?"

"不知道。记录仪器在里面无法使用。目前我们唯一能指望的,就是有人能安全回来提出报告。就像你这样。"

箱体内空空的、暗暗的,简单无赘物。

壁面、地板和天花板的材质都和外部一样。

莱顿说:"里面能隔绝声音、隔绝放射线,密不透气,另外你应该也猜到了,它会产生强大磁场。"

我关上门时,听到另一边有门锁咔嗒一声锁定的声音。

看着这个箱体就像看到一个未能实现的梦想起死回生。

我将近三十岁时研究的东西,也有一个跟这个十分类似的箱体。只不过那个只有**二点五立方厘米**,是为了让某种宏观物体进入叠加状态。

我们物理学者有时会称之为"猫状态",权当是科学家之间的幽默玩笑。

这灵感来自薛定谔的猫,也就是那个著名的思想实验。

且想象在一个密封箱中有一只猫、一小瓶毒气和一个放射源。假如内部感应器感应到放射现象,例如原子衰变,小玻璃瓶就会破裂,释放出毒气毒死猫。原子衰变与不衰变的概率是一样的。

将我们这个传统世界的某个结果与量子层级的事件相联结,

确实极具巧思。

量子力学理论的"哥本哈根解释"[①]提出了一个疯狂的说法：在箱子打开前，在进行观察前，原子处于叠加状态，也就是既已衰变又未衰变的不确定状态。换言之，猫既是生也是死。只有当箱子打开，进行了观察，量子态的波函数才会塌陷成其中一个状态。

换句话说，我们只会看到其中一个可能的结果。

例如，一只死猫。

而那便成了我们的事实。

但事情变得很奇怪。

会不会有另一个世界也和我们所知的这个世界一样真实，而在那里打开箱子后，却看见一只活生生、打着呼噜的猫？

量子力学的"多世界诠释"[②]说，会。

当我们打开箱子，便会产生分岔。

会有一个发现死猫的宇宙。

也会有一个发现活猫的宇宙。

而杀死猫的——或者就让它活着吧——正是我们的**观察**之举。

[①] 哥本哈根解释（Copenhagen interpretation），一种量子系统行为的解释，是由物理学家玻尔和海森堡于一九二七年在哥本哈根合作研究时共同提出的。——译者注

[②] 多世界诠释（many-worlds interpretation），量子力学诠释的一种，假定有无数个平行世界存在。——译者注

然后事情又变得奇怪，奇怪到让人抓狂。

因为那种观察行为**随时**都在发生。

所以如果每当有某件事物受到观察，世界就会分裂，也因此宇宙的数量庞大到无法想象（多重宇宙），而所有可能发生的事也都会发生。

我制作那个迷你立方体的构想就是创造一个不受到观察与外界刺激的环境，以便让我的宏观物体——一个长四十微米、含有大约一兆原子的氮化铝圆片——能安然存在于那个不确定的猫状态中，不会因为与环境互动而"去相干"[1]。

补助金蒸发之前，我始终没解开那个问题，但另一个世界的我显然解开了，还把整个构想提升到不可思议的层级。因为假如莱顿所说属实，这个箱体做了一件不可能的事——根据我对物理所知的一切看来是不可能的。

我感到羞愧，仿佛输给一个能力更强的对手。这个箱体是由一个眼界恢宏的人打造的。

一个更聪明、更厉害的我。

我看着莱顿。

"能运作吗？"

他说："既然你现在能和我一起站在这里，应该就是可以吧。"

---

[1] 去相干（decoherence），量子理论认为量子系统的相互干涉性质会因为与外在环境接触而消失。好比组成猫的单一原子虽具有量子特性，但在跟其他大量原子或外在环境粒子作用下，猫的量子特性就消失了。——译者注

"我不懂。如果想在实验室里让一个粒子处于量子态，就得创造一个隔离室，移除所有光线、抽出空气、将温度调低到仅略略高于绝对零度。那样人类是活不了的。而规格越大，整个情况就会变得越脆弱。虽然我们在地下，还有各种粒子，像微中子、宇宙射线等等，可能会穿透那个立方体，干扰量子态。这个难关似乎无法克服。"

"我不知道该怎么告诉你……你就克服了。"

"怎么克服的？"

莱顿微微一笑："你向我解释时，听起来非常合理，但我却没办法百分之百向你转述。你应该去看看你的笔记。我能告诉你的就是那个箱体所创造并维持的环境，能让日常事物存在于量子叠加状态中。"

"包括我们在内？"

"包括我们在内。"

好吧。

虽然我所知的一切告诉我这不可能，但我显然找到了方法，创造出一个宏观规模的可转换量子环境，可能是利用磁场将内部物体与原子级量子系统联结在一起。

但箱体内的占据者呢？

占据者也是观察者。

我们活在一个"去相干"状态中，活在某一个现实中，因为我们时时刻刻在观察我们的环境，导致自己的波函数塌陷。

一定还有其他作用因素。

"走吧,"莱顿说,"我想让你看样东西。"

他带我走向棚厂内,面向箱体门那一边的一排窗户。

在另一道安全门刷过门卡后,他带我进入一个类似通讯中心或任务管制中心的房间。

此时,只有一个工作站前面有人,是个女的,两脚高高跷到桌上,头上戴着耳机,身体跟着音乐律动,无视我们进入。

"那个工作站一周七天,一天二十四小时都有人待命。我们所有人都轮流等着有人回来。"

莱顿很快地坐到一台计算机前面,输入一串密码,连续开启几个资料夹,直到找出他要的东西。

他打开一个影音文件。

高清影片,从箱体门对面拍摄的,摄影机八成是装设在管制中心这些窗子正上方。

屏幕最下方,我看到十四个月前的时间标记,计时器显示到百分之一秒。

有个男人进入屏幕内,朝箱体走去。

他穿着最新式的太空衣,背了个背包,头盔夹在左腋下。

到了门前,他转动把手推开门。踏入之前,他回头直视着摄影机。

那是我。

我挥挥手,步入箱体,将自己反锁在里面。

莱顿加快播放速度。

我眼看着五十分钟飞快过去了，箱体动也没动。

当另一人进入屏幕，他又再度放慢影片速度。

一个留着棕色长发的女子走向箱体，打开门。

摄影机的画面转换成头戴式 GoPro（美国运动相机厂商）摄影机画面。

它摇晃拍摄箱体内部，只见一道光射过光秃的墙面与地板，在凹凸不平的表面闪烁不定。

"就这样，"莱顿说，"你不见了，直到……"他又打开另一个档案："三天半以前。"

我看见自己摇晃不稳地走出箱体，重重地摔倒在地，几乎像是被人推出来。

又经过一段时间之后，我看着危险物品处理小组出现，将我搬上轮床。

看着重播影像，回顾这个噩梦（也就是我现在的生活）开始的那一刻，感觉实在太不真实。那便是我来到这个美丽、崭新的烂世界，最初的几秒钟。

他们在地上一楼的寝室区为我准备了一个房间，能够从囚室般的小房间升级，我当然求之不得。

有张豪华的床。

全套卫浴设备。

书桌上摆了一瓶鲜花，满室生香。

莱顿说："希望你在这里会舒服一点。但我还是要说，请不要企图自杀，因为我们都会小心防范。门外会有人站岗以便阻止你，之后你又得穿上束衣，回到楼下那个讨厌的小房间去。如果你又开始感到绝望，就拿起电话，叫接电话的人来找我。不要默默地承受痛苦。"

他摸摸桌上的电脑。

"这里面存了你过去十五年的工作成果，甚至还保留了你进速度实验中心以前的研究。没有密码。你就尽量看吧，也许能唤醒零星记忆。"他往门口走到一半时，回头一瞄，说道，"对了，这门会上锁。"说着微微一笑，"但完全是为了你的安全着想。"

我拿着电脑坐在床上，绞尽脑汁试着去理解包含在数以万计的资料夹中的大量资料。

资料依年份归档，甚至回溯到我获得帕维亚奖以前，以及研究所时期，当时我对人生的雄心壮志才刚刚冒出头来。

早期档案夹里的内容我很熟悉，包括一份报告的草稿，最后成为我最初发表的论文，还有相关文章的摘要，总之我待在芝加哥大学实验室那段时期的成果，以及建造出第一个小立方体，都是靠这些累积出来的。

无尘室的资料整理得巨细靡遗。

我读着电脑上的档案读到两眼昏花，却仍勉强坚持，眼看着**那个我的研究进度**超越了这个我中止的阶段。

这感觉好像忘了一切关于自己的事情，然后读着自己的传记。

我每天都工作。

我的笔记越写越好、越透彻、越精确。

但我依然努力想找出方法，为我的宏观圆片创造叠加状态，笔记中处处透着沮丧与绝望。

这时我再也睁不开眼。

熄了床头柜上的灯之后，拉上毯子。

这里头一片漆黑。

房间里唯一的光源就是床对面墙上高处一个绿点。

那是个摄影机，正在进行夜视摄影。

有人在监视着我的一举一动，我的每次呼吸。

我闭上眼睛，试着不予理会。

但我又看到每次闭上双眼都会出现的景象：鲜血流下她的脚踝，流过她的赤脚。

她眉心的黑洞。

那么轻易就可能崩溃。就可能四分五裂。

我在黑暗中摸着指上的戒指，提醒自己：另一个生活是真实的，还存在于外面某个地方。

就像站在沙滩上，浪潮不断将脚下的沙卷回海里一样，我也能感觉到自己原来的世界以及支撑它的现实，正在不断撤退。

我不禁纳闷：假如不奋力反抗，当下这个现实会不会慢慢入侵，轻而易举地将我掳走？

我猛然惊醒。

有人敲门。

我打开灯，跌跌撞撞下床，心下慌乱，不知道自己睡了多久。

敲门声越来越响。

我说："来了！"

我试着开门，但门从外面锁住。

我听到门锁转动的声音。

门跟着打开。

只见一个穿着黑色围裹式连衣裙的女人，手里端着两杯咖啡、腋下夹着一本记事本，站在走廊上，我花了几分钟回想自己在何时何地见过她。然后猛然想到，就在这里。我在箱体外恢复意识的那个晚上，是她主持了（或者应该说试图主持）那个奇怪的汇报会议。

"嗨，贾森。我是阿曼达·卢卡斯。"

"对，没错。"

"抱歉，我只是不想直接闯进来。"

"没关系。"

"你有时间跟我谈谈吗？"

"当然。"

我让她进来，然后关上门。

我替她拉过桌前的椅子。

她举起一个纸杯："我替你准备了咖啡，如果你想喝的话。"

"好啊。"我接过杯子，"谢谢你。"

我坐在床尾。咖啡温暖了双手。

她说："他们有一种加了巧克力榛果的咖啡，不过你喜欢黑咖啡，对吧？"

我啜了一口："对，这样很好。"

她也啜着她的咖啡，说道："你一定觉得很奇怪吧。"

"可以这么说。"

"莱顿说他跟你提过我会来找你谈，是吗？"

"他是提过。"

"那好。我是实验室的精神科医师，来这里快九年了。我有专科医师执照，加入速度实验中心之前，开了一家私人诊所。你介不介意我问你几个问题？"

"问吧。"

"你告诉莱顿说……"她打开笔记，"你的原话是'过去十年就像一个敞开的大洞'，对吗？"

"对。"

她用铅笔在那一页草草写了点什么。

"贾森，你最近有没有经历或目睹过生命遭受威胁的事件，而引起强烈的不安、无助或恐惧感？"

"我看见丹妮拉·瓦尔加斯当着我的面被枪击中头部。"

"你在说什么？"

"你们杀害了我的……跟我在一起的那个女人。就在我被带到这里来之前。"阿曼达露出十分正当的惊愕表情，"等等。你不知道这件事？"

她咽了口口水后，恢复镇定。

"你想必吓坏了，贾森。"她的口气似乎并不相信我。

"你认为这是我捏造的？"

"我好奇的是你记不记得任何有关箱体本身的事，或是你过去十四个月的游历经历。"

"我说过了，我不记得了。"

她又做了笔记，说道："有趣的是，你可能不记得了……不过在那次非常短暂的汇报过程中，你确实说过你记得的最后一件事就是去了洛根广场的一家酒吧。"

"我不记得说过这话。我当时完全神志不清。"

"当然。这么说你完全没有关于箱体的记忆了。好吧，接下来是几个简单的是非题。有睡眠障碍吗？"

"没有。"

"会越来越暴躁或愤怒吗？"

"还好。"

"会觉得无法集中注意力吗？"

"好像不会。"

"你会觉得自己对外界怀有戒心吗？"

"会。"

"好。你有没有注意到自己会有夸张的惊吓反应？"

"我……不太确定。"

"有时候，在极端压力下可能引发所谓的心因性失忆，也就是在脑结构没有损伤的情况下记忆功能失常。我有预感，今天做完核磁共振将会排除结构损伤的可能性，也就表示你过去十四个月的记忆还在，只是深藏在内心深处。我的任务就是帮助你恢复这些记忆。"

我小酌一口咖啡。"确切来说，要怎么恢复？"

"有一些治疗选项可以尝试，例如精神疗法、认知疗法、创作疗法，甚至临床催眠。我只希望你知道，对我来说最重要的就是帮助你度过这一切。"

阿曼达忽然以一种令人狼狈的炽热目光凝视、探寻我的双眼，仿佛我们生存的奥秘就写在我的眼角膜上。

"你真的不认识我？"她问道。

"不认识。"

她边起身边收拾东西。

"莱顿很快就会上来带你去做核磁共振。贾森，我只想尽我所能帮助你。就算你不认得我，也没关系，只要你知道我是你的朋友就行了。这里的每个人都是你的朋友，我们会在这里都是因为你。我们都认为你理当知道这一点,所以请把我的话听进去:我们对你、对你的智慧和你建造的这个东西,肃然起敬。"

她走到门边忽然停住,回头看我。

"那个女人叫什么名字来着?就是你以为你目睹被杀害的那个。"

"不是我**以为**,我真的看见了。她叫丹妮拉·瓦尔加斯。"

我整个早上坐在桌前,边吃早餐边浏览档案,档案记录的全是我记忆中不存在的科学成就。

尽管目前处境尴尬,但读着自己的笔记,看着我对迷你立方体的研究逐步进展,最后终于有所突破,仍然兴奋不已。

为我的圆片创造叠加状态的解决之道是什么?

超导量子位元结合一系列能够记录同时存在的振动状态的共振器。听起来无聊得令人费解,却开辟了新天地。

我因此赢得了帕维亚奖。

显然也让我走到今天这一步。

十年前,第一天到速度实验中心上班时,我给团队全体成员写了一份颇有意思的任务宣言,主要是提供他们有关量子力学与平行宇宙等概念的最新信息。

其中有一段在探讨维数,特别引起我的注意。

我写道:

我们以三维来感知环境，但其实我们并非活在三维的世界。三维是静态的，犹如快照。因此必须加入第四维才能描述我们存在的本质。

四维超正方体加入的并非空间维度，而是时间维度。

它加入了时间，加入了一连串的三维立方体，在沿着时间箭头移动的同时呈现出空间。

抬头看看夜空的星星最能解释我要阐述的这个概念，因为星光要穿越五十光年，或五百光年，或五十亿光年，才能让人看见。我们不只是仰望空间，也回顾了时间。

通过这个四维时空的途径便是我们的世界线（现实），起于诞生，终于死亡。四个坐标值［x、y、z与t（时间）］即可找出四维超正方体中的一个点。

我们以为就到此为止，但除非每个结果都无可避免，除非自由意志是虚幻的，也除非我们的世界线只有单独一条，否则事情没有这么简单。

会不会我们的世界线只是无限量的世界线之一，而其他的世界线当中，有些仅与我们所知的生活略有不同，有些则是南辕北辙？

量子力学的"多世界诠释"认为，所有可能存在的现实都存在，一切有可能发生的事都正在发生。我们过去可能发生过的一切，都确实发生了，只不过是发生在另一个宇宙。

会不会真是如此？

我们会不会是生活在五维的概率空间里？

我们会不会其实是存在于平行宇宙，但大脑却发展出一种防火墙机制，将我们的感知局限于单一宇宙？单一的世界线。也就是我们每时每刻选择的那一条。想想也不无道理。我们不可能悍然主张人能够一次同时观察到所有可能存在的现实。

那么我们该如何进入这个5D的概率空间呢？

倘若能进得去，它又会将我们带向何处？

傍晚时分，莱顿终于来了。

这次我们走楼梯，但不是一路往下到医护室，而是来到地下二楼。

"计划稍有改变。"他告诉我。

"不做核磁共振了？"

"还不用。"

他带我到一个我去过的地方，就是我在箱体外醒来那一晚，阿曼达·卢卡斯想听我做汇报的会议室。

灯光调暗了。

我问道："怎么回事？"

"坐吧，贾森。"

"我不明……"

"坐。"

我拉出一张椅子。莱顿与我相对而坐。

他说:"我听说你一直在看你的旧资料。"

我点点头。

"想起点什么了吗?"

"好像没有。"

"那太可惜了。我原本希望回忆往事或许能激起一点火花。"

他挺直上身。椅子随即吱嘎作响。

室内安安静静,甚至能听到头上灯泡嗡嗡响。

他从桌子对面注视着我。

感觉怪怪的。

不对劲。

莱顿说:"四十五年前我父亲创立了'速度'实验中心。父亲主事的时代,情况不同。我们制造喷气式引擎和涡轮风扇,多半以和政府、企业签订的重大合同为主,很少做尖端科技研究。现在我们这里只有二十三个人,但有一点并未改变。这家公司始终是个家庭,而我们的生命动力就是百分之百的信任。"

他将目光从我身上移开,点了点头。

灯亮了。

可以透过四周的雾面玻璃看到阶梯讲堂,里面坐得满满的,就像当初第一天晚上,约有十五到二十人。

只不过没有人起立鼓掌。

没有人展露笑容。

大家全都盯着我看。神情严肃。紧绷。

我隐隐感觉到一丝惊恐开始迫近。

"他们怎么都来了?"我问道。

"我跟你说过,我们是一家人,我们会一起收拾烂摊子。"

"我不明白……"

"你在说谎,贾森。你不是你所说的那个人,你不是我们当中的一分子。"

"我解释过……"

"我知道,你完全不记得箱体的事。过去十年是个黑洞。"

"没错。"

"你真的还要这么说吗?"

莱顿打开桌上的电脑,开始打字。

然后将电脑转过来竖直,在屏幕上点了几下。

"这是在做什么?"我问道,"怎么回事?"

"我们现在就把你回来那天晚上没做完的事做完。我来问问题,这次你得回答了。"

我从椅子上站起来,走到门边试图开门。

锁住了。

"坐下!"

莱顿的声音响亮如洪钟。

"我想离开。"

"而我想要你说实话。"

"我已经跟你实话实说了。"

"不,你对丹妮拉·瓦尔加斯说的才是实话。"

玻璃另一边,有扇门打了开来,一个男人跟跟跄跄地,被一名警卫掐着颈背带进阶梯讲堂。

警卫将他的脸重压在玻璃上。

老天爷。

瑞安的鼻子简直变了形,还有一只眼睛完全睁不开。

他青紫肿胀的脸在玻璃上留下一道道血痕。

"你对瑞安·霍尔德说的才是实话。"莱顿说。

我跑向瑞安,喊他的名字。

他企图回答,但隔着那道屏障听不见。

我恶狠狠地瞪着莱顿。

他说:"坐下,不然我会叫人进来把你绑在椅子上。"

刚才的怒火又再度燃起。这个人要为丹妮拉的死负责。我暗忖,在他们把我和他拉开之前,我能对他造成多少伤害?

不过我还是坐下了。

我问道:"是你找到他的?"

"不是,是瑞安来找我的,你在丹妮拉的公寓说的事让他很困惑。我现在想听的就是那些事。"

我看着警卫强押瑞安坐到前排座椅时,忽然灵光一闪——

瑞安制造出了箱体运作缺少的那一环，也就是他在丹妮拉的装置艺术展上提到的"复合物"。假如人脑天生的构造能防止我们感知自己的量子态，那么或许有药物可以破坏这个机制，也就是我在任务宣言里写到的"防火墙"。

我那个世界里的瑞安一直在研究前额叶皮质区，与该部位在产生意识方面所扮演的角色。如果说这个瑞安发明了某种药物，能改变人脑感知现实的方式，这并不算太离谱的想法。那么一来便能防止我们与环境"去相干"，进而导致波函数塌陷。

我猛然回神。

"你为什么要伤害他？"我问道。

"你跟瑞安说你是雷克蒙大学的教授，说你有个儿子，还说丹妮拉其实是你太太。你跟他说你有天晚上走路回家时被人绑架，之后醒来就在这里了。你跟他说这不是你的世界。你承认说过这些话吗。"

我再度暗忖，在被人拉开之前，我能造成多大伤害？打断鼻子？打落牙齿。杀了他？

我如同低吼般说道："你杀了我心爱的女人，只因为她和我**说过话**。你殴打我的朋友，又强行把我扣押在这里，你还期望我回答你的问题？去死吧。"我瞪着玻璃另一边，"你们全都去死吧。"

莱顿说："也许你不是我认识和我所爱的那个贾森，也许你只是那个男人的影子，只具有他一小部分的野心和聪明才智，但你一定能了解这个问题的意思：会不会是那个箱体发挥作用了呢？这表示我们正面临有史以来最伟大的科学突破，其应用范围之广难以想象，所以当然要不择手段加以保护，而你在这种时刻却还为一些鸡毛蒜皮的事吵吵闹闹？"

"我想离开。"

"你想离开，哈。记住我刚才说的每句话，然后再想想，你是唯一成功通过那玩意儿的人，你现在拥有我们花了数十亿美元和十年青春试图获取的关键知识。我这么说不是想吓唬你，只是想请你运用一下逻辑思考——你认为我们为了从你口中探听出那个情报，还有什么做不出来的吗？"

他就让问题这么悬着。

在冷酷的沉默中，我的目光扫向阶梯讲堂。

我看着瑞安。

我看着阿曼达。她不肯正视我，只见她眼中泪光闪闪，下巴却绷得紧紧的，仿佛用尽力气将自己撑住，以免崩溃。

"我要你仔细听好了。"莱顿说，"现在，在这个房间——接下来你再也不可能这么好过，所以希望你尽可能享受此时此刻。好啦，你看着我。"

我看着他。

"这个箱体是你打造的吗？"

我没有出声。

"这个箱体是**你**打造的吗？"

依然无声。

"你从哪来的？"

我的思绪乱纷纷的，脑子里上演着所有可能的情节——把我所知道的全告诉他们，或是什么都别说，又或是只说一点。**但如果**只说一点，又该说什么？

"这里是你的世界吗，贾森？"

我的处境态势并无实质上的改变，我能否安全依然视我的利用价值而定。只要他们想从我这里得到什么，我便握有筹码。一旦全部告诉他们，我的价值也将随之消失。

我从桌上抬起头来，与莱顿四目交接。

我说："我现在不打算跟你谈。"

他叹了口气，啪的一声扭了一下脖子。

然后没有针对特定某个人说道："大概就先这样了。"

我身后的门打开来。

我转过头去，但还没来得及看见是谁，就已经被人从椅子上抓起来，摔到地上。

有人坐在我背上，膝盖用力地压我的脊椎。

接着按住我的头，很快地往我脖子打了一针。

我恢复意识时躺在一张又硬又薄的床垫上，感觉熟悉得令人沮丧。

他们给我注射的药让我头晕得想吐，感觉好像有一道裂缝直透脑壳中央深处。

有个声音在我耳边轻轻响起。

我惊坐起身，但哪怕只是轻轻一动，都让头颅内的抽痛加剧到全新的程度。

"贾森？"

这个声音我认得。

"瑞安。"

"嗯。"

"怎么回事？"我问道。

"他们把你抬到这里来有一会儿了。"

我勉强睁开眼睛。

我又回到那间小囚室的铁架床上，而瑞安蹲跪在我身边。

距离这么近，他看起来更惨。

"贾森，对不起。"

"不是你的错。"

"不，莱顿说的是事实。那天晚上我离开你和丹妮拉之后，打了电话给他，跟他说我见过你，还说出地点。"瑞安闭上那只还能动的眼睛，哭丧着脸说，"我不知道他们会伤害她。""你最后怎么会到实验室来？"

"我猜是因为你不肯说出他们想要的信息，所以他们就大半夜找上了我。丹妮拉死的时候你也在吗？"

"她就死在我眼前。有个男人直接闯进她家，开枪射中她的眉心。"

"天哪。"

他爬上床挨着我坐,我们俩都背靠着水泥墙。

他说:"我以为只要把你对我和丹妮拉说的话告诉他们,也许他们终究会让我参与研究,多少会给我一点反馈。没想到他们竟然痛打我,怪我有所隐瞒。"

"对不起。"

"你一直把我蒙在鼓里,我甚至不知道这是个什么样的地方,我为你和莱顿做了那么多事情,而你们……"

"瑞安,我没有把你蒙在鼓里。那不是我。"

他转头看着我,似乎在衡量这句话的重要性。

"这么说你在丹妮拉家说的那些……全都是真的?"

我靠向他,低声说:"字字句句。小声一点,他们很可能在偷听。"

"你是怎么到这里来的?"瑞安轻声问道,"我是说这个世界。"

"就在这个房间外面有一个机棚,而那个机棚里面有个金属箱体,是另外一个我建造的。"

"那个箱体到底能做什么?"

"据我所知,那是通往平行宇宙的门。"

他看着我,就像看着一个疯子。

"怎么可能?"

"我只要你仔细听好。从这里逃跑的那天晚上，我去了一家医院。他们替我做药物筛检时，发现有微量但不明的精神性作用化合物。我在丹妮拉的艺术展开幕酒会上见到你的时候，你问我那个'复合物'是否发挥功效了。你到底在替我做什么？"

"你要我制造一种药物，可以暂时改变前额叶皮质区里三个布鲁德曼区的大脑化学作用。我花了四年的时间，但你给我的报酬也不少。"

"怎么改变？"

"让那些区域暂时进入睡眠状态。我不知道这要应用在什么地方。"

"你了解薛定谔的猫背后的概念吗？"

"当然。"

"也了解观察能决定现实？"

"了解。"

"另外那一个我是想把人置于叠加状态。理论上不可能，因为我们的意识和观察力绝对不容许。但假如观察者效应是因为大脑里某个机制所造成……"

"你想把它关闭。"

"没错。"

"这么说我的药物能防止我们'去相干'？"

"应该是。"

"但这并不能阻止他人让我们'去相干'，这不能阻止他们的观察者效应来决定我们的现实。"

"箱体的作用就在这里。"

"要命。这么说你想出了办法让人类变成一只又活又死的猫？那……太可怕了。"

小房间的门锁转动，门跟着打开。

我们俩都抬起头，看见莱顿站在门框里，两边各陪着一名警卫——两名中年男子，穿着太紧的网球（polo）衫，下摆扎进牛仔裤内，身材已略显走样。

他们让我想到那些以暴力为业的人。

莱顿说："瑞安，请跟我们来好吗？"

瑞安犹豫不决。

"把他拖出来。"

"我自己走。"

瑞安起身，一跛一跛走向门口。

警卫各抓住他一只手臂，将他拖走，莱顿却留下来。

他看着我。

"这不是我的作风，贾森。我讨厌这样，我讨厌你逼我变成这种恶魔。接下来会发生什么事呢？我做不了主，选择权在你。"

我蹦下床，冲向莱顿，他却当着我的面砰的关上门。

他们将我房里的灯熄灭。

我只能看见门上方监视器的闪亮绿点。

黑暗中我坐在角落里，心里想着：自从这不可思议的五天，我在我的世界、我的住处附近，听见身后有脚步声冲上前来，便无可避免要面临此刻的冲突。

自从看见一副艺妓面具与一把枪，我的天空便只剩下惧怕与困惑之星。

此时此刻，没有逻辑。

没有解决之道。

没有科学方法。

我已彻底地筋疲力尽、心神俱裂、恐惧害怕，几乎只希望一切到此结束。

我眼睁睁看着一生挚爱被杀。

我虽坐在这里，老友却可能正在受酷刑凌虐。

而这些家伙无疑会在我大限来临前，让我饱受折磨。

我好害怕。

我想念查理。

我想念丹妮拉。

我想念我那栋一直没钱好好重新装修的老旧褐石别墅。

我想念我们那辆雪佛兰老爷车。

我想念我在学校里的办公室。我的学生。

我想念属于我的生活。

然后在黑暗中，就好像灯泡钨丝慢慢发热、发亮，真相终于浮现了。

我听见那个绑架者用有点熟悉的声音，在询问我的生活。

我的工作。

我的妻子。

问我有没有叫过她"丹妮"。

他知道瑞安·霍尔德是谁。

天啊。

他带我到一座废弃发电厂。

给我注射了药物。

问我一些关于我生活上的问题。

拿走我的手机、我的衣服。

他妈的。

真相现在就在我面前盯着我看。

我的心愤怒地悸动着。

他做这一切是为了取代我。

这样他就能夺走属于我的生活。

我爱的女人。

我的儿子。

我的工作。

我的房子。

因为那个混蛋就是我。

另外那一个贾森，那个打造出箱体的人——**他竟然这么对**

我。

当监视器的绿灯熄灭了,我终于发觉自从第一眼看到那个箱体,多少就已经知道了。

只是不愿正视。

又何必去正视呢?

迷失在一个不属于你的世界里是一回事。

知道你在自己的世界里已被人取代,又是完全另一回事。

有一个更优秀的你闯入了你的人生。

他比我聪明,这点毫无疑问。

但对查理来说,他会是更称职的父亲吗?

对丹妮拉来说,他会是更好的丈夫吗?会是更好的情人吗?

他竟然这样对待我。

不对。

还要更恶劣得多。

我竟然这样对待自己。

听到门锁被转开时,出于直觉,我急忙将背靠到墙上。

完了。他们来抓我了。

门缓缓打开,门框里只出现了一个背光站立的人影。

她走进来,反手将门关上。

我什么也看不见。

但可以闻到——淡淡的香水味、沐浴乳香。

"阿曼达吗?"

她小声地说:"别那么大声。"

"瑞安呢?"

"他走了。"

"'走了'是什么意思?"

她的声音好像就快哭出来,情绪就快崩溃了:"他们杀了他。对不起,贾森。是吓吓他,没想到……"

"他死了?"

"他们随时都可能来找你。"

"那你为什么……"

"因为我没有同意这种烂事。看看他们怎么对丹妮拉,怎么对瑞安,又是怎么对你。他们越过了不应该超越的界线,不管是为了科学还是什么。"

"你能把我弄出这个实验室吗?"

"没办法,再说那么做对你也没好处,现在新闻上到处都能看到你的脸。"

"你在说什么?我怎么会上新闻?"

"警察在找你。他们认为是你杀了丹妮拉。"

"你们陷害我?"

"真的很对不起。不过,我虽然不能把你弄出实验室,却能把你弄进机棚。"

"你知道箱体怎么运作?"我问道。

虽然眼睛看不见,我却感觉得到她的注视。

"不知道。但那是你唯一的出路。"

"据我听说的一切,踏进那玩意儿就像跳出机舱,却又不知道降落伞会不会打开。"

"如果反正都要坠机了,还有什么要紧?"

"那监视器呢?"

"里面这个?我关掉了。"

我听到阿曼达往门口移动。

接着出现一道垂直光线,越来越宽。

房门全开后,我看到她肩上背着背包。她走进走廊,调整了一下红色铅笔裙,然后回头看我。

"你来不来?"

我按着床架,费力地站起来。

处于黑暗中想必已有数小时之久,走廊上的灯光几乎让人无法忍受。这突如其来的光亮刺痛我的双眼。

此刻,四下只有我们两人。

阿曼达已经从我身边移向另一端的防护门。她回头瞥一眼,低声说:"走吧!"

我静静跟随在后,日光灯的光从头顶上往后流过。除了我们俩的脚步回音,走廊上悄然无声。等我来到触屏前,阿曼达已经将门卡放到扫描器下方。

"管制中心里不会有人吗?"我问道,"我以为随时都有人在监控……"

"今晚轮到我值班,有我掩护你。"

"他们会知道你帮我。"

"等他们发现,我人已经不在这里了。"

电脑语音的女声说:**请说出姓名。**

"阿曼达·卢卡斯。"

密码。

"二二三七。"

登录失败。

"糟了。"

"怎么了?"我问道。

"肯定有人从走廊监视器上看到我们,锁住了我的通行卡。再过几秒,莱顿就会知道。"

"再试一次。"

她又扫描一次卡片。

请说出姓名。

"阿曼达·卢卡斯。"

密码。

这次她慢慢地说,每个字都说得格外清楚:"二、二、三、七。"

登录失败。

"真要命。"

走廊另一头的一扇门忽然打开。

莱顿的手下一现身，阿曼达立刻怕得脸色发白，我也尝到上颚被一股强烈的金属味所包覆。

我问道："员工的密码是自己设的还是指定的？"

"是我们替他们设的。"

"把你的卡给我。"

"为什么？"

"说不定谁也没想到要冻结我的通行许可。"

她将卡递出时，莱顿也从同一扇门出现了。

他大喊我的名字。

我回头正好瞧见莱顿和他的手下朝我们走来。

我扫描了卡片。

请说出姓名。

"贾森·德森。"

密码。

当然了，这家伙就是我。生日年月，顺序颠倒。

"三七二一。"

声音辨识确认完毕。欢迎你，德森博士。

蜂鸣器的声音搞得我心浮气躁。

当门开始缓缓开启，我无助地看着那些人冲过来，一个个面红耳赤、挥舞拳头。

再过四五秒就到眼前了。

防护门一开出足够的空隙，阿曼达便挤了过去。

我随她进入机棚，穿过平滑的水泥地，奔向箱体。

管制室里空无一人，强光从高处直射而下，我也逐渐明白这么做根本不可能有任何结果。

越来越接近箱体，阿曼达高喊道："我们得进里头去！"

我回头瞥见带头的人冲过已经敞开的门，右手拿着一把枪又或是电击枪，脸上沾了一抹血渍，我猜是瑞安的血。

他观察着我的行动，举起枪来，但还来不及开枪，我已经绕过箱体转角。

阿曼达正在推门，就在一阵警铃声响彻机棚之际，她已消失不见。

我紧跟在后，跨过门槛，进入箱体。

她一把将我推开，死命用肩膀将门往回顶。

我听见嘈杂的说话声与越来越近的脚步声。

阿曼达还在奋力挣扎，我也使尽全力和她一起试着把门关上。

那扇门八成有一吨重。

终于开始移动，开始往回转。

许多手指伸入门缝里，但我们得了惯性之利。

门轰然关回定位，巨大门锁也飞快锁死。

四下静悄悄。

而且一片漆黑——由于瞬间就黑得如此彻底，毫无破绽，让人有种晕眩感。

我摇摇晃晃走到最近的墙,两手放在金属面上,只是需要有个稳固的东西可凭靠,以便全心全意想着一件事:我真的进到这玩意儿里头来了。

"他们能进入那道门吗?"我问道。

"我也不知道。照理说会锁住十分钟,好像是内建的保护机制。"

"为什么需要保护?"

"不知道。可能是有人在追你?要逃脱危险状况?反正是你设计的,似乎发挥作用了。"

我在黑暗中听到一阵窸窣声。

一盏电池式的露营汽化灯亮了起来,微蓝的光线照亮箱体内部。

终于能置身于此,被这些近乎无法摧毁的厚实墙壁所包围,感觉很奇怪、很惊骇,但不可否认,这也令人欣喜若狂。

在新亮起的灯光下,我第一个注意到的是门底下有四根从第二指节处截断的手指。

阿曼达跪在打开的背包前,整只手臂都伸进去了。想想这么多事情才刚在她面前爆发开来,她却看起来沉着无比,还能按轻重缓急冷静处理。

她拉出一只小皮袋。里面装满针筒、针头与装着清澈液体的小安瓿,我猜那液体应该含有瑞安发明的复合物成分。

我说:"你要和我一起做这件事?"

"不然呢？重新走出那扇门，向莱顿解释我是怎么背叛他的，还有我们打算做的一切？"

"我不知道这个箱体怎么运作。"

"刚好跟我一样，所以我猜接下来应该能玩得很尽兴。"她看看手表，"门锁上的时候我按了计时器，他们会在八分五十六秒以后进来。要是没有时间压力，我们大可以喝下其中一只安瓿或是做肌肉注射，可是现在只能找静脉了。有没有给自己打过针？"

"没有。"

"卷起袖子。"

她在我手肘上方绑了橡皮带，抓住我的手臂，按在汽化灯的灯光下。

"看见你手肘前方的静脉了吗？那是你的前臂尺骨静脉，就是打那里。"

"不是应该由你来打吗？"

"你可以的。"

她交给我一个小包装袋，里面装的是酒精棉片。

我撕开包装，擦拭了一大片皮肤。

接着她给我一支三毫升针筒、两个针头和一只安瓿。

"这是用来过滤的针头，"她摸摸其中一个针头说道，"用它来抽取液体，以免抽到打开时弄出来的玻璃碎片。然后再换另一个针头注射。懂吗？"

"应该吧。"我将过滤针头装上针筒,拔掉盖子,然后折断小玻璃瓶瓶颈。"全部吗?"我问道。

她正在自己手臂上绑橡皮带,清洁注射部位。

我小心地将安瓿内容物抽入针筒,接着换针头。

阿曼达说:"记得一定要敲敲针筒,先从针头挤出一点点液体。可别把气泡打进血管去。"

她又让我看一次她的表:七分三十九秒……

七分三十八秒。

七分三十七秒。

我用力敲打针筒,从针头挤出一滴瑞安制作的化学复合物。

我说:"所以就只要……"

"斜四十五度角插入血管,针头斜面朝上。我知道这很麻烦,但你做得很好。"

我血管内有太多肾上腺素流窜,连针头刺入都几乎没感觉。

"接下来呢?"

"要确定插进静脉了。"

"那要怎么……"

"把推杆往后拉一点点。"

我照做了。

"看见血了吗?"

"嗯。"

"做得好。那就对了。现在解开止血带,慢慢注射进去。"

我一边按压推杆，一边问："要多久才会产生效果？"

"几乎是马上吧，如果我……"

我甚至没听到她把话说完。

药剂猛冲入我的体内。

我身子一软，瘫靠墙边，一时失去时间概念，直到阿曼达再次出现在眼前，嘴里不知说些什么，我很努力听却听不懂。

我低头看着她从我手臂拔出针头，在小小的伤口上压了一块酒精棉。

我这才听明白她说的是："压住它。"

然后我看着阿曼达在汽化灯光下伸展手臂，当她将针头刺入静脉、松开止血带，我的目光转移到她的手表表面上慢慢向零倒数的数字。

不久之后，阿曼达呈大字形倒卧在地，活像只刚刚被注射了毒品的毒虫，时间依然在倒数计时，但已经无所谓了。

我简直不敢相信眼前所见。

8

我坐起身来。

头脑清晰而机警。

阿曼达已经不再躺在地上,而是背对着我站在大约一米外。

我出声喊她,问她还好吗,但她没回答。

我挣扎着站起来。

阿曼达手里拿着汽化灯,当我走向她,看见灯光并未照在理应在我们正前方的箱体墙上。

我从她身旁走过。她提着灯跟在后面。

灯光照出另一道门,与我们刚刚在机棚里进入的那道门一模一样。

我继续往前走。又走了三四米后,来到另一道门前。

接着又是另一道。

接着又一道。

汽化灯发出的光只有一个六十瓦灯泡的光的强度,到了二十来米外,光线便逐渐减弱成一种令人不安的幽微亮光,从一侧金属墙的冰冷表面反射出来，闪闪烁烁，而另一侧则是一道道间隔完全相同的门。

出了我们的光圈之外，伸手不见五指。

我停下脚步，惊愕莫名，哑口无言。

我想到自己一生中读过数以万计的文章与书本、考过的试、教过的课、背过的理论、写在黑板上的公式。我想到自己月复一月待在那间无尘室里试着建造的东西，可以说是这个地方的低阶版。

对于物理学和宇宙学的学生而言，最接近研究的实质涵义的时刻，就是透过望远镜看见古老银河系时，就是计算机读出粒子碰撞的数据时，而粒子的碰撞是我们知道真实发生却永远无法得见的。

在公式与公式所呈现的现实之间，永远有一条界线、一道藩篱。

但如今再也没有了。至少对我而言。

我忍不住不停地想着，我就在这里，我真的就在这个地方，它是存在的。

至少有那么一刻，我心中的恐惧消失了。

只充满惊奇。

我说："我们所能体验到最美的事物就是奥秘。"

阿曼达看着我。

"爱因斯坦说的，不是我。"

"但这个地方是真实的吗？"她问道。

"你所谓'真实'是什么意思？"

"我们是站在实际存在的位置上吗？"

"我想这是一种心的显现，我们的心正试图以视觉影像解释大脑还无法理解的东西。"

"那是？"

"叠加态。"

"这么说我们现在正处于一种量子态吗？"

我回头看一眼长廊，再看看漆黑的前方。即使在昏暗光线中，这个空间仍有种递回的特质，就像两面镜子对映。

"对。这里看似一道走廊，但我想这些不断重复出现的箱体，其实各自通往所有可能同时发生在同一个时空点的现实。"

"意思是时空的横切面？"

"没错，根据量子力学的某些叙述，涵盖系统所有信息的东西叫作波函数，而观测会让波函数塌陷。我在想，这条长廊就是我们的心为我们的量子叠加态显现出波函数的内涵，也就是显现出所有可能的结果。"

"那么这条长廊会通到哪呢？"她问道，"如果我们继续往前走，最后会到哪里去？"

我回答时，惊奇感消退，恐惧随即悄悄进驻："没有尽头。"

我们继续往前走，看看会发生什么事，看看会不会有任何改变，也看看**我们**会不会改变。

不料却只是一道门接着一道门又接着一道门。

走了一会儿之后，我说："从我们沿着走廊走我就开始计算，这是第四百四十道门。每个箱体再次出现的距离是三点五米，也就是说我们已经整整走了一点五公里。"

阿曼达停下来，让背包从肩膀上滑落。

她靠着墙边坐，我也坐到她身边，把灯摆在我们中间。

我说："万一莱顿决定注射那个药，随后追过来怎么办？"

"他绝对不会那么做。"

"为什么？"

"因为他很怕这个箱体，我们都很怕。除了你，每个进去的人都是一去不返。所以莱顿愿意不计代价，让你告诉他怎么驾驶这个东西。"

"你们那些试飞员是怎么回事？"

"第一个进入箱体的是一个名叫马修·斯内尔的人。当时我们也不知道会遭遇什么情况，所以就给斯内尔清楚而简单的指示。进入箱体、关上门、坐下、给自己注射药物，不管发生什么事、不管看见什么，都要坐在原地等着药效退去，然后重新走出箱体到机棚内。就算他看到了这一切，他也不会离开箱体，他不会移动的。"

"那是怎么回事？"

"一个小时过去，已经超过时限。我们想打开门，却又担心干扰到他正在经历的事。又过了二十四小时后，我们才终于开门。"

"箱体是空的。"

"对了。"阿曼达在蓝光下显得疲惫万分，"踏进箱体、注射药剂，就像穿过一道不归门。进来就回不了头了，所以不会有人冒险来追我们。这里就只有我们俩。你打算怎么做？"

"做实验，就像任何一个优秀的科学家那样。试着去开其中一道门，看看会怎么样。"

"我只是确认一下：你并不知道这些门后面会有什么，对吗？"

"毫无概念。"

我扶了阿曼达一把。当我把背包甩上肩，才第一次微微感到口渴，不知道她有没有带水。

我们继续沿着长廊走，说实话，我很犹豫。如果有无穷无尽的门，那么就统计学观点来看，选择本身既是代表一切，同时**也**毫无意义。每个选择都是对的，每个选择也都是错的。

我终于停下脚步说："这扇如何？"

她耸耸肩。"好啊。"

我握住冰冷的金属手把，问道："我们带了安瓿对吧？因为那将会是……"

"刚才停下的时候，我检查过背包。"

我将门把往下压，听见门闩滑动，便往后拉。

门往内摆动,脱离了门框。

她轻声说:"你看到外面有什么?"

"什么都还看不见,太暗了。来,那个给我。"我从她手上接过汽化灯后,发现我们又再次站在一个箱体内。"你看,"我说,"走廊崩陷了。"

"你觉得惊讶?"

"其实,这完全合理。门外的环境与箱体内部产生互动,导致量子态变得不安定。"

我重新转身面对开着的门,把灯放到身前,只能看见正前方的地面。

龟裂的柏油路面。

油渍。

我一脚踏出,玻璃碎片在脚下吱吱嘎嘎响。

我扶着阿曼达出来,当我们壮起胆子走了几步,灯光扩散开来,照到一根水泥柱。

一辆厢型车。

一辆敞篷车。

一辆房车。

这是个地下停车场。

我们顺着一条微微上升的斜坡走,两边都是车子,脚下隐约可见划分左右车道的斑驳白线。

箱体已经离得很远,看不见了,隐没于漆黑之中。

我们经过一块牌子，上面写着"街道出口"，旁边还有一个箭头指向左边。

转过一个转角后，我们开始爬上第二道斜坡。

右手边一路上，天花板大块大块地掉落，砸在车辆的挡风玻璃、引擎盖与车顶上。越往前走，情况越糟，到后来我们还得爬过又大又圆的混凝土块，在如刀刃般刺出的生锈钢筋之间绕行穿梭。

往上一层楼爬到一半，一道由瓦砾堆成的高墙挡在面前，无法爬行。

"也许我们干脆往回走算了。"我说。

"你看……"她抢过灯，我则随她走到一个楼梯间入口。

门开出一条缝，阿曼达用力将它整个推开。

黑魆魆一片。

我们爬到楼梯顶端，那里有一扇门。

还得靠我们俩合力才能把门拉开。

风吹过正前方的大厅。

有一些像是环境光的亮光从几个空空的铁框架穿射而过，那原本是两层楼高的大窗。

起初，我以为地板上有雪，但不冷。

我跪下来，抓起一把，干干的，铺在大理石地板上有三十厘米深。那东西从我的指缝间流下。

我们经过一个长长的柜台，柜台正面还贴着以大写艺术字体写的饭店名称。

到了大门口,我们经过两只巨大的花盆,种在里面的树已经凋萎,只剩布满树节的枯枝,干枯破碎的叶片随风噼啪作响。

阿曼达关掉了汽化灯。

我们走过已经没有玻璃的旋转门。

尽管不觉得有那么冷,外头却看似暴风雪肆虐。

我走到街上,抬头凝视着灰暗建筑间上方那略带一抹红晕的天空。那天色就像云层低低笼罩在城市上方时,天空的湿气把所有建筑物的光线都反射回来一样。

可是周遭并无灯光。

至少我放眼所及,一盏也看不到。

虽然那些粒子像雪一样,铺天盖地地下着,落到脸上却无刺痛感。

"是灰渣。"阿曼达说。

灰渣风暴。

在街上,已经深堆及膝,空气的味道则犹如隔夜后尚未扫除灰渣的冰冷壁炉。

一种死沉、烧焦的臭味。

纷落的灰渣浓密到遮蔽了摩天大楼的高楼层,四下只听到回荡在建筑物间的风声,以及灰渣咻咻地在废弃已久的汽车与巴士车身旁边吹积成堆。

我简直不敢相信眼前的景象。

不敢相信我确实站在一个不属于我的世界里。

我们走到路中央，背对着风。

我甩不掉一种感觉：摩天大楼上的一团黑太不对劲了。它们只是骨架，只是漫天灰渣中不祥的黑影轮廓，与其说是人造物，倒更像一片奇山怪岭，有些斜倚、有些倒塌，在高处的狂烈阵风中，还能听到已经扭转到超过抗拉强度的钢铁结构发出的呻吟。

我忽然感觉到眼球后面的空间紧缩起来。

阿曼达问："你也感觉到了吗？"

"你是说眼球后面的压力？"

"对。"

"有啊，八成是药效减弱了。"

过了几条街，便再无建筑物。我们来到防波堤上的一道护栏。辐射天空下，湖面豁然展延数里，甚至根本已经不像密歇根湖，而像一片广袤的灰色沙漠，灰渣凝聚在水面缓缓飘动，犹如一张水床，黑浪冲撞到防波堤碎成浪花。

往回走时逆风。灰渣不断飞入我们的眼睛和嘴里。

方才走过的足迹已被掩盖。

离饭店还有一条街时，忽然听到不远处仿佛响起阵阵雷声。

脚下的土地也在震动。

又有另一栋建筑被拦腰折断。

箱体还等在原来的地方，在停车场最底层最偏僻的角落。

我们俩浑身都是灰渣,在门口花了一会儿工夫掸去衣服和头发上的灰。

重新进入后,门锁随即飞快锁回定位。

我们又再次置身于一个简单的、空间有限的箱体内。

四面墙。

一道门。

一盏汽化灯。

一个背包。

还有两个张皇失措的人。

阿曼达把膝盖抱在胸前坐着。

"你觉得那上面发生了什么事?"她问道。

"超级火山爆发。彗星撞击。核战争。谁知道呢。"

"那是未来吗?"

"不是,箱体只会将我们连接到同一个时空点的各个替代现实。不过我想如果有些世界发展出我们始终没能研究出的科技,或许会看着像未来。"

"会不会全部都像这个一样毁灭了?"

我说:"我们应该再注射一次药。我觉得在这座摇摇欲坠的大楼底下不怎么保险。"

阿曼达脱下平底鞋,摇晃着倒出里头的灰渣。

我说:"你在实验室为我做的事……你救了我一命。"

她看着我，下唇几乎就要颤抖起来："我常常梦见前几个进入箱体的试飞员。全是噩梦。真不敢相信现在会发生这种事。"

我拉开背包拉链，开始拿出里面的东西进行分类。

里面有装着安瓿与注射器具的皮袋。

三本包着塑料封套的笔记本。

一盒铅笔。

一把套着尼龙套的刀子。

急救用品。

太空毯。

斗篷雨衣。

化妆包。

两卷钞票。

辐射侦测器。

指南针。

两个一公升装的水瓶，都是满的。

六包即食口粮。

"这些东西是你打包的？"我问道。

"不是，我只是从储藏室随手抓来的。这是每个人带进箱体的标准装备。我们应该要穿太空装，但我没时间拿。"

"这可不是开玩笑。一个像那样的世界？可能辐射强度超高，或者大气成分已产生剧变。要是气压不对，譬如说太低了，我们的血液和体内的液体都会沸腾。"

那两只水瓶在召唤着我。我已经好几个小时没喝一滴水，嘴巴干得像被火烧。

我将皮袋打开。看起来像是专为安瓿设计的，每只玻璃瓶都稳稳地安置在各自的迷你套袋里。

我正要开始数。

"五十瓶。"阿曼达说，"当然，现在只剩下四十八瓶了。我本来应该抓两个背包，只是……"

"你没想到会跟我一起来。"

"我们有多惨？"她问道，"说实话。"

"不知道。不过这是我们的宇宙飞船，最好还是学会怎么驾驶。"

我开始把所有东西塞进背包时，阿曼达伸手拿走注射器具包。

这次我们折断安瓿瓶颈，喝下药剂，液体滑过舌头，有种甜甜的、隐隐令人不舒服的刺痛感。

剩下四十六瓶。

我启动阿曼达手表的计时器，问道："这玩意儿可以使用几次，而不会让大脑爆炸？"

"好一阵子以前，我们做过测试。"

"从街上拉来的游民？"

她几乎面露微笑："没死人。我们得知重复使用肯定会让神经系统的功能负荷过重，也会增加耐受性。好消息是半衰期非常短，所以只要不是一瓶紧接着一瓶，应该不会有问题。"

她重新穿上平底鞋，然后看着我："你佩服自己吗？"

"什么意思？"

"打造了这个东西。"

"是啊，但我还是不知道是怎么做到的。理论我明白，可是为人类创造一个稳定的量子态……"

"是个不可能的突破？"

这是当然。在领悟到这一切有多么不可能发生的刹那，我颈背上的汗毛都竖起来了。

我说："这是十亿分之一的机会，但我们面对的是平行宇宙，是无极限。也许有一百万个像你所在的世界那样的世界，那里头的我始终都没解出答案。可是我只要在某一个世界里解出来就够了。"

计时到三十分钟时，我察觉到药剂起作用的第一个感觉——一种忽隐忽现、灿烂明亮的欣快感。

一种美好的解脱感。

不过不像在速度实验中心的箱体内感受那般强烈。

我看着阿曼达。

我说："我好像有感觉了。"

她说："我也是。"

接着我们又回到长廊。

我问道："你的表还在走吗？"

阿曼达将毛衣袖子往后拉，按亮表面的氚管绿光。

三十一分十五秒。

三十一分十六秒。

三十一分十七秒。

我说:"所以我们喝下药到现在已经过了三十一分钟多一点。你知不知道要多久时间才会改变我们大脑的化学作用?"

"听说大概要一小时。"

"我们计时一下,以便确定。"

我往后移向之前通往停车场的门,将它拉开。

此时映入眼帘的是一片森林。

只不过没有丝毫绿意。

毫无生气。

放眼所见只有枯干的树干。

那些树仿佛鬼魅附身,细长枝桠像黑色蜘蛛网映在炭黑的天空上。

我关上门。门自动上了锁。

我顿时一阵晕眩,看着箱体再次从我身边退离,晕开延展成无穷无尽的长列。

我解开门锁,把门往后拉开。

长廊再次崩陷。

枯树林依然在。

我说:"好,现在我们知道了,只有在一定的药效期间,门和这些世界间的联结才会存在。所以才会没有一个试飞员回到实验室。"

"这么说等药开始起作用,长廊就会重新排列?"

"应该是。"

"那我们怎么找得到回家的路?"

阿曼达开始走。

越走越快。

直到变成慢跑。

然后快跑。

进入没有变化的黑暗。

没有尽头的黑暗。

平行宇宙的后台。

这般费力让我开始流汗,也渐渐将口渴的感觉推向忍无可忍的程度,但我什么也没说,心想或许这是她需要的,需要消耗一些体力,需要看到不管走多远,这道长廊仍永无尽头。

我想我们俩都只是试着去接受"无限"究竟有多可怕。

最后,她终于体力耗尽。

慢了下来。

除了前方黑暗中回响着我们的脚步声,再无一点声响。

我又饥又渴,头都晕了起来,满脑子只想着背包里那两瓶水,很想喝,却知道应该留存起来。

现在我们正一步步慢慢走过长廊。

我提着灯，以便检视每个箱体的每一面墙。

我也不知道自己在找什么。

也许是一致性中的一个缺口吧。

只要能让我们施上一点力，掌控我们最后的目的地，什么都好。

与此同时，我的思绪一直在黑暗中奔窜……

等水喝完以后会怎么样呢？

食物吃完以后呢？

为这盏汽化灯——我们唯一的光源——供电的电池没电了以后呢？

我还能怎么找到回家的路？

从我们最初在速度实验中心进入箱体至今，不知道已经过了几个小时。

我已完全失去时间感。脚步蹒跚。整个人疲惫到极点，睡眠似乎比水更有魅力。

我瞄了阿曼达一眼，在蓝光底下，她的五官冰冷但美丽。

她似乎很害怕。

"饿了吗？"她问道。

"快了。"

"我好渴，但应该把水留着，对吧？"

"我想这是明智的做法。"

她说："我觉得好茫然，而且随着一分一秒过去感觉越来越强烈。我在北达科他长大，那里常常发生超级暴风雪。一片白茫茫。你可能正在平野上开车，忽然间风雪大作，让你失去方向感。那风雪之猛烈，光是从挡风玻璃看出去都会觉得头晕。你只能把车停到路边，等着风雪平息。坐在冷冰冰的车子里，会觉得世界好像消失了。而我现在就是这种感觉。"

"我也害怕，但我正在解决问题。"

"怎么解决？"

"首先，我们得找出这剂药能让我们在长廊里待多久，而且要精准到以分钟为单位。"

"要设多长时间？"

"如果说我们有大约一个小时，那就在手表上设定九十分钟，包含药效起作用所需的三十分钟，加上我们受药效影响的一个小时。"

"我体重比你轻。如果我受影响的时间比较久呢？"

"无所谓。只要我们其中一人的药效停止，那个人就会让量子态'去相干'，造成长廊塌陷。为了保险起见，我们就在八十五分钟的时候开始开门。"

"到底是想找到什么呢？"

"一个不会把我们生吞活剥的世界。"

她停下来看我："我知道这个箱体不算是你建造的，但你对它的运作，肯定有些概念吧。"

"其实,简直是相差十万八千里……"

"所以你是想说'没有,我毫无概念'吗?"

"你想问什么,阿曼达?"

"我们是不是迷路了?"

"我们在收集信息,在解决问题。"

"但问题是我们迷路了,对不对?"

"我们在探索。"

"老天哪。"

"怎么了?"

"我可不想下半辈子都在这条无止境的地道里游荡。"

"我不会让这种事发生的。"

"怎么做?"

"还不知道。"

"但是你正在努力?"

"对,我正在努力。"

"我们并没有迷路。"

我们就是他妈的迷路了。而且是飘荡在两个宇宙之间的虚无空间里。

"我们没有迷路。"

"好,"她微笑道,"那我就晚一点再惊慌。"

我们默默地前行片刻。

光滑的金属墙面毫无特色，一扇门与下一扇、下下一扇、再下下一扇都一模一样。

阿曼达问道："你认为我们真正能进入的世界有哪些？"

"我一直试着解开这个谜。假设平行宇宙是从单一事件开始，也就是宇宙大爆炸。那是起点，是所能想象的最巨大、最繁茂的一棵树的主干。随着时间展开，物质开始以各种可能组合成恒星与行星，这棵树也开始开枝散叶，持续不断地分枝再分枝，直到一百四十亿年后，我的出生又诱生出一根新枝。从那一刻起，我采取或未采取的每个决定，以及其他影响我的人的举动——这些全都会生出更多分枝，生出无限量的贾森·德森，生活在平行的世界里，有些和我所谓的家非常类似，有些则有惊人的差异。

"可能发生的每一件事都会发生。**每一件事**。我的意思是，在这条长廊上，有另一个你和我并未在你试图帮我逃跑的时候进入箱体，而且现在正在受酷刑，也可能已经死了。"

"你还真会激励人心。"

"说不定还更糟。我想我们应该无法进入所有的平行宇宙。我是说，如果有一个世界，当原核生物——地球上最早的生物——开始出现时，太阳已经烧尽，我不认为会有哪一扇门开往那个世界。"

"所以我们只能走进……哪些世界？"

"要我猜的话，应该是多少与我们的世界相邻的那些，也就是过去不久才刚分裂的世界，就在我们存在或曾经存在过的世界隔壁。它们的分枝能回溯到多远？我不知道，但我怀疑其中牵涉到某种形式的条件选择。这只是我的初步假设。"

"不过你在说的还是无限量的世界，对吗？"

"对。"

我拉起她的手腕，按下手表的灯光按钮。

小方格里的绿光显示……

八十四分五十秒。

八十四分五十一秒。

我说："接下来五分钟，药效应该会慢慢减弱。我想时机到了。"

我移向下一道门，把灯交给阿曼达，然后握住门把。

转动拉杆，将门拉开三厘米左右。

我看见一片水泥地板。

六厘米宽。

正前方有一扇熟悉的玻璃窗。

十厘米。

阿曼达说："是机棚。"

"你想怎么做？"

她从我身边挤过去，跨出箱体。

我随后跟上，灯光从头上照射下来。

任务管制中心是空的。

机棚安安静静。

我们在箱体的转角处停下,从边缘偷看防护门的方向。

我说:"这样不安全。"我的话传遍空旷的机棚,好像教堂里的私语声。

"箱体就安全?"

忽然轰隆一声巨响,防护门彼此脱解,慢慢打开。

惊慌的人声从门口渗入。

我说:"走吧,现在。"

有名女子正挣扎着挤过门间的空隙。

阿曼达惊呼:"我的天哪。"

防护门只距离十五米,我知道我们应该回到箱体内,却忍不住观看着。

女子从门缝挤进机棚,然后回头伸手拉了身后的男人一把。

那女子是阿曼达。

男人的脸整个肿胀变形,要不是他穿着跟我一样的衣服,乍看之下还真认不出他就是我。

当他们朝我们跑过来,我开始不由自主地退向箱体的门。

但他们只跑了三米,莱顿的人便冲进防护门追了上来。

一声枪响让那个贾森和阿曼达猛然止步。

我旁边这个阿曼达眼看就要朝他们走过去,却被我拉回来。

"我们得帮他们。"她小声说。

"不行。"

我们从箱体转角偷偷看着我们的分身慢慢转过去,面向莱顿的手下。

我们应该离开。

这我知道。

我内心有个声音呐喊着叫我走。

但我就是走不了。

我第一个想到的是我们回到过去了,但那当然不可能。在箱体内无法时空旅行。这只是数小时后我和阿曼达要逃离的一个世界。

也可能没逃成。

莱顿的手下已经拔出枪,从容地步入机棚内,朝贾森与阿曼达靠近。

当莱顿跟在他们后面进来,我听到另一个我说:"不是她的错。是我威胁她,是我逼她的。"

莱顿看着阿曼达。

他问道:"是真的吗?他逼你的?我认识你已经不止十年,我从来没见过有谁能逼你做任何事。"

阿曼达的表情看似害怕,但也毫不屈服。

她颤抖着声音说:"我不会袖手旁观,任由你伤害人。没什么好说的。"

"哦,是吗?既然如此……"

莱顿将手搭在他右手边的男人的厚实肩膀上。

枪声震耳欲聋。

枪口的火光刺得人睁不开眼。

阿曼达就像一个忽然被关掉能源开关的人，瘫软倒下，而在我旁边的阿曼达忍不住掩嘴尖叫。

当那一个贾森冲向莱顿，第二个警卫以迅雷不及掩耳的速度拔出电击枪攻击他，让他倒在机棚地上尖叫抽搐。

我旁边这个阿曼达的惊叫声暴露了我们的行踪。

莱顿瞪着我们，满脸困惑。

他大喊："喂！"

他们朝我们追来。

我抓住阿曼达的手臂，拉着她回到箱体内，砰地将门关上。

门锁上了，长廊重组，可是现在药性随时可能消失。

阿曼达抖个不停，我想告诉她没事，但事实并非如此。她刚刚亲眼看见自己被杀。

"外面那个不是你。"我告诉她，"你就站在我旁边，活得好好的。那个不是你。"

尽管光线模糊，还是看得出她在哭。

泪水流过她脸上的尘垢，犹如晕开的眼线。

"那是我的一部分。"她说，"或者应该说曾经是。"

我伸手轻轻拉起她的手臂，转过来，看她的表。距离九十分钟的设定只剩四十五秒。

我说："我们得走了。"

我往长廊走去。

"阿曼达，走吧！"

等她跟上时，我打开一扇门。

没有一丝光亮。

没有声音、没有气味。只是一片虚空。

我猛地将门关上。

我尽可能不惊慌，但还是需要打开更多门，好让我们有机会找到一个可以休息并重新出发的地方。

我打开下一道门。

三米外，有一头狼站在摇摇欲坠的铁丝网前的草丛中，偌大的琥珀色眼睛目光炯炯地瞪着我。它低下头，发出低嚎。

见它朝我冲来，我连忙用力一推，关上了门。

阿曼达抓住我的手。

我们继续走。

我应该多打开几道门，但事实上我已经吓坏了。对于能否找到一个安全的世界，已经失去信心。

一眨眼，我们又再度被关在单一的箱体中。

我们当中有人的药力消失了。

这次，是她开的门。

风雪涌入箱体内。

我脸上一阵冰冷刺痛。

在不停落下的雪幕中，我瞥见附近树木与远处房屋的轮廓。

"你觉得如何？"我问道。

"我觉得我不想在这个鬼箱子里再多待上一秒钟。"

阿曼达踏入雪地，一下子整只小腿便陷入细雪中。

她立刻冷得发抖。

我感觉到药效最后一闪即逝，这次的感觉像被冰锥戳穿左眼。

剧痛，但只是一瞬间。

我跟随阿曼达走出箱体，大致朝附近有住户的方向走去。

过了一开始的细雪层，我可以感觉到自己继续往下陷——每一步的重量慢慢地踩碎一片堆积得更深、更久的结实雪面。

我追上了阿曼达。

我们跋涉过一片林间空地，朝一个有人居住的地方走去，那地方却似乎慢慢消失在眼前。

我的牛仔裤和帽衫只能勉强御寒，但穿着红裙、黑毛衣和平底鞋的阿曼达更痛苦。

我大半辈子都住在中西部，从来没见识过这种寒冷。我的耳朵和颧骨恐怕很快就会被冻伤，双手也开始无法控制精细动作。

一阵疾风迎面打来，雪下得越来越大，前面的世界逐渐变得像个被猛烈摇晃过的水晶雪球。

我们继续在雪中跋涉，能走多快就走多快，可是积雪越来越深，步行起来几乎毫无效率可言。

阿曼达的双颊已经发青。

她颤抖得很厉害。

头发上全是雪。

"我们应该回去。"我牙齿打战地说。

风声已经大得震耳欲聋。

阿曼达先是茫然地看着我，然后点点头。

我回头一望，箱体竟不见了。

登时惊恐之情骤升。

雪斜斜地吹着，远方的房屋已消失。

四面八方都一个样。

阿曼达的头上上下下摆动，我则始终紧握拳头，试图将温热的血催逼到指尖，但却是徒劳。我的线戒都结冰了。

我的思绪开始涣散。浑身冷得直发抖。

我们完蛋了。

这不只是冷，而是远低于零度的冷。

致命的冷。

我不知道我们已经离开箱体多远了。

但这还有什么要紧吗？反正都已经失去视觉功能。

只要再过几分钟，我们就会被冻死。

继续移动。

阿曼达眼神有些呆滞，不知道是不是渐渐冻僵了。

她裸露的腿直接接触到雪。

"好痛。"她说。

我弯腰将她抱起，在风雪中蹒跚前进的同时，将浑身颤抖的阿曼达紧紧搂在怀里。

我们置身于风雪凛冽的旋涡中，周遭景物看起来一模一样。若不低头看着自己的双腿，整个旋涡的转动会让人头晕目眩。

一个念头蓦然闪过：我们会死。

但我还是继续走。

一步一步往前踩，此时我的脸颊被冻得灼烫，手臂因为抱着阿曼达而发疼，脚也痛苦不堪，因为雪跑进鞋子里了。

几分钟过去，雪下得更猛，寒意依然刺骨。

阿曼达开始喃喃自语，神志不清。

不能继续这样下去。

不能继续走。

不能继续抱着她。

很快地——太快了——我非得停下不可，然后坐在雪地里，抱着这个刚刚才认识的女人，一起冻死在这个根本不属于我们的可怕世界里。

我想到家人。

想到从此再也见不到他们，我试着分析这代表了什么，而内心的恐惧也终于慢慢失控……眼前出现了一栋房子。

不，应该说是一栋房子的二楼，因为雪一路吹积到一排三扇的老虎窗，把一楼全埋起来的。

"阿曼达。"

她眼睛闭着。

"阿曼达!"

她睁开眼,很勉强地。

"保持清醒。"

我把她放到雪地上,靠在屋顶边,跌跌撞撞走到中间那扇老虎窗,用脚踹破窗子。

把凸出的尖锐玻璃碎片全踢掉后,我抓住阿曼达的双臂,把她拖进一间儿童房——看样子,主人应该是个小女孩。

有绒毛动物。

一间木制的娃娃屋。

公主的行头。

床头柜上有一只芭比手电筒。

我把阿曼达拖进房间较深处,让从窗口灌进来的风雪吹不到她。然后抓起芭比手电筒,走出房门,进到楼上的走廊。

我高喊:"有人吗?"

屋子将我的声音吞没,没有回声。

二楼的所有卧室都空荡荡的,里头的家具也大多被搬走了。

我打开手电筒,走下楼梯。

电池快没电了,灯泡发出的光束很微弱。

离开楼梯后,经过前门,进入昔日的餐厅。窗口都钉了木板,以便支撑住玻璃,不被已填满整个窗框的积雪给压破。餐桌有一部分已砍成可烧火的木柴,残余的部分旁边还靠着一把斧头。

我走进一扇门，里头是个较小的房间。

半亮不亮的光束照到一张沙发。

有两张椅子，皮面几乎都磨掉了。

一台电视悬挂在灰渣满溢的壁炉上方。

一盒蜡烛。

一摞书。

几个睡袋、几条毛毯和几个枕头散置在壁炉附近的地上，里面有人。

一个男人。

一个女人。

两个十来岁的男孩。

一个年轻女孩。

眼睛闭着。一动也不动。

脸色憔悴发青。

女人的胸口上放着一张裱框的全家福照片，那是在较美好的年代里，在林肯公园温室拍的，她发黑的手指仍牢牢抓着照片。

壁炉前面，可以看到几个火柴盒、一沓报纸，和一堆从刀具架削下的木屑。

出了起居室后的第二扇门通往厨房。冰箱开着，里头空空如也，橱柜也一样。料理台上满是空罐头。

奶油玉米罐头。芸豆罐头。黑豆罐头。全颗去皮西红柿罐头。浓汤罐头。桃子罐头。

还有一些摆放在橱柜深处、经常放到过期的东西。

就连佐料罐也被刮得干干净净——有芥末、美乃滋、果酱。

我在垃圾堆到满出来的垃圾桶后面看见一摊冻结的血渍和一副小小的猫的骨骸,上面的肉都被剥光了。

这些人不是冻死的。

是饿死的。

火光照亮起居室四壁。我光着身子躺在睡袋里,外面又套了另一个睡袋,上面还盖着毯子。

阿曼达躺在我旁边,她也用了两个自己的睡袋,让身子慢慢暖和起来。

湿衣服就放在壁炉砖面上烘干,我们躺得离火很近,可以感觉到温热的火在舔舐我的脸。

外头依然是狂风暴雪,阵阵狂风晃得整栋屋子的骨架咿咿呀呀响。

阿曼达的眼睛睁开了。

她已经醒了有一会儿,我们也已经喝光那两瓶水,又在瓶子里装满雪,此时正放在壁炉上近火处。

"你觉得本来住在这里的人发生了什么事?"她问道。

实情是:我将他们的尸体拖进一间工作室,免得被她看见。

但我说:"不知道。会不会是去了哪个温暖的地方?"

她微笑道:"说谎。就像我们有那艘宇宙飞船还不是被困在这里。"

"我想这就是所谓陡峭的学习曲线吧。"

她吸了很长、很深的一口气,然后吐出来,说道:"我今年四十一岁。人生没什么了不起,但毕竟还是我的。我有事业、有一套公寓,有一条狗,有朋友,有我喜欢看的电视节目。还有一个男人叫约翰,见过三次面。还有美酒。"她看着我,"这些我一样也看不见了,对吧?"

我迟疑着不知该如何回答。

她又接着说:"至少你有个目的地,一个你想回去的世界。我却不能回我的世界,那还能上哪去?"

她直视着我,神情紧绷,眼睛眨都没眨。

我却没有答案。

再次醒来时,火已烧得仅剩一堆火星闪闪的余烬,有几丝阳光试图从窗户顶端溜进来,把周遭的雪照得闪烁不定。

即使在屋内,还是冷得不可思议。

我从睡袋伸出一只手摸摸壁炉上的衣服,幸好都干了。我又把手缩进来,脸转向阿曼达。她将睡袋拉高盖住脸,我可以看见她透过羽绒吐出的阵阵气息,在睡袋表面形成冰晶结构。

我穿上衣服,重新生火,并赶在手指冻僵前及时让手取暖。

我让阿曼达继续睡,自己走过餐厅,晒穿窗户顶端积雪的阳光刚好足以为我引路。

我爬上阴暗楼梯。

穿过走廊。

回到女孩的卧室,地板几乎都被吹进来的雪覆盖了。

我爬出窗框,被阳光刺得眯眼,冰面上反射的光线实在太强,有五秒钟什么也看不见。

雪已深达腰际。

天空湛蓝。没有鸟鸣声。没有任何生物的声音。

甚至没有一丝风声,我们的足迹也无影无踪。一切都被抹平、覆盖。

气温肯定远远低于零度,因为即使直接在阳光下,也完全感受不到暖意。

这一带再过去,芝加哥的天际线隐约可见,积了雪、结了冰的高楼在阳光下晶莹闪耀。

一座白色城市。

一个冰雪世界。

我的目光越过街道,环顾我们昨天差点被冻死的那片空旷平野。

不见箱体的踪影。

回到屋内,我发现阿曼达醒了,坐在壁炉边,用睡袋和毛毯裹着身子。

我走进厨房,找到一些餐具。

然后打开背包,掏出两包口粮。

虽然是冷的，却很有营养。

我们狼吞虎咽起来。

阿曼达问道："有没有看到箱体？"

"没有，应该是埋在雪底下了。"

"这下可好了。"她看了看我，随即又回头看着火光说，"真不知道该生你的气还是该感谢你。"

"你在说什么？"

"你上楼的时候，我想上洗手间，无意中走到工作室去了。"

"这么说你看见了。"

"他们是饿死的，对不对？燃料还没用完就饿死了。"

"好像是。"

我瞪着火焰看时，觉得大脑后侧像被什么东西刺了一下。一个模糊的念头。

刚才在外面看着旷野，想到我们几乎死在那片冰天雪地，当时就略有所感。

我说道："记得你是怎么说那条长廊的吗？它让你觉得像被困在冰天雪地里，是吗？"

她暂停吃东西，看着我。

"长廊里的门连接了无穷无尽的平行世界，对吧？但确立这些联结的会不会就是**我们**？"

"怎么说？"

"会不会就像造梦一样，这些特定的世界多少是我们自己选择的？"

"你是说在那无限多的现实当中，我故意挑了**这个**鬼地方？"

"不是故意。也许是反射了你在开门那一刻的感觉。"

她吃完最后一口，将空包装袋丢进火里。

我说："你想想我们看到的第一个世界，那个破败的芝加哥，四面八方全是倒塌的建筑。我们走进那个停车场的时候，是什么样的情绪状态？"

"不安。恐惧。绝望。我的天哪。贾森。"

"怎么了？"

"我们打开门进入机棚，看见另一个你和我被抓之前，你也才刚提到过那件事。"

"有吗？"

"你提到平行宇宙的概念，你说所有可能发生的事都会发生，还说在某个地方有另一个你和我根本没能逃进箱体。没多久，你打开了门，我们就看到一模一样的戏码上演。"

我顿时有种恍然大悟的惊喜，仿佛一道电流窜遍全身。

我说："这段时间，我们一直纳闷控制的方法在哪里……"

"没想到就是我们自己。"

"是啊。如果真是这样，那我们就能到任何想去的地方了，包括回家。"

第二天一大早，我们站在这一片寂静当中，雪深及腰，尽管身上已经穿了一层又一层的冬衣，仍浑身打战——衣服是从那可怜的一家人的衣橱里搜刮来的。

眼前的旷野，丝毫见不着我们的足迹。看不见箱体。只有一片绵延不断的平滑雪地。

旷野辽阔，箱体渺小。

要想全凭运气找到它的概率微乎其微。

太阳已悄悄高挂枝头，让这寒意显得不真实。

"我们该怎么办，贾森？随便猜猜，就开始挖？"

我回头瞥一眼半埋在雪中的房子，一时惊疑不定，不知道我们还能存活多久。还有多久木柴会用光？食物会吃光？何时会像其他人一样放弃，然后死去？

我能感觉到胸口升起一股沉闷的压力——是恐惧推挤而入。

我深深吸一口气注入肺叶，只是空气太冷，不由得咳嗽起来。

恐慌从四面八方悄悄向我逼近。

要找到箱体是不可能的。

外头太冷了。时间也不够，等下一场风暴来袭，接着还有下一场，箱体会越埋越深，我们将再无机会找到。

除非……

我让背包从肩上滑落雪地，用颤抖的手指拉开拉链。

"你在做什么？"阿曼达问。

"死马当活马医。"

我花了一会儿工夫才找到要找的东西。

抓起指南针后,我丢下阿曼达和背包,涉入旷野中。

她随后跟来,喊着要我等一下。走了十五米后,我才停下来等她追上。

"你看这个。"我碰一下指针表面说,"我们在南芝加哥,对吧?"我指着远方的天际线:"所以磁北在那个方向。但指南针却不是往那边指。看到了吗?指针是指向东边的湖区。"

她脸色一亮。"可不是嘛。是箱体的磁场导致指南针的指针偏移了。"

我们在积雪中走来走去,留下一个个深洞,像要埋桩似的。到了平野中央,指针由东向西摆动。

"我们就在它正上方。"

我开始动手挖,即使赤裸的手被雪冻得发疼也不肯停。

挖了一米左右深,我碰到箱体边缘,便加紧速度继续挖,原本冷得刺痛的手已经失去知觉,只得将袖子拉低加以保护。

好不容易,半冻僵的手指终于擦过开着的箱体门顶端,我情不自禁放声呐喊,声音在这冰封的世界里回响不绝。

十分钟后,我们回到了箱体内,喝下四十六号与四十五号安瓿。

阿曼达设定了手表上的计时器,关掉汽化灯以免电池耗电。我们并肩坐在严寒的黑暗中,等候药剂起作用,她说:"真想不到，我会这么高兴再看见我们这艘烂救生艇。"

"是吧？"

她把头靠在我肩上。

"谢谢你，贾森。"

"谢什么？"

"谢谢你没让我冻死在外面。"

"这么说我们扯平了？"

她笑着说："还早呢。你可别忘了，这一切还是都得怪你。"

坐在完全漆黑寂静的箱体内，是一种奇怪的感觉剥夺体验。唯一的生理知觉就是渗透过衣物的金属寒意与阿曼达将头靠在我肩上的压力。

"你和他不一样。"她说。

"谁？"

"我那个贾森。"

"怎么个不一样法？"

"你比较温柔。基本上他个性硬邦邦的，我从来没见过像**他**这么**拼命**的人。"

"你是他的心理治疗师？"

"有时候。"

"他快乐吗？"

我感觉到她在黑暗中思索我的问题。

"怎么？"我问道，"医生有义务为病人保密，所以让你为难了？"

"严格说起来，你们俩是同一个人，这肯定是我没遇到过的状况。但是不会，我不会说他快乐。他过着一种心智十分活跃刺激却行为十分单一的生活。他除了工作还是工作。过去五年来，他根本没有实验室以外的生活，几乎就住在那里了。"

"你知道吗？把我害到这个地步的就是你那个贾森。我之所以会在这里，是因为几天前的晚上走路回家时，有个人持枪绑架了我。他把我带到一座废弃电厂，给我打了针，问了我一堆问题，关于我的生活、我做的选择、我快不快乐、我会不会有不同做法等等。现在记忆都回来了。后来我一醒来就在你们实验室，在你们的世界，我想会这么对我的人就是你的贾森。"

"你是说他进了箱体，不知怎的发现了你的世界、你的生活，就跟你调换位置？"

"你认为他能做到吗？"

"不知道。太疯狂了。"

"不然还有谁会这么做？"

阿曼达沉默片刻。

最后才说："贾森满脑子都在想那条没走过的路，一天到晚挂在嘴边。"

这时我感觉到怒火重新燃起。

我说："我内心仍有一部分不愿相信。我的意思是，如果他想要我的生活，大可以杀了我。可是他却大费周章地给我注射药物，不只有安瓿还有克他命，让我昏迷不醒，混淆我对箱体以及他所作所为的记忆，然后还刻意把我带回他的世界。为什么呢？"

"其实完全说得通。"

"是吗？"

"他不是个穷凶极恶的人。如果他这么对你，想必多少有合理的解释。体面的人都是这么为恶行辩护的。在你的世界，你是有名的物理学家吗？"

"不是，我在一所二流的大学教书。"

"你有钱吗？"

"无论在专业或经济上，我都比不上你的贾森。"

"那就对了。他告诉自己这是给你一个一生中难得的机会。**他**自己很希望尝试一下没走过的路，你又何尝不会呢？我不是说这么做没错，我是说一个好人要做一件可怕的事，都会有这样的心路历程。这是人类行为入门课程。"

她想必感觉到我的愤怒正逐渐累积，便说："贾森，现在可容不得你情绪失控。等一下我们就要回到那条长廊。我们是控制因素。你是这么说的，对不对？"

"对。"

"假如真是这样，假如我们的情绪状态多少可以决定选择的世界，那么你的愤怒和忌妒会把我们带到什么样的地方？你打开一扇新门的时候，可不能还这么激动。你要想办法释怀。"

我可以感觉到药效发作了。

肌肉放松下来。

有一刻，愤怒化成平和沉静的河水，我愿意付出一切让它持续，让它带我渡过难关。

阿曼达打开灯时，与门垂直的墙面不见了。

我低头看着装有剩余安瓿瓶的皮袋，暗想：如果对我做出这种事的王八蛋能想出驾驭箱体的方法，我应该也能。

在蓝光中，阿曼达看着我。

我说："我们还剩四十四只安瓿。有二十二次机会可以修正这个错误。另一个贾森带了多少安瓿进箱体？"

"一百只。"

该死。

我感觉全身有一股惊恐窜流而过，但仍微微一笑。

"我想我们还算幸运，因为我比他聪明多了，对吧？"

阿曼达笑着站起身来，递出一只手给我。

"我们有一个小时，"她说，"做得到吗？"

"绝对可以。"

9

他起床起得早了。

喝酒喝得少了。

开车变快了。

看的书变多了。

开始运动了。

拿叉子的方式变了。

笑声多了。

短信发得少了。

洗澡的时间拉长了,而且不再只是用肥皂抹身体,现在还会用毛巾擦洗。

他原本四天刮一次胡子,现在改成两天一次,而且不是在淋浴间,是在洗脸台。

换好衣服就马上穿鞋,而不是出门前才在门口穿上。

他经常用牙线,而且三天前她还亲眼看见他修眉毛。

将近两星期以来,他都没有穿他最爱的睡衣——一件褪了色的 U2 乐团（一个爱尔兰摇滚乐队）T 恤，是他们十年前在联合中心听演唱会时买的。

他洗碗的方式也变了，不再在沥水架上让碗盘堆积如山，而是在料理台摆满擦碗巾，再将湿的盘子和玻璃杯放在上面。

早餐他改喝一杯咖啡，而不是两杯，也不再冲得像以前那么浓，事实上那味道淡到她不得不每天早上尽量赶在他之前到厨房去，自己冲咖啡。

最近，他们家晚餐时的谈话内容都围绕着观点、书本与贾森正在看的文章，以及查理的学业打转，不再只是闲聊当天发生的事。

说到查理，贾森对儿子的态度也不一样。

比较宽松，比较不像父亲。

好像是忘了怎么当一个少年的父亲。

他不再每天用 iPad（苹果平板电脑）看 Netfix（美国在线影片租赁供应商）的影片看到凌晨两点。

他再也没叫过她丹妮。

他经常想要她，而每次都像是他们的第一次。

他看她的眼神总带着一种压抑的激情，让她想起相识不久、有太多秘密与未涉足的领域亟欲探索的恋人，彼此凝视的模样。

当丹妮拉与贾森并肩站在镜子前，这些念头、这一切琐碎的发现，在她内心深处慢慢累积。

现在是早晨，他们正各自准备展开自己的一天。

她在刷牙，他也在刷牙，当他发觉她在看他，便咧开沾满牙膏泡沫的嘴一笑，眨眨眼。

她心里狐疑——

他是不是得了癌症，没告诉我？

他是不是服用了新的抗抑郁剂，没告诉我？

失业了，没告诉我？

她的内心深处忽然爆发出一种恶心、灼烫的感觉：他是不是和哪个学生外遇，而那女孩让他的感觉与举止焕然一新？

不，感觉都不是。

问题是，也没什么明显不对劲的地方。

理论上，他们的关系其实更好了。他从来没有这么关心过她，自从交往以来，他们也从未这么经常谈笑。

只不过他……就是不一样了。

在许许多多细节上都不一样，这可能无关紧要，也可能意义重大。

贾森弯腰将泡沫吐进洗脸台。

他关上水龙头，绕到她身后，两手放在她臀上，身子往前轻轻抵住她。

她看着他的镜中倒影。暗忖：**你有什么秘密？**

很想把这几个字说出来。

完完整整地。

但她仍继续刷牙，因为万一那个答案的代价是这个令人惊奇的现状呢？

他说:"我可以整天就看着你做这件事。"

"刷牙?"她嘟哝着说,牙刷还含在嘴里。

"嗯哼。"他亲吻她的后颈,一阵战栗从她的脊背传到膝盖,刹那间,忧惧、问题、疑虑尽皆消散。

他说:"瑞安·霍尔德今晚六点有一场演说,要不要跟我一起去?"

丹妮拉弯腰、吐掉泡沫、漱口。

"我很想,可是五点半有课。"

"那等我回来,可以请你去吃饭吗?"

"好啊。"

她转身亲他。

现在他连亲吻方式都变了。

好像很郑重其事,每次都是。

他正把身子拉开,她开口"哎"了一声。

"怎么了?"

她应该要问。

她应该把她注意到的这些事全提出来。

把所有问题一吐为快,澄清所有疑虑。

有一部分的她真的很想知道。

有一部分的她却永远不想知道。

因此她一面告诉自己现在还不是时候,一面拨弄他的领子、整理他的头发,最后再亲他一下,便送他出门去。

10

剩余安瓿数：四十四

阿曼达的目光从笔记本往上瞄，问道："你确定把它写下来是最好的做法？"

"写字的时候，你会集中所有注意力，几乎不可能一边写这个一边想另一样东西。把它写在纸上的举动能让你的念头和意向一致。"

"要写多少？"她问道。

"一开始也许可以写简单点，一小段呢？"

她把正在写的句子写完后，阖上笔记，站起来。

"你心里都只想着这个了吧？"我问。

"应该是。"

我背起背包。阿曼达走到门边，转动门把，拉开来。早晨的阳光射进长廊，光芒刺眼，我一度看不见外头任何东西。

眼睛适应了光线之后，周遭景物也渐渐聚焦。

我们站在箱体门口，位于一座临近公园的山丘上。

东边，碧绿草坡向下绵延数百米直到密歇根湖畔。突出于远方的天际线则是我之前从未见过的——建筑物瘦瘦高高，玻璃与钢铁建材在光线高度反射下近乎隐形，创造出一种类似海市蜃楼的效果。

天空中充满飞行物，大多在芝加哥（据我猜测）的上空纵横来去，有一些则垂直加速，直上云霄，毫无停止迹象。

阿曼达转头看我，得意地笑笑并拍拍笔记本。

我打开第一页。

她写道……

我想去一个生存的好地方、好时代。一个我会想生活在其中的世界。不是未来，但感觉很像……

我说："还不错。"

"这个地方是真的吗？"她问道。

"是。而且是你带我们来的。"

"我们去探险吧。反正也要让药效慢慢退去。"

她离开箱体走下草坡。我们经过一个游乐场，然后走上一条穿越公园的步道。

这个早晨寒冷、无瑕。我呼出的气息凝成白雾。

阳光尚未照射到的青草上覆盖着白霜，公园周围的阔叶树正在变色。湖水平静得犹如玻璃。

前方四百米左右，有一连串优雅的 Y 字形建筑将公园切割开来，每个间隔约为五十米。

直到靠近了，我才看清那是什么。

我们搭电梯上到北向月台，在有暖气设备的顶棚下等候，此时林荫道在下方约十二米处。有一张标记着芝加哥交通局标志的交互式电子地图，显示这条路线为红色快线，连接南芝加哥与市中心。

头顶上的扩音器传出一个急促、洪亮的女性声音。

"请远离站台边。列车即将进站。请远离站台边。列车即将进站，还有五……四……三……"

我顺着轨道前后张望，却看不见任何东西接近。

"二……"

有个往这里移动的模糊影子从树林边缘飞射而出。

"一。"

一辆光泽亮丽的三节列车减速进站，当车门打开，那个电脑语音的女声说道："请等候绿灯亮起再上车。"

几个乘客下车从我们身旁走过，身上穿的是运动服。每扇开启的门上方灯板由红转绿。

"往市中心站的乘客可以上车了。"

我和阿曼达互看一眼，耸耸肩，然后跨入第一节车厢。里面几乎坐满了通勤族。

这不是我熟悉的芝加哥电车。搭这车免费。车内无人站立。每个人都坐在看起来应该要装设在火箭车上的椅子，并系上了安全带。

没人坐的位子上方都悬浮"空位"字样，这倒是颇有帮助。

我和阿曼达走过通道时，传来播报声："请找位子坐下。在所有人都安全坐定位之前，列车不能启动。"

我们坐进车厢前端两个位子。我的背一往后靠，座椅立刻弹出加装衬垫的安全带，轻轻固定我的肩膀与腰部。

"请将头靠在座椅上。列车即将出发，三……二……一。"

加速平稳却猛烈。我被深深推进软垫座椅约有两秒，接着便以不可思议的速度在单一轨道上飘浮前进，底下完全感觉不到阻力，玻璃窗外的市容也模模糊糊闪过，因为速度实在太快，根本来不及辨识眼睛看见的东西。

远方那奇幻的天际线逐步接近。看见那些建筑群，越发令人想不透。在强烈的早晨阳光中，看起来像是有人打碎一面镜子，再把所有碎玻璃拼接竖立起来，那紊乱不规则的形状实在太美，不太可能是人造的。不完美与不对称中，完美自现，仿佛一座山脉，也像一条河流。

轨道陡落。我的胃跟着往上提。

列车尖啸着驶过隧道——黑暗中偶有光亮闪现，却只是更增添迷失感与速度感。

冲出黑暗时，我紧抓座椅两侧，随着列车急刹而止，我也被往前甩，紧紧压在安全带上。

列车广播："市中心站到了。"

"您要下车吗？"一条信息以全息影像形式出现在我面前十五米处，下面还显现"是"与"否"的字样。

阿曼达说："我们在这里下车吧。"

我便滑了一下"是"。她也一样。

我们的安全带随即松开，消失在座位里。我们起身后与其他乘客走到月台上，外面是一座美轮美奂的车站，连纽约的中央车站都相形见绌。车站大厅挑得极高，屋顶犹如斜面玻璃，阳光一照进来便扩散开来，光芒四散，在大理石墙面投射出无数晶亮闪烁的人字形光线。

站内人潮汹涌。一段萨克斯风吹出的长而嘶哑的音乐悬在空中。

我们走到大厅另一头，爬上一道犹如陡峭瀑布般令人胆怯的阶梯。

四周围的人都在自言自语——可以肯定是在打电话，却看不见任何手机配备。

到了楼梯顶端，有十二道旋转闸门，我们从其中一道出来。

街上行人摩肩接踵，没有车辆，没有红绿灯。我们站在一栋高楼底下，那高度我前所未见，即使近看也觉得不真实。它就像一块冰块或水晶，楼层之间毫无区隔。

纯粹受到好奇心驱使，我们过了马路，进入高楼的大厅，循指示去排队上观景台。

电梯速度快得惊人。由于气压一再改变，我只得不停吞口水以解除耳鸣。

两分钟后，电梯停止。

服务员告知我们有十分钟的时间可以欣赏楼顶风景。

门一打开，一阵冷冽的风迎面吹来。走出电梯，我们又经过一个全息影像显示："现在距离地面高度为两千一百五十九米。"

电梯井道位于小小观景台正中央，大楼尖顶就在我们头上约十五米处，整栋玻璃建筑的顶端扭曲成一个尖尖的火焰形状。

我们走向边缘时，出现了另一个全息影像来做介绍："玻璃塔是中西部第一高楼，也是全美第三高楼。"

这上面好冷，风不停地从湖上吹来。我觉得吸入肺里的空气越来越稀薄，也有点头晕，却不知是因为缺氧还是恐高。

我们来到自杀防护栏旁。我开始头发晕，胃液翻搅。

简直让人眼花缭乱——幅员辽阔的闪耀区、附近林立的高楼大厦、浩瀚的湖水，越过湖面甚至可以清楚看到密歇根州南部。

西面与南面，郊区再过去的一百多公里外，大片草地在早晨的阳光下闪闪发光。

大楼摇晃了起来。

"天气晴朗时，可以看见四个州——伊利诺伊、印第安纳、密歇根与威斯康星。"

站在这件充满艺术与想象的作品之上，我感觉渺小，但也非常幸福而满足。

这个世界竟建造出了这么美的事物，能呼吸到这里的空气不禁让人心神荡漾。

阿曼达在我身边，我们一起往下凝视这栋建筑如女性身体般曼妙的曲线。在这楼顶上，安宁祥和，几乎寂静无声。

唯一只听见风在呢喃。

底下街道上的噪声传不到上面来。

"这些都是你想出来的吗？"我问道。

"不是有意识的，不过所有的感觉都挺对的。好像一个记忆模糊的梦。"

我望向北边，洛根广场原来的所在地。

那里看起来一点也不像我家。

一两米外，我看见一个老先生站在妻子后面，骨节嶙峋的双手搭在她肩上，而她正看着望远镜，镜头指向一座我平生仅见的巨大摩天轮。那摩天轮应该有三百米，俯临湖畔，地点就在原来的海军码头。

我想到丹妮拉。

想到另一个贾森——贾森2号——此时此刻正在做什么。

他正在和我妻子做什么？

愤怒、忧惧与思乡愁绪像疾病似的将我包围。

这个世界尽管宏伟壮丽，却不是我的家。

差得远了。

剩余安瓿数：四十二

我们再次走在贯穿这个中介空间的黑暗长廊里，回响的脚步声渐次消失在无限远方。

我手上提着汽化灯，思考着该在笔记本上写什么，阿曼达却忽然停下来。

"怎么了？"我问道。

"你听。"

四下顿时静悄悄的，我都能听到自己心跳加快。

这时候，不可思议的事发生了。

有个声音响起。

在长廊很远、很远的另一头。

阿曼达看着我。

她低声说："搞什么？"

我注视着黑暗。

什么也看不到，只有摇曳的灯光在不断反复出现的墙面折射回弹。

那声音迅速地变得响亮。

是脚步拖行的声音。

我说："有人来了。"

"怎么可能？"

行动者渐渐移入亮光的外围。

有个人影朝我们走来。

我往后一步,当人影更加靠近,我有拔腿就跑的冲动,但又能去哪里?

还是面对吧。

是个男人。全身赤裸。皮肤沾满泥巴、尘土或是……

血。

肯定是血。

他散发着血腥味。

好像在血池里翻滚过似的。

他的头发凌乱纠结,脸上的血渍和血块厚厚一层,使得眼白部分格外醒目。

他两手发抖,手指往内弯曲紧绷,似乎一直拼命地在抓挠着什么。

直到他来到三米外,我才认出这个人是我。

我让路给他,背贴在最近的墙面,尽可能远远避开他。

当他踉跄走过,两眼直愣愣地瞪着我。

我甚至不确定他有没有看见我。

他似乎受到莫大的冲击与震撼。

整个人被掏空了。仿佛刚逃离地狱。

他的背上和肩上都有大块肌肉撕裂。

我问他:"你发生了什么事?"

他停下来看着我,然后张开嘴,发出我从未听过的可怕声音——一种足以让喉咙留下伤疤的尖叫声。

他的声音还在回响，阿曼达便抓住我的手将我拉走。

他没跟上来。只是看着我们离开，然后又拖着脚步沿长廊走去。

走进那无尽的黑暗中。

三十分钟后，我坐在与其他门全然无异的一道门前，努力地将刚刚在长廊里所见情景从心中抹去，抚平自己的情绪。

我从背包拿出笔记本，打开来，笔握在手中。

想都不用想。直接就写下了：

我想回家。

我不禁纳闷：这就是当上帝的感觉吗？我是说那种几乎一开口就能让一个世界出现的悸动快感。没错，这个世界本来就存在，但我让它与我们产生了联结。在所有可能存在的世界当中，我找到了这一个，而它也正是我想要的——至少从箱体的门内看起来是如此。

我迈步踩下，水泥地面的碎玻璃在我鞋子底下吱嘎作响，午后阳光从高处几扇窗户大量洒入，照亮一排属于另一个年代的铁制发电机。

虽然从未在白天见过这个房间，但我认得出来。

上次来这里的时候，一轮中秋时节的满月正慢慢升到密歇根湖上空，我被摔到这其中一台老旧机器旁边，被打了药而心神错乱，瞪着一个戴着艺妓面具、拿枪胁迫我来到这座废弃电厂深处的男人。

瞪着我自己——只是当时的我并不知道。

我做梦也想不到有这样的旅程。

想不到等着我的竟是地狱。

箱体位于发电机房深处的角落，藏在楼梯后面。

"怎么样？"阿曼达问。

"我想我成功了。这里就是我在你的世界醒来以前，最后看到的地方。"

我们循路往回走出被弃置的电厂。

外面，太阳还照耀着。但已西斜。

现在是傍晚，四下只听见几只海鸟飞过湖面发出的孤鸣。

我们徒步往西进入南芝加哥市区，沿着路边走，活像两个流浪汉。

远方的天际线十分熟悉。

是我认识与深爱的景象。

太阳越来越低，走了二十分钟后，我才忽然想到路上一辆车也没看到。

"有点安静哦？"我问道。

阿曼达看着我。

在湖边荒废的工业区里，安静并无奇特之处。

在这里却不可思议。

外面没有车。没有人。安静到都可以听见头上电线里的电流声。

第八十七街电车站关闭了——公交车和电车都停驶了。

唯一可见的生命迹象是一只迷路的卷尾黑猫，抓着一只老鼠，很快地溜过马路。

阿曼达说："也许我们应该回箱体去。"

"我想看看我家。"

"这里的气氛不对劲，贾森，你感觉不到吗？"

"箱体既然带我们到这里来，要是不探索一下，是绝对学不会驾驭它的。"

"你家在哪？"

"洛根广场。"

"那走路可走不到。"

"所以得借一辆车。"

我们穿过八十七街，走下一个住宅街区，两边全是破落的连排别墅。垃圾车应该有几星期没来了，到处都是垃圾，让人恶心、裂开的垃圾袋在人行道上堆积如山。

许多窗户都钉了木板。有些则是以塑料板覆盖。

多数窗上都挂着衣物。有些红。有些黑。

几间屋里隐隐传出收音机与电视机的模糊声响。

有一个孩子在哭。

但除此之外，邻近一带寂静中透着不祥。

第六条街走到一半，阿曼达喊道："找到了！"

我过了马路,朝一辆九十年代中期的奥兹莫比尔的卡特拉斯-西拉牌车走去。

白色。边缘锈蚀了。轮胎没有轮圈盖。

我从肮脏的车窗瞥见打火开关上挂着一串钥匙。

我用力拉开驾驶座一侧的门,滑坐进去。

"我们真的要这么做?"阿曼达问。

我发动引擎,她也爬上副驾驶座。

还剩四分之一的油量。

应该够。

挡风玻璃太脏了,喷了雨刷液连续刷十秒钟后,才刮除了污垢、尘土与黏在上面的树叶。

州际公路上冷冷清清。

我从未见过这样的景象。

放眼望去,前后都空荡荡的。

现在就快入夜了,阳光照在威利斯大楼闪闪发光。

我往北疾驰,每过一公里,心就揪得更紧。

阿曼达说:"我们回去吧,说真的,这里显然很不对劲。"

"如果我的家人在这里,我就应该和他们在一起。"

"你又怎么知道这就是你的芝加哥?"

她打开收音机,转动电台频道钮,直到嘈杂的沙沙声变成熟悉的紧急警报系统警示,骤然从喇叭传出:

以下信息是应伊利诺伊州警察局要求传达。库克郡仍未解除二十四小时禁止外出令。所有居民必须待在家中直到进一步通知。国民警卫队会持续监控所有邻里的安全、运送物资，并提供前往防疫中心检疫隔离区的交通服务。

南向车道上，有四辆迷彩悍马军用车飞驰而过。

感染风险依然极高。初期症状包括发烧、严重头痛与肌肉酸痛。如果民众认为自己或家人受感染，请在面对街道的窗户挂上红布。如果家中有人死亡，请挂上黑布。

防疫中心人员将会尽快予以协助。

请继续收听，我们会提供进一步的详细情况。

阿曼达看着我。

"你为什么不掉头呢？"

我家那条街上找不到停车位，我便将车停在路中央，没有熄火。

"你真是得失心疯了。"阿曼达说。

我指向一栋在主卧室窗外挂了一件红裙和一件黑毛衣的褐石房子。

"那是我家,阿曼达。"

"那就快点,也请注意安全。"

我下了车。

安安静静的街道,在暮色中一片沉郁。

一条街外,我瞥见几个苍白身影拖着脚步走到路中央。

我来到路边。电线寂静无声,各栋屋内散发的灯光,照理说不会这么微弱。

是烛光。

我的住处附近停电了。

爬上前门阶梯,我透过大大的窗户往内看,窗子另一边是餐厅。

里面幽暗、阴郁。

我敲了门。

过了好久,终于有个黑影从厨房出现,脚步沉重而缓慢地走过餐桌旁,往前门来。

我忽然口干舌燥。

我不应该来的。这里根本不是我家。

烛台就错了。壁炉上挂着凡·高的画也错了。

我听到门锁被喀喇喀喇喀喇地往回连转三下。

门打开一条不到三厘米的缝,一阵气味从里面飘出来。完全不像我家。

全是疾病与死亡的气味。

丹妮拉手里拿着一根蜡烛，不停颤抖。

尽管光线昏暗不明，我仍看得出她暴露在外的每寸皮肤都布满肿块。

她的眼睛看起来黑黑的。

在出血。只剩几丝细细的眼白。

她说："贾森？"声音很轻，好像嘴里有很多黏液。泪水涌出眼眶，"我的老天。是你吗？"

她把门拉开，步伐不稳，摇摇晃晃地走向我。

对深爱的人产生嫌恶感，真是一件令人心碎的事。

我后退一步。

她感觉到我的惊恐，也停了下来。

"这怎么可能呢？"她以刺耳的声音说，"你死了呀。"

"你在说什么？"

"一个星期前，他们用一个里面满是血的尸袋，把你从这里运出去了。"

"查理呢？"我问道。

她摇摇头，眼泪扑簌簌落下的同时，用手捂住脸边咳边啜泣，还咳出血来。

"死了？"我问道。

"没有人来接他。他还在楼上自己的房间里。他都开始腐烂了，贾森。"

她一度重心不稳，立刻扶住门框才没跌倒。

"你是真的吗？"她问道。

我是真的吗？

问得好。

我说不出话来。

伤心得喉头发疼。

渐渐泪水盈眶。

我不仅同情她，可怕的事实是：我也怕她，自我保护的本能让我惊恐退缩。

阿曼达从车内喊道："有人来了！"

我往街上瞄了一眼，看见一对车灯穿过黑暗前进。

"贾森，我真的会丢下你不管！"阿曼达大喊。

"那是谁？"丹妮拉问道。

接近的隆隆引擎声听起来像柴油车。

阿曼达说得对。当初一发觉这个地方可能很危险，就应该掉头。

这里不是我的世界。

但是我的心仍牵挂着这栋房子二楼的某间卧室里，正躺着的我已经死去的另一个儿子。

我想奔上楼去，抱他出来，但我将会因此而死。

我回头走下阶梯往街道走时，一辆悍马就停在路当中，离我们从南区偷来的车子的挡泥板只有三米远。

悍马车身上贴满各种标志——红十字、国民警卫队、防疫中心。

阿曼达把头探出窗外。

"你在搞什么,贾森?"

我擦了一下眼睛。

"我儿子死在屋里,丹妮拉也快死了。"

悍马车副驾驶座的门打开来,一个身穿黑色防毒衣、戴着防毒面罩的人下了车,用一把冲锋枪瞄准我。

透过面罩发出的是女人的声音。

她说:"停在原地别动。"

我本能地举起双手。

紧接着,她将冲锋枪口移向奥兹莫比尔的挡风玻璃,同时往车子方向走去。

她对阿曼达说:"引擎关掉。"

当阿曼达伸手越过中央置物箱,熄灭引擎,悍马车的司机也下了车。

我用手指了一下丹妮拉,她还站在门口,身子歪斜摇晃。

"我老婆病得很重,我儿子死在楼上了。"

司机透过面罩望着我们家外墙。

"你们已经依规定展示颜色了,很快就会有人来……"

"她现在就需要治疗。"

"这是你的车吗?"

"是。"

"你打算上哪去?"

"我只是想带我老婆去找可以帮她的人。难道都没有医院或是……"

"在这里等着。"

"拜托了。"

"等一下。"他厉声喝道。

司机走上人行道、爬上阶梯,到丹妮拉身边去,她此时已坐在最高一阶,斜倚着栏杆。

他蹲跪在她面前,我虽然听得到他的声音,却听不清楚说话内容。

拿冲锋枪的女人看守着我和阿曼达。

我看见对街一扇窗口有火光摇曳,原来是某个邻居正往下看着我家门前发生的这一切。司机回来了。

他说:"你听我说,防疫中心的收容所都满了,两周前就满了。而且就算你送她过去也没用,眼睛一旦出血,大限就在眼前。我不知道你怎么想,但如果迟早都得死,我宁愿死在自家床上,也不想去联邦紧急应变署的帐篷,那里全是已死或垂死的人。"他回头说道:"纳迪娅,你去拿一些自动注射器给这位先生。顺便拿个面罩。"

她喊了声:"迈克。"

"就照我说的做,别啰唆。"

纳迪娅走到悍马车后面,打开货厢门。

"所以她会死吗？"

"很遗憾。"

"还有多久？"

"恐怕撑不到天亮。"

我身后的黑暗中传来丹妮拉的呻吟声。

纳迪娅回来后，啪的一声往我手里塞了五支自动注射筒和一副面罩。

司机说："面罩要随时戴着，另外我知道很难做到，但尽量不要碰她。"

"这是什么？"我问道。

"吗啡。如果一次五支全打，她会平静地走。要是我就不会再等。最后八小时最难熬。"

"她没有希望了？"

"没有了。"

"特效药呢？"

"以后就算有，也来不及救全城的人。"

"你们就让民众在自己家里死去？"

他透过面罩打量我。

面罩上染了色。根本看不见他的眼睛。

"你要是企图离开，误闯了不该闯的路障，他们会杀了你。尤其是天黑以后。"

他说完便转身走开。

我看着他们重新爬上军用车、启动引擎，然后往下一条街驶去。

太阳已经落下地平线。街上逐渐转暗。

阿曼达说："现在我们该走了。"

"再给我一点时间。"

"她会传染给你的。"

"我知道。"

"贾森……"

"那是我老婆。"

"不，那是你老婆的一个**复本**，万一你被她感染，就再也见不到真正的老婆了。"

我套上面罩，爬上阶梯来到大门前。

我接近时，丹妮拉抬起头来。

看着她已毁的面容，我心痛如绞。

她身上布满吐出来的血和黑色胆汁。

"他们不带我走？"她问道。

我摇摇头。

我想抱着她安慰她。想和她一起逃离。

"没关系。"她说，"你不必假装没事。我有心理准备了。"

"他们给了我这个。"我说着将自动注射器放下。

"这是什么？"

"让一切结束的方法。"

"我眼看着你死在我们床上,"她说,"也眼看着儿子死在他的床上。我再也不想回那栋房子去。我万万想不到,人生竟然会变成这样。"

"这不是你人生的全部,只是它的结束。你的人生很美好。"

蜡烛从她手里掉落到水泥地上熄灭了,烛芯冒出烟来。

我说:"只要我把这五支一次注射进你体内,就能结束这一切。你想这样吗?"

她点点头,脸颊上血泪斑斑。

我拔掉其中一支注射器的紫色头盖,末端贴住她的大腿,按下另一端的按钮。

当这支附有弹簧的针筒往丹妮拉体内注入一剂吗啡,她几乎连抖动一下都没有。

我将其他四支准备好,很快地连续注射。

几乎立刻见效。

她往后倒靠在铸铁栏杆上,随着药效发作,她的黑眼睛也失去神采。

"好些了吗?"我问道。

她勉强一笑,然后口齿越来越模糊地说:"我知道这只是我的幻想,不过你是我的天使。你回到我身边了。我好怕一个人在那个房子里死去。"

暮色更加深沉。几颗星出现在黑得诡异的芝加哥上空。

"我好……晕。"她说。

我想到无数个傍晚我们坐在这个门廊上，喝酒、说笑、和路过的邻居开玩笑，同时看着街头巷尾的路灯一盏盏亮起。

在那一刻，我的世界显得那么安全而完美。如今我明白了——我竟然把那舒适的一切都视为理所当然。那感觉太美好，但也有太多方法能让它瞬间粉碎。

丹妮拉说："我想要你摸摸我，贾森。"

她的声音变得粗哑、脆弱，几乎像在说悄悄话。

她闭上眼睛。

每次的呼吸循环都会延长个一两秒。

直到呼吸完全停止。

我不想把她留在外面，却也知道不应该碰她。

我于是起身，走向大门，跨步入内。屋子寂静幽暗，死亡的感觉黏在我的皮肤上。

我经过被烛光照亮墙面的餐厅，穿过厨房，进入书房。硬木地板被我踩得吱嘎响——这是屋里唯一的声响。

来到楼梯口，我停下来往上凝视着黑暗的二楼，儿子就在那里，躺在他自己的床上腐烂。

我感觉到一股力量把我往上拉，犹如黑洞那无可抗拒的引力。

但我抗拒了。

我抓起披在沙发上的毛毯，拿到外面，包住丹妮拉的身体。

然后我关上我家的门，走下阶梯，离开那个可怕的地方。

我上了车，启动引擎。

转头看着阿曼达。

"谢谢你没有丢下我。"

"我应该走的。"

我开车离去。

城里有些地区有电。有些则一片漆黑。

我眼中不断涌出泪水。视线几乎模糊得无法开车。

阿曼达说："贾森，这不是你的世界。那个人也不是你的妻子。你还是可以回家和他们团圆。"

理智上，我知道她说得没错，但情感上实在是撕心裂肺。

我生来就是为了爱与保护那个女人。

此时经过巴克镇。

远方市区里，有一整条街烈焰冲天，约有三十米高。

州际公路上又黑又空。

阿曼达探过身来，扯下我脸上的面罩。

我家里的死亡气味仍附着在我鼻子里。

甩不掉。

我不断想到丹妮拉，想到她的尸体躺在大门口的一条毛毯底下。

往市中心西侧行驶时，我往窗外瞥了一眼。

刚好星光够亮，映出了高楼剪影。

一大群黑森森的建筑，毫无生气。

阿曼达说："贾森？"

"怎么样？"

"后面有一辆车跟着我们。"

我看了看后视镜。

车子没打灯，好像一个幽灵紧跟在后。

忽然间，刺眼的远光灯和红蓝警示灯同时亮起，将细碎光线抛洒入车内。

后面有个声音透过喇叭放送出来："靠边停。"

顿时惊慌之情高涨。

我们完全没有自我防卫的东西。只有这辆烂车，而且任何车都能跑得比我们快。

我把脚抬离油门，看着时速表指针逆时针摆荡。

阿曼达说："你要停车？"

"对。"

"为什么？"

我慢慢踩下刹车，速度放慢后，转上路肩停下车来。

"贾森，"阿曼达抓住我的手臂，"你在干什么？"

我从侧面后视镜看着一辆黑色SUV跟着停在我们后面。

"引擎关掉，钥匙从窗口丢出来。"

"贾森！"

"你就相信我吧。"

"最后警告。关掉车子引擎,从窗口丢出钥匙。若企图逃跑,警方将动用致命强制力。"

后面大约一公里处,出现了更多车灯。

我打到停车挡,关掉车灯。然后将车窗摇下几厘米,手臂伸出去,假装将一串钥匙丢出去。

只见SUV驾驶座的门开了,一个戴着防毒面具的男人下车,手枪已经拔出。

我猛地重新挂挡、开灯,将油门踩到底。

在隆隆引擎声中,我听到一声枪响。

挡风玻璃上多了个星状弹孔。

接着又一个。

这次嵌进卡带音响内。

我往后一看,发现SUV还在六百米后面的路肩上。

时速表显示九十六,数字还在爬升中。

"离我们的出口还有多远?"阿曼达问道。

"两三公里。"

"很多人追来了。"

"我看见了。"

"贾森,万一被他们抓到……"

"我知道。"

现在车速已经堪堪超过一百四十五,引擎很勉强地在维持速度,转速指针也逐渐进入红色区域。

我们飞快冲过一块路标,上面显示我们的出口就在前方四百米处右侧。

以目前的速度,只需几秒钟就能到达。

来到出口时,车速一百二,我连忙紧急刹车。

我们俩都没系安全带。

惯性导致阿曼达往前撞上置物箱,我则撞上方向盘。

下了辅路后,我在停车标志处向左急转,轮胎吱嘎尖叫,胎皮都要烧起来了。阿曼达被甩撞到门上,我也差点被甩冲到她的位子上。

过高架桥时,我数了数,州际公路上闪着五组警示灯,最接近的那辆SUV现在已快速开进出口匝道,后面紧跟着两辆悍马军用车。

我们飞驰过南芝加哥空荡的街道。

阿曼达往前倾身,注视着挡风玻璃外面。

"怎么了?"我问道。

她看着天空。

"上面有光。"

"像是直升机?"

"没错。"

我开着车呼啸而过空空的十字路口,经过关闭的电车站,然后离开贫民区,疾驶在废弃的仓库与铁路调车场之间。

在芝加哥的偏僻地区。

"他们越来越接近了。"阿曼达说。

一发子弹"铪"的一声打进车身。

很快地又连三发,声音像在打铁。

她说:"是机关枪。"

"趴到地板上。"

我可以听见此起彼伏的警笛声越来越近。

这辆老爷车根本不是他们的对手。

又来了两发子弹,贯穿了后窗和挡风玻璃。一发从阿曼达座椅中央射穿。

透过布满弹孔的玻璃,我看见湖就在正前方。

我说:"撑着点,就快到了。"

我向右急转上普拉斯基道,接着又连着三发子弹打在右后门上,我于是关掉车灯。

没开灯的前几秒,感觉就好像飞驰在彻底的黑暗中。

随后眼睛才开始适应。可以看见前面的道路、四周建筑物的幢幢黑影。

这里暗得就跟乡下一样。

我松开油门,但没有踩刹车。

回头一瞥,正好看见两辆SUV来势汹汹地猛甩进普拉斯基道。

而前方,只看得出一对熟悉的烟囱耸入星空。

我们的时速已经不到三十公里,虽然那几辆SUV快速逼近,但远灯应该还没照到我们。

看见围墙了。

我们的车速继续下降。

我驶越马路,车头直接撞上上锁的栅门,把门给撞开。

缓缓驶进停车场后,我一面小心绕过倾倒的灯柱,一面回头望向马路。

警笛声愈加响亮了。

三辆SUV风驰电掣般直直冲过栅门,两辆车顶加装了机关枪的悍马车尾随在后。

我熄灭引擎。

重新安静下来后,我倾听着鸣笛声渐渐远去。

阿曼达从地板上爬起来,我则抓起后座的背包。

正前方的砖造建筑将我们的关门声反弹回来。

我们朝摇摇欲坠的建筑物与只剩"加哥电厂"几个字的标记走去。

有一架直升机从头上低空掠过,一道明晃晃的探照灯灯光扫过停车场。

这时我听见轰隆隆的引擎声。

一辆黑色SUV急刹车、打滑,横越过普拉斯基道。

车灯刺得我们睁不开眼。

当我们跑向建筑物时,有个男人的声音透过喇叭命令我们停下来。

四下漆黑一片。

我扯开背包，很快地找出汽化灯。

灯光照亮了外间办公室。在黑暗中看这个地方，又让我想起和贾森2号共处的那个夜晚，当时他用枪抵着全身赤裸的我，带我走进这栋旧建筑在另一个世界的分身。

我们走出第一个房间，灯光穿透黑暗。

走下一条廊道。越走越快。

脚步重重踩在腐朽的地板上。

汗水从脸上滴下，刺痛我的眼睛。

急促的心跳让胸口怦怦作响。

我气喘如牛。

后面有几个声音在叫喊。

回过头，只见激光般的光线在黑暗中切割而过，还有点点绿光，我猜是夜视镜。

我听见无线电的嘈杂声、低语声，还有直升机螺旋翼的声响从墙壁渗透进来。

走廊上忽然一阵枪火连发，我们卧倒在地，直到射击停止。

踉跄爬起身后，我们更加紧脚步往前。

到了一个交叉口，我带路进入另一条廊道，虽然相当有把握是这条没错，但在黑暗中其实无法确定。

最后终于爬上了通往发电室开放式楼梯顶端的金属平台。

我们走下楼梯。

身后的追兵距离实在太近,我都可以清楚辨认出三个声音在最后那条通道内不停回响。

是两男一女。

我跨下最后一阶的同时,阿曼达紧跟在后,上方楼梯也被踩得哐啷哐啷响。

两个红点在我的去路上来回交叉。

我闪开后继续跑,直入正前方的黑暗中,我知道箱体一定在那里。

这时我们头上响起两记枪响,有两个穿着全副防毒装备的人跳下最后几层楼梯,朝我们飞奔而来。

箱体就在前方十五米处,门敞开着,随着我们逐渐靠近,照在金属表面的汽化灯灯光也微微扩散开来。

枪声。

我感觉有个东西咻地从右耳擦过,像只大黄蜂。

一颗子弹打中了门,迸出火花。

我的耳朵灼痛。

后面有个男人大嚷着:"你们没有地方可去了!"

阿曼达先进入箱体。

接着我才跨过门槛,转身,使劲用肩膀顶住门。

那些士兵就在六米外,近到可以听见他们防毒面具底下的喘息声。

他们开枪了,而我在这个噩梦般的世界,最后看见与听见的便是炫目的枪口火光与子弹打在金属箱体上叮叮咚咚的声音。

我们立刻打针，然后开始走下长廊。

过了一会儿，阿曼达想停，我却不想。

我需要继续移动。走了整整一小时。走完整个药效作用时间。

直到耳朵上的血流满全身。

直到长廊崩陷回单一箱体。

我抛下背包。

很冷。浑身汗渍。

阿曼达站在箱体中心，刚才跑过废弃电厂让她裙子变得脏兮兮的、多处撕裂，毛衣更是破烂。

当她把灯放到地上，我体内好像有什么释放了出来。

力气、紧张、愤怒、恐惧……

这一切瞬间随着扑簌掉落的眼泪与压抑不住的哭泣，一涌而出。

阿曼达关上了灯。

我身子一瘫，靠在冰冷墙边，她把我拉过去让我躺在她腿上。手指抚过我的头发。

剩余安瓿数：四十

我在漆黑中醒来时，侧躺在箱体地上，背靠着墙。阿曼达和我贴得很近，我们的身体融入彼此的曲线中，她的头则枕在我的臂弯。

我又饿又渴。不知道睡了多长时间。

耳朵不再流血了。

我们难以逃避无助的现实。

除了彼此,这个箱体是我们唯一拥有的不变事物。

是一片汪洋大海中一艘很小很小的船。

是我们的避风港。

我们的监狱。

我们的家。

我小心地与她脱离开来。

脱下帽子折成一团当作枕头,放到阿曼达头下。

她动了动,但没醒。

我摸索着来到门边,明知不该冒险解开封印,但就是忍不住想知道外面是什么样子,何况箱体所引发的幽闭恐惧症也让我越来越难以承受封闭空间。

我转动手把,缓缓将门拉开。

第一个感觉:常绿树的气息。

一缕缕阳光从浓密的松林间斜照而下。

不远处,有一头鹿动也不动地站着,用那双黝黑、湿润的眼睛盯着箱体。

树林里安静得惊人。

铺满松针的地上有雾气悬浮。

我走得离箱本稍远些，坐在太阳能直射到的地上，早晨的阳光照在脸上感觉温暖而明亮。

一阵微风吹过树梢。

我闻到风中有柴烟味。

是户外的营火？是烟囱？

我纳闷：谁住在这里呢？这又是个什么样的世界？

我听到脚步声。

回头一看，发现阿曼达正穿过树林朝我走来，心里不由得一阵愧疚——我差点害她死在那个世界。她会在这里不只是因为我，还因为她救了我，因为她做了一件勇敢又冒险的事。

她到我身边坐下，脸转向太阳。

"睡得怎么样？"她问道。

"不好。脖子扭到了，还挺严重的。你呢？"

"全身酸痛。"

她凑上前来，检视我的耳朵。

"伤得重吗？"我问道。

"还好，子弹只擦掉一部分耳垂。我会替你清理伤口。"

她递给我一瓶水，这是在那个未来的芝加哥重新装满的，我喝了大大一口，真希望永远喝不完。

"你还好吗？"她问道。

"我就是忍不住会想到她，想到她死在我们家门廊上。还有查理死在楼上的房间。我们完全迷失了。"

阿曼达说："我知道很难,可是你应该要问,甚至我们俩都应该要问的问题是:你为什么把我们带到那个世界去?"

"我只是写了:我想回家。"

"没错,你是那么写的,但你跨过门的时候心里却有包袱。"

"什么意思?"

"难道这还不明显?"

"显然不够明显。"

"你最大的恐惧。"

"那种情绪不是每个人都会有的吗?"

"也许吧。但是和你的完完全全吻合,你自己恐怕没发现。"

"为什么说是和我的恐惧完完全全吻合?"

"不只是害怕失去家人,也怕疾病将他们夺走。就像你八岁时失去母亲那样。"

我转头看着阿曼达。

"你怎么知道?"

"你说呢?"

可不是,她是贾森2号的治疗师。

她说:"目睹母亲过世是他人生中最关键的大事。他一生未婚、没有孩子,全心全意投注在工作,绝大部分的原因都在于此。

这我相信。早先有些时候,我曾想过要逃离丹妮拉,不是因为我不够爱她,而是因为在某种程度上,我害怕失去她。当我发现她怀了查理,同样的恐惧又再次涌上心头。

"我为什么会想找出这样的世界？"

"为什么有些人的母亲控制欲很强，他们却还是娶了母亲的翻版？也有人一直没有父亲陪在身旁，却又嫁给父亲的翻版？就是为了试着修正过去的错误。想在长大以后弥补儿时所受的伤害。表面上听起来也许不怎么合理，但意识自有其运作模式。我倒是认为那个世界教会我们不少关于箱体的运作方法。"

我将水递回给她，说道："四十。"

"四十什么？"

"剩下四十支安瓿。一半是你的，也就是说我们各有二十次机会可以把事情做对。你想怎么做？"

"我也不知道。目前我只知道我不会再回我的世界了。"

"那你希望我们待在一起，或是分道扬镳？"

"不知道你怎么想，但我认为我们还是需要彼此。我觉得也许我能帮你回家。"

我背靠着一棵松树干，笔记本搁在膝盖上，思绪如泉涌。

想想真是奇怪，竟然光靠文字、意志力与欲望，便能让想象的世界成真。

这是个令人苦恼的矛盾窘境——掌控权完全在我手上，但我却得先能掌控自己。

自己的情绪。

自己的内心风暴。

也就是驱动我的那些秘密引擎。

如果有无穷无尽的世界,我如何才能找到独一无二、专属于我的那一个?

我瞪着白纸看了一会儿,然后开始写下浮现在脑海中、属于我的芝加哥的每个细节。我用文字描绘我的人生。

邻居小孩一同走路上学时发出的声音,他们的话语声宛如溪水淌过岩石——尖细且滔滔不绝。

离我家三条街外有一栋建筑,那褪色白砖墙上的涂鸦画得实在太美,始终没有被粉刷掉。

我冥想着家里的琐碎物事。

楼梯的第四级老是会咿呀作响。

楼下浴室的水龙头会漏水。

每天一大早煮咖啡时,厨房里的气味。

总之就是我的世界所仰赖的一切极微小、看似无关紧要的细节。

11

剩余安瓿数：三十二

在美学领域中有一种名为"恐怖谷"的理论，认为当某样东西看起来**几乎**像人类（例如假人或是机器人），会让观察者产生反感，因为其外表与人太相近，却又不对劲到足以产生一种诡异的感觉，好像既熟悉又陌生。

走在这个**几乎**像是我的芝加哥的街道上时，我产生了类似的心理效应。我随时都可能做世界末日般的噩梦。也许站在从前走过上千次的街角，却发现街名全错了；也许以前每天早上会顺路去买一杯三倍浓缩美式咖啡加豆浆的咖啡馆，忽然变成一家酒品专卖店；也许我位于埃利诺街四十四号的褐石联排别墅已经有陌生人入住……相比之下，倾倒的建筑与灰暗荒地根本算不了什么。

自从逃离那个疾病与死亡的世界，这已是我们找到的第四个芝加哥。之前的每一个也都跟这个一样——**几乎**像家。

夜晚即将降临，由于我们相当快速地连打了四回合药剂，没有时间恢复，因此这次头一次决定先不回箱体。

这间位于洛根广场的旅馆，正是我在阿曼达的世界里下榻的那间。

霓虹招牌变成红色，而不是绿色，但名字没变——"皇家饭店"——也还是那样怪异、那样被冻结于时光中，只不过有无数微不足道的小差异。

我们的房间有两张双人床，而且面向街道，恰巧和上次住的那间一样。

我把装了盥洗用具和二手旧衣的塑料袋，放到电视旁的抽屉柜上。

这间老旧客房有一种用了清洁剂也掩盖不住的霉味，甚至更糟的气味，换作其他时候，我或许会犹疑退却。但今晚却觉得是奢侈的享受。

我脱掉帽子和内衣，说道："我自己都已经恶心到不敢对这个地方有意见了。"

我把衣服扔进垃圾桶。

阿曼达笑道："你该不是想和我比赛谁比较恶心吧？"

"真不敢相信他们随便说个价钱就让我们住进来。"

"这样也许能说明旅馆的品质。"

我走到窗边，拉开窗帘。

现在是傍晚。下着雨。

外面招牌的红色霓虹灯光渗入房内。

我根本猜不出今天是星期几或是几号。

我说:"浴室归你了。"

阿曼达从塑料袋拿出自己的衣物。

不久,便听到流水清脆地打在瓷砖上,发出回声。

她大喊道:"我的天哪,贾森,你一定要泡个澡!你绝对想不到有多舒服!"

我身子太脏不想躺到床上,便坐在暖气炉旁边的地毯上,让一波波热气往身上涌,一面看着窗外的天色转暗。

我听从阿曼达的建议,在浴缸里放了热水。

凝结的水珠沿着墙壁滑下。

热气对我的背部产生了奇效,因为一直睡在箱体内,脊柱已经歪了好几天。

刮胡子的时候,身份的问题始终萦绕不去。

无论在雷克蒙大学或任何社区学校,都没有一个叫贾森·德森的物理教授,但我仍忍不住怀疑自己是否存在在某个地方。

在另一个城市。另一个国家。

说不定有不同的名字、和不同的女人在一起、做不同的工作。

如果是这样,如果我成天都在修车厂,待在出故障的车子底下,或是成天都在钻蛀牙,而不是给大学生教物理,那么就最基本的层面而言,我还是同一个人吗?

而那个层面又是什么?

如果把性格与生活形态等等修饰、无用之物通通抽走，那么造就我的核心元素又是什么？

一个钟头后，我从浴室出来，这是几天以来头一次干干净净地穿上牛仔裤、格子花呢衬衫和一双旧的 Timberland（添柏岚）鞋子，尺寸大了半号，但我多穿一双毛袜作为补救。

阿曼达带着评价眼光上下打量我，说道："不错嘛。"

"你自己也不错。"

她在二手店的收获包括黑色牛仔裤、靴子、白色 T 恤和黑色皮夹克，夹克上还残留着原来主人的烟味。

她躺在床上，在看一档我没见过的电视节目。

她抬头看我。"知道我在想什么吗？"

"什么？"

"一瓶酒。多到荒谬的食物。菜单上的每一道甜点。大学毕业以后，我还没这么瘦过。"

"平行宇宙的饮食。"

她笑出声来，真好听。

我们在雨中走了二十分钟，因为我想看看我很喜欢的一家餐厅是否存在于这个世界。

真的存在，这感觉犹如他乡遇故知。

这个舒适、充满文艺青年气息的地方，重现了芝加哥一家老式邻里餐馆的氛围。

桌位要等很久，所以我们杵在吧台旁边，一见到另一头空出两把高脚椅，便赶紧坐上去，刚好就在雨水淋漓的窗户旁。

我们点了鸡尾酒。然后葡萄酒。

小碟子源源不断地端上来。

喝了酒之后有一种明显而美好的微醺感，交谈内容也多以当下为主。

譬如食物如何。譬如待在温暖的室内感觉有多好。

我们俩谁也没提过箱体一次。

阿曼达说我像伐木工人。

我说她像飞车女骑士。

我们都笑得太用力、太大声，但我们需要。

她起身去上厕所时，对我说："你会在这里吧？"

"我就在这里，动都不会动。"

但她还是不停回头看。

我看着她走过吧台，消失在转角。

落单后，此刻的平凡无奇几乎令我难以承受。我环顾餐厅，留意着一张张侍者与顾客的脸。二十多段嘈杂对话融合成一种没有意义的喧闹声。

我暗想：你们要是知道我知道的事，会怎样？

走回去的路上更冷、更湿。

到了旅馆附近，我看见我经常光顾的"小村啤酒馆"的招牌在对街一闪一闪。

我说:"想不想喝杯睡前酒?"

时间够晚了,大批的夜晚人潮已经散去。

我们坐到吧台前,我看着酒保在触屏上更新某人的账单。

他终于转身走过来,先看阿曼达,再看我。

是马特。我这一生中,他恐怕已经替我倒过上千杯的酒。在我的世界里的最后一夜,正是他为我和瑞安·霍尔德倒酒。

但他似乎不认得我。只表现出冷淡、漠然的礼数。

"你们想喝点什么?"

阿曼达点了葡萄酒。我点了啤酒。

他倒啤酒时,我凑过身,小声地对阿曼达说:"我认识这个酒保。他没认出我。"

"什么叫你认识他?"

"我是这家店的常客。"

"不,你不是。他当然也不认得你。你还期待什么?"

"只是很奇怪。这个地方看起来一模一样。"

马特把我们的酒端过来。

"要不要把信用卡给我,先记账就好?"

我没有信用卡,没有身份证明,只有一卷钞票放在我的Members Only(美国服装品牌)风衣夹克内袋,而夹克则放在剩余的安瓿瓶旁边。

"我现在就付钱。"我边掏钱边说,"顺便自我介绍一下,我叫贾森。"

"我叫马特。"

"我喜欢这里。是你开的?"

"是啊。"

他好像根本不关心我对他的酒吧有何想法,让我心里有种空虚的伤感。阿曼达感觉到了。马特离开后,她举杯碰一下我的酒杯,说道:

"敬丰盛的一餐、温暖的床和命不该绝。"

回到旅馆房间后,我们关了灯,在黑暗中脱下衣服。我知道我对这间旅馆的设备的感觉已完全失去客观性,因为床的感觉好极了。

阿曼达在她的床上问道:"你锁门了吗?"

"锁了。"

我闭上眼睛,可以听见雨水叮叮咚咚打在窗上,偶尔一辆车驶过窗下湿湿的街道。

"这是个美好的夜晚。"阿曼达说。

"是啊。我不想念箱体,可是远离它,感觉也怪怪的。"

"我不知道你怎么想,但是我以前的世界,感觉越来越虚幻。你知道离开梦境久了会有什么感觉吧?它会失去色彩、强度和逻辑。你和它之间的情感联系会递减。"

我问道:"你觉得你有可能完全忘记它吗?我是说你的世界。"

"不知道。但我能看到它慢慢变得一点都不真实,因为它就是。此时此刻,唯一真实的是这个城市、这个房间、这张床,还有你和我。"

到了半夜,我发觉阿曼达躺在我身边。

这不是什么新鲜事。在箱体内,我们曾经这样睡了好多次。在黑暗中拥抱着彼此,就像有史以来最茫然的两个人。

现在唯一的差别是我们身上只穿了内衣,她的肌肤紧贴着我,柔细得引人遐想。

点点霓虹灯光从窗帘抖落进来。

她在黑暗中伸手过来,拉起我的手去抱她。

然后转过来面向我。"他从来不像你这么好。"

"谁?"

"我认识的贾森。"

"但愿如此。天哪。"我以微笑表达玩笑之意,她却只用那双弥漫午夜氛围的眼眸凝视着我。最近我们经常互相注视,但她现在看我的眼神有些不同。

我们之间有种亲密的联系,而且日益强烈。

我只要朝她移近一寸,我们就会做了。

我心里毫无疑问。

如果我真的吻了她,如果我们发生了关系,或许事后我会感到内疚后悔,也或许我会发觉她能让我幸福。

我肯定有某个分身在这一刻吻了她。

有某个分身知道答案。

但不是我。

她说:"如果你希望我回那边去,就直说。"

我说:"我不希望,但我需要你这么做。"

剩余安瓿数:二十四

昨天,我在雷克蒙校园里看见自己,但在那个世界,丹妮拉已经在三十三岁那年因脑癌病逝——我在公立图书馆上网时,发现了这一则讣告。

今天的芝加哥,有个风和日丽的午后,不过这里的贾森·德森已在两年前死于车祸。我踏入巴克镇一家画廊,尽可能不去看那个坐在服务台后面埋头看书的女人,而是专心欣赏挂满墙壁的油画,画的主题似乎全都是密歇根湖。

各个季节。各种颜色。一天当中的各个时段。

女人头也不抬地说:"需要帮忙的话再告诉我。"

"这些是你画的吗?"

她放下书,从收银台后面出来。

走过来。

自从那天晚上帮助丹妮拉安息后,这是我离她最近的一次。她美丽摄人——身穿紧身牛仔裤和喷溅了亚克力颜料的T恤。

"是,是我。丹妮拉·瓦尔加斯。"

她很明显不认识我,没认出我。我猜在这个世界,我们从未相遇。

"贾森·德森。"

她伸出手，我也伸手握住。正是她的手的感觉——粗糙、有力、灵巧——艺术家的手。指甲缝里卡着颜料。我还能感觉到她的指甲划下我的脊背。

"画得好极了。"我说。

"谢谢。"

"我喜欢你这种专注于一个主题的风格。"

"我三年前开始画湖。每一季的感觉都很不一样。"她指着我们站立处面对的那一幅。

"这是我最初尝试的作品中的一幅。八月在均蔚沙滩画的。夏末天气晴朗的时候，湖水就会变成这种清澈的蓝绿色，几乎有热带风情。"她移到墙的另一头，"然后十月就会出现像这样的一天，乌云密布，把水都染灰了。我很喜欢这样的日子，几乎是水天一色。"

"你最喜欢哪个季节？"我问道。

"冬天。"

"真的吗？"

"冬天最变化多端，日出更是壮观。去年湖水结冰的时候，我画了几幅最好的画作。"

"你怎么做画？到户外写生，还是……"

"大多是看着照片画。夏天，我偶尔会在湖畔搭起画架，但我实在太喜欢我的画室，所以很少在其他地方画画。"

谈话到此中断。

她回头瞄一眼收银台。很可能是想回去继续看书。

八成是评估过我身上褪色的二手牛仔裤和旧衬衫之后,明白了我不太可能买任何东西。

"这间画廊是你开的吗?"虽然知道答案,我还是问了。

纯粹只是想听她说话。

尽可能地让这一刻延长。

"其实是和朋友合开的,但因为这个月展出我的画作,所以由我坐镇。"

她微微一笑。

只是出于礼貌。

心思开始飘走了。

"如果还有什么事情需要我……"

"我只是觉得你很有才华。"

"哦,真是太感谢你了,谢谢。"

"我太太也是画家。"

"本地的吗?"

"对。"

"她叫什么名字?"

"这个嘛,你八成没听过,而且我们也不在一起了,所以……"

"真是遗憾。"

我伸手摸摸无名指上磨损得厉害的线戒,尽管惊险重重,它依然在。

"我们也不是真的不在一起,只是……"

我没想好后面的话,因为我希望她开口要求我把话说完。希望她展现一丝兴趣,不要再用那种看陌生人的眼光看我,因为我们并不是陌生人。

我们曾经共同生活过。

我们有个儿子。

我曾亲吻你身体的每寸肌肤。

我曾和你一起哭、一起笑。

在某个世界里如此强烈的情感,怎么可能不渗透到这个世界来呢?

我直视着丹妮拉的双眼,却并未感受到爱、认识或熟悉的回应。

她只是略显不自在。

好像希望我离开。

"你想喝杯咖啡吗?"我问道。

她露出微笑。

现在是非常不自在。

"我是说等你结束工作,不管几点。"

如果她答应,阿曼达会杀了我。我答应她回旅馆会合的时间已经过了,本来今天下午要返回箱体的。

可是丹妮拉不会答应。

她在咬嘴唇,她每次紧张就会这样,无疑是想说出个理由,而不只是一个适用于所有场合的、伤人自尊的"不要"。但是我看得出她没能成功,看得出她马上就会鼓起勇气当机立断,把我伤得更体无完肤。

"其实呢,"我说道,"不用在意,对不起,我让你为难了。"

妈的。

我快死了。

被一个素昧平生的陌生人拒绝是一回事。

被孩子的妈搞到无地自容,那又完全是另一回事了。

"我正打算走。"

我往门口走去。

她没打算拦我。

剩余安瓿数:十六

过去这个星期所进入的每个芝加哥,树木越来越像骷髅,掉落的树叶被雨水黏在路面上。我坐在我那间褐石屋对街的长椅上,在冷冽的晨寒中抱身瑟缩,身上穿的外套是昨天在二手店用另一个世界的十二美元现金买的,闻起来有老先生的衣橱的味道——樟脑丸和酸痛软膏。

在旅馆的时候,我留下阿曼达专心去写她的笔记。

我骗她说我要出去走走,让脑袋清醒一下,顺便买杯咖啡喝。

但其实我跑来看另一个自己跨出前门,快步走下阶梯,前往高架电车站,到了车站我会搭紫线到雷克蒙校园所在的埃文斯顿。这时的我戴着隔音耳机,很可能在听网络广播——也许是某场科学演说,或是一段"美国生活"节目。

从《论坛报》头版来看,今天是十月三十日,距离我被人用枪挟持赶出我的世界那一晚,就快一个月了。

感觉却好像已经在箱体里游荡数年。

到目前为止,不知道已经联结过多少个芝加哥。

全都开始混淆在一起。

这一个算是最接近的,但仍然不是我的那个。查理就读于一所特许学校①,丹妮拉则自己在家里接平面设计的工作。

坐在这里我才想通,我一直把查理的出生和我决定与丹妮拉共度人生的选择,视为一个开端,而我们俩的人生轨迹就是从这里开始偏离功成名就之路。

但这么想其实太过简化。

没错,贾森2号抛弃了丹妮拉与查理,因而有所突破。但也有上百万个贾森抛弃了他们,却也没发明出箱体。

有些世界里,我离开了丹妮拉,却仍旧一事无成。

也有些世界,我离开了,我们俩都获得相当程度的成功,

---

① 特许学校是英文 Charter School 的译称,是自 1990 年以来,在美国兴起的众多公办民营学校中的一种学校类型。——编者注

但也不算扬名天下。

相反的，在有些世界我留下了，我们生了查理，接着发展出各种不甚完美的人生历程。或许我们的关系恶化。

或许我决定结束婚姻。也或许是丹妮拉决定的。

又或许我们在一个没有爱又破碎的状态中痛苦挣扎，为了儿子勉强支撑着。

如果在所有的贾森·德森当中，我代表了家庭美满的巅峰，贾森2号代表的就是事业与发明创造的极致。我们是同一个人的两个极端，也因此贾森2号会从数不尽的可能性里面挑出我的人生，并非巧合。

虽然他在事业上百分之百成功，但是当个十足爱家的男人之于他，就像他的人生之于我一样陌生。

这一切都指向一个事实。我的身份不只是一个硬币的两面。

而是多面向的。

当初没有走哪条路而产生的刺痛愤恨，也许可以放下了，因为没有走的路并不只是我的现状的反面，而是无数的分支系统，象征着我和贾森2号这两个极端之间，各种人生的排列。

我从口袋掏出预付卡手机，这花了我五十美元，足够支付我和阿曼达一天的餐费，或是在廉价汽车旅馆再住上一晚。

我用戴着露指手套的手，将一张从芝加哥大都会电话簿D开头部分撕下的黄页纸压平，然后拨打圈出的号码。

一个几乎像家的地方，会给人一种可怕的孤独感。

从我坐的地方可以看见二楼房间，那应该是丹妮拉用来当作工作室的地方。百叶窗被拉起，她背对着我坐，面向一台巨大的电脑屏幕。

我看见她拿起一个无线电话机，眼睛瞪着上面的显示屏。

不认识的号码。

拜托接电话。

她把电话放回机座。

我的声音说道："这里是德森家。现在无法接听电话，但如果你……"

我在哔声前挂断了。

再打一次。

这回，电话响不到两声她就接起来说："喂？"

一时间，我什么也没说。

因为发不出声来。

"喂？"

"嗨。"

"贾森？"

"是我。"

"你用什么电话打的？"

我知道她劈头就会问这个。

我说："我手机没电了，所以跟电车上一个女人借的电话。"

"没什么事吧？"

"你今天早上过得怎么样?"我问道。

"很好啊。我们才刚见过面,傻瓜。"

"我知道。"

她坐在书桌前的旋转椅上转来转去,说道:"所以你就这么想跟我说话?还跟陌生人借电话?"

"的确是这样。"

"真让人感动。"

我就这样坐着,沉浸在她的声音里。

"丹妮拉。"

"什么事?"

"我真的很想你。"

"怎么了,贾森?"

"没什么。"

"你听起来怪怪的。跟我说嘛。"

"我刚刚走路到电车站的时候,忽然有一种感觉。"

"什么感觉?"

"我把太多跟你相处的时刻都视为理所当然。我一出门上班,就开始想我的这一天,想我今天要上的课,总之想很多事情,可是忽然间……上车的时候我好像猛然清醒过来,想到自己有多爱你,想到你对我有多重要,因为我们永远不会知道……"

"不会知道什么?"

"什么时候会失去这一切。总之,我试着要打给你,可是电话没电了。"

有好长一段时间,电话另一头只有沉默。

"丹妮拉。"

"我在。我对你也是一样,你知道的,对吧?"

我闭上双眼,压抑着激动情绪。

心里想着:我现在就可以过马路,进到屋内,告诉你一切。

亲爱的,我很迷惘。

丹妮拉离开椅子,走到窗边。她穿了一件乳白色长毛衣,底下穿着瑜伽裤。她的头发挽得高高的,手里端着一只马克杯,我猜是在附近商店买的茶。

她一手抱着因为怀孕而变得浑圆的肚子。

查理要当哥哥了。

我笑中带泪,很好奇他怎么想。

这是我的查理错过的一个经验。

"贾森,你真的没事吗?"

"真的。"

"是这样的,我得赶个东西给客户,所以……"

"你得工作了。"

"是的。"

我不想让她走,我需要继续听她的声音。

"贾森?"

"什么?"

"我非常爱你。"

"我也爱你。你绝对想象不到。"

"今天晚上见。"

不,你要见的是我一个非常幸运的分身,他根本不知道自己有多幸福。

她挂断了电话。回到桌前。

我把手机放回口袋,身子打战,思绪朝着晦暗的幻象狂奔乱窜。

我看见我搭去上班的列车出轨。

我的尸体血肉模糊,难以辨识。

又或者始终未被找到。

我看见自己踏入了这个人生。

这不完全是我的人生,但也许已经足够接近。

傍晚时分,我仍坐在埃利诺街边的长椅上,面对那栋不属于我的褐石建筑,看着下班、放学后回家的邻居。

每天回家时有人在家等着,那是多么神奇的事。

能被人爱、被人期待。

我原以为我珍惜每一刻,但坐在这寒风中,我才知道自己把一切都视为理所当然。怎么可能不呢?在一切事物翻天覆地之前,我们并不知道自己拥有些什么,也不知道这一切是多么不稳固却又完美地拼凑在一起。

天黑了。

街上住户的灯亮了。

贾森回家了。

我的状况很糟。

一整天没吃东西。从早上起就没碰一滴水。

阿曼达想必急疯了，不知道我跑哪去了，但我就是走不开。我的人生——至少是一个相似到令人震惊的版本——正在对街展开。

打开旅馆房门时，早已过了午夜。

里面灯还亮着，电视开得很大声。

阿曼达爬下床来，身上穿着 T 恤和睡裤。

我反手轻轻将门带上。说道："对不起。"

"你这王八蛋。"

"我今天过得很糟。"

"**你**今天过得很糟。"

"阿曼达……"

她朝我冲过来，两手用尽力气推了我一把，我砰的一声背撞到门上。

她说："我以为你丢下我了。后来又以为你出了什么事。我没法联络你，就开始打电话到各家医院，把你的外貌特征告诉他们。"

"我绝不会不辞而别的。"

"这我怎么知道?你吓死我了!"

"对不起,阿曼达。"

"你上哪儿去了?"

她把我压在门上,我动弹不得。

"我一整天都坐在我家对街的长椅上。"

"一整天?为什么?"

"不知道。"

"那不是你家,贾森。他们不是你的家人。"

"我知道。"

"真的吗?"

"我还跟着丹妮拉和贾森去约会。"

"什么叫作你跟着他们?"

"他们上餐厅吃饭,我站在外面。"

说这些话的时候,我忽然感到羞愧。

我从阿曼达身边挤过去,进到房间,在自己的床尾坐下。

她走过来,站在我跟前。

我说:"后来他们去看电影,我跟着他们进电影院,坐在他们后面。"

"噢,贾森。"

"我还做了另一件愚蠢的事。"

"什么事?"

"我用我们的一些钱去买了手机。"

"你要手机干吗？"

"这样就可以打电话给丹妮拉，假装是她的贾森。"

我提防着阿曼达会再次失控，不料她却走向我，搂住我的脖子，亲亲我的头顶。

"站起来。"她说。

"为什么？"

"照我说的做。"

我于是起身。

她拉开我夹克的拉链，帮我轻轻褪下衣袖。接着推我往后坐到床上，然后蹲跪下来。解开我的靴带。

使劲脱下靴子后扔到墙角。

我说："我想我是第一次明白，你认识的贾森怎么会对我做出这种事。我现在脑子里冒出一堆乱七八糟的想法。"

"这种事不是我们原有的心智能处理的。看到自己妻子这么多不同样貌——连我都无法想象。"

"他想必跟踪了我几个星期。去上班。和丹妮拉约会的夜晚。他很可能就坐在同一张长椅上，看着我们晚上在家里走动，用他自己的印象来想象我。你知道我今晚差点做了什么事吗？"

"什么？"她似乎不敢听。

"我猜想他们很可能还是把备用钥匙放在老地方。我提早离开电影院，打算找到钥匙，溜进屋里。我想躲进衣橱，看看他们的生活。看着他们睡觉。很病态,我知道。我还知道你的贾森八成也进过我家很多次,最后才终于壮起胆子偷走我的人生。"

"可是你没这么做。"

"没有。"

"因为你是个正派的人。"

"我现在不觉得自己有多正派。"

我往后倒在床上瞪着天花板,这个旅馆房间尽管有许许多多无关紧要的变动,如今却成了我们离开箱体后的家。

阿曼达爬上床,躺在我身边。

"这样不行,贾森。"

"什么意思?"

"我们只是在原地打转。"

"我不这样认为。你看看一开始的情形。还记得我们进入的第一个世界吗?四周的建筑物全都倒塌了。"

"我已经数不清我们去过多少个芝加哥了。"

"我们越来越接近我的……"

"我们**并没有**越来越接近,贾森。你要找的世界根本是无边无际的沙滩上的一粒沙。"

"不是这样。"

"你目睹了妻子被杀、死于可怕的疾病,你看到她不认得你、嫁给其他男人、嫁给你的各个分身。在你精神崩溃之前,还能承受多少？以你现在的心理状态，离崩溃也不远了。"

"这和我能不能承受无关。我是为了找到我的丹妮拉。"

"是吗？你在长椅上坐了一整天，就为了这个？寻找你的妻子？你看着我。现在剩下十六只安瓿，已经快要没机会了。"

我的头怦怦地抽痛。

晕眩。

"贾森。"我现在感觉到她的手在摸我的脸，"你知道精神失常的定义吗？"

"是什么？"

"就是一再重复做同样的事，却期望有不同的结果。"

"下一次……"

"怎样？下一次我们会找到你家？怎么找？今晚你要再写满另一本笔记吗？就算写了，会有什么不同吗？"她把手放到我胸前，"你的心渐渐变得疯狂，你必须冷静下来。"

她翻过身，关掉两张床中间床头柜的灯。

然后在我身边躺下，不过她的触摸丝毫不带性欲。

熄灯之后，我头痛好些了。

房间里唯一的光源就是窗外招牌的蓝色霓虹灯，因为已经够晚了，许久才有一辆车从底下街道驶过。

睡意渐渐袭来。谢天谢地。

我闭上眼睛，想着堆叠在床头柜上的那五本笔记。几乎每一页都填满了我越来越狂热而潦草的笔迹。我总觉得只要写得够多，只要写得够精确，就能捕捉到我的世界够完整的意象，我也就可以回家了。

但这样的事没有发生。

阿曼达没说错。

我是在无边无际的沙滩上寻找一粒沙。

12

天亮后,阿曼达已不在我身旁。我侧躺着,看着阳光从百叶窗透射进来,听着车辆的隆隆噪音穿过墙壁。时钟在我后面的床头柜上,我看不见时间,但感觉不早了。我们睡过了头。

我坐起来,掀开被子,望向阿曼达的床。

是空的。

"阿曼达。"

我正要快步走向浴室看她在不在里面,但一看见抽屉柜上面的东西立刻停下。

是一些纸币。

几枚硬币。

八只安瓿。

和一张从笔记本撕下的纸,上面满是阿曼达的字迹。

　　贾森。经过昨晚之后,我已清楚知道你决定走一条我无法跟随的路。我挣扎了一整夜。身为朋友,身为治疗师,我想帮你,我想治好你。但我做不到,我也无法继续看着你沉沦,尤其是我可能是你继续沉沦的部分原因。我们共同的潜意识能驱使我们与这些世界联结到什么地步呢?我不是不希望你回到妻子身旁,其实我再希望不过了。但我们已经在一起几个星期,很难不产生感情,特别是在这种情况下,你就是我的全部。

昨天怀疑你离开我的时候,我读了你的笔记,亲爱的,你没抓到重点。你写下关于你的芝加哥的一切,却没写你的感觉。

我给你留下了背包、一半安瓿和一半的钱(整整一百六十一美元外加零钱)。我不知道自己最后会如何,我好奇又害怕,但也很兴奋。有一部分的我其实很想留下,但是你需要自己选择下一扇要开启的门。我也一样。

贾森,希望你幸福。保重了。

阿曼达

剩余安瓿数:七

独自一人,我逐渐感受到对长廊满满的恐惧。

我从未感到如此孤单。

这个世界里没有丹妮拉。

没有她的芝加哥,感觉不对。

一切都令我厌恶。

天空的颜色怪怪的。

熟悉的建筑物在嘲弄我。

就连空气的味道都像谎言。

因为这城市不是我的，是我们的才对。

剩余安瓿数：六

我要另辟蹊径。

我独自在街上走了一整夜。

恍惚。害怕。

等身体循环把药物代谢涤净。

我在一家通宵营业的快餐店吃晚饭，然后在黎明时搭电车回南区。

前往废弃电厂途中，有三名少年看见我。

他们在马路对面，可是这个时间，路上空荡荡的。

他们对着我大声叫喊，又是嘲讽又是辱骂。

我充耳不闻，加快脚步。

然而当他们开始穿越街道，刻意往我这边走来时，我便知道有麻烦了。

我一度想跑，不过他们年轻，动作肯定比我快。而且我嘴巴开始发干了，刚想着要打要逃的念头催动了大量肾上腺素，我想我会需要点力气。

在某个社区外围，排屋尽头、一片铁路调车场开始的地方，他们追上了我。

这个时间，外面一个人也没有。求救无望。

他们比我最初以为的还年轻，身上飘散出麦芽酒的气味，仿佛恶毒的古龙水。他们眼中那筋疲力尽的眼神，暗示着他们已经在外游荡整夜，也许就为了找到这个机会。

一开始就是狠狠痛殴。根本懒得多说废话。

我太累、太颓丧，无力反击。

都还没意识到发生什么事，人已经倒在路上，肚子、背部、脸全被踢了。

我昏死了片刻，清醒过来时，可以感觉到他们的手在我身上摸来摸去，我想是在找皮夹而找不到。

最后他们抢走我的背包，丢下我在路上血流不止，径自笑着沿街道奔去。

我在那里躺了许久，听着来往的车辆逐渐增加。

天色亮了。人们从我身旁的人行道走过，没有停留。

每一次呼吸都会牵动被打伤的肋骨，引起一阵疼痛，左眼也肿得睁不开。

过了一会儿，我好不容易坐起身来。

该死。

安瓿瓶。

我扶着铁丝网，拖着身子站了起来。

拜托。

我伸手往衬衫里头摸，手指拂过一块贴在胁边的防水胶带。慢慢撕下胶带时，真是痛得要命，不过现在全身都痛得要命。

安瓿还在。

三支碎了。

三支完好。

我踉跄着脚步回到箱体，把自己关进里面。

钱没了。笔记本没了。针筒和针头也是。

如今我只剩下这个残破的身子和三次将事情导回正轨的机会。

剩余安瓿数：二

前半天我都在南区一处街角乞讨，以便筹到足够的钱搭车回城里。

后半天是在距离我的褐石屋四条街外，坐在街头，面前竖起一块纸板，写着：

无家可归。走投无路。请帮帮忙。

我的脸被打得惨不忍睹，对于博取同情想必大有帮助，因为太阳下山时，我已经讨到二十八点一五美元。

我又饿、又渴、又痛。

我选了一间看起来蹩脚到不至于将我拒之门外的快餐店，吃完付钱的时候，忽然觉得筋疲力尽。

我无处可去。没钱上汽车旅馆。

外面的夜已经变冷，还下起雨。

我走到我家，绕进旁边的巷子，想到也许有个地方能让我安安静静地睡觉，不被人发现。

我家和邻居家的车库中间有个空隙，刚好藏在垃圾桶和回收桶后面。我从桶子间爬过，顺手拿了一个压扁的纸箱，把它靠放在我家的车库墙边。

我躺在纸箱底下，听着雨水噼啪打在头上方的纸板上，暗自希望这个临时的遮蔽物能帮我撑过这一夜。

这个地点有个好处，可以越过我家后院高高的围墙，看到二楼窗内的景象。

那里是主卧室。

贾森走过窗前。

他不是贾森2号。我很清楚知道这不是我的世界。和我家同一条街的商店与餐厅都不对。这个德森家的车和我家的也不一样。而且我从来没那么胖过。

丹妮拉在窗前出现片刻，举起手，拉下百叶窗。

晚安了，我的爱。

雨势转强。

纸箱垮了。

我开始打起哆嗦。

我在洛根广场街头的第八天，贾森·德森本人在我的钱盒里丢了一张五美元钞票。

没有风险。我已是面目全非。

皮肤被晒黑，长出胡子，完全一副贫穷潦倒的模样。

我家这一带的人很慷慨。我每天都能吃上一顿便宜的晚餐，还能存个几美元。

每天晚上，我就睡在埃利诺街四十四号后面的巷子里。

这俨然成了一种游戏。当主卧室的灯熄灭，我便闭上眼睛，想象自己是他。

和她在一起。

有几天，我觉得自己的神志不太清醒。

阿曼达曾经说过她对以前的世界感觉越来越虚幻，我想我明白她的意思。我们会将现实与有形物质——也就是能以感官体验到的一切——联想在一起。虽然我不断告诉自己，在芝加哥南区有一个箱体能带我到一个心想事成、不虞物质匮乏的世界，我却已经不相信有那样的地方存在。我的现实就是**这个**世界，这种感觉一天比一天强烈。在这里我一无所有，是个无家可归、污秽不堪的人，我的存在只会引发他人的同情、怜悯与嫌恶。

附近有另外一个流浪汉站在人行道中央，扯开了嗓门，自言自语。

我在想，我和他有很大差别吗？我们不都是迷失在一个因为某些超乎掌控的因素，而使我们再也无法认同的世界中吗。

最令人惊恐的是有些时刻似乎出现得越来越频繁。在这些时候,即使是我,都觉得神奇箱体的想法听起来像是疯子的呓语。

有一天晚上,我经过一家酒品专卖店,发现自己有足够的钱随便买瓶酒。

我喝掉一整瓶一品脱装的珍宝牌(J&B)威士忌。

然后发现自己站在埃利诺街四十四号主卧室里,盯着躺在床上、盖着交缠成团的毯子、正自熟睡的贾森与丹妮拉。

床头柜上的时钟显示凌晨三点三十八分,尽管屋内悄然无声,我却因为喝得太醉,可以感觉到脉搏不停击打着耳膜。

我拼凑不出是怎样的思考过程把我带到这里来。

我现在满脑子只想着:这是我拥有过的。

很久以前。

这个美丽的人生梦想。

此时此刻,当房间不停旋转,我泪流满面之际,我真的不知道以前那个生活是真是假。我朝贾森那侧的床边跨前一步,眼睛已渐渐适应黑暗。

他睡得很安详。

我太想要他的这一切,想到就好像已经实际领略到了。

我愿意付出任何代价来拥有他的生活,来取代他。

我想象着将他杀死,或是掐死他,或是往他头上开一枪。

我看见自己试着成为他。

试着接受他的丹妮拉成为我的妻子,接受这个查理成为我的儿子。

这间房子的感觉有可能跟我的房子一样吗？

我晚上能睡得着吗？

我在凝视丹妮拉的同时，能不想到她真正的丈夫在被我杀害前两秒钟、脸上流露的恐惧吗？

不能。

不能。

清楚的意识排山倒海而来——令人痛苦、羞愧，但却也正是在我最需要的时候。

内疚与无数的细微差异将会使我在这里的生活变成地狱，不只让我忘不掉自己做过什么，也忘不掉自己还没做的事。

这里永远不会像我的世界。

我做不到。

我不**想要**这样。

我不是这个男人。

我不该在这里。

当我跌跌撞撞离开卧室，走过走廊，我忽然醒悟到，光是有这个念头就等于放弃寻找我的丹妮拉。

等于说要让她走。自认为得不到她。

也许事实确实如此。也许我再也没希望找到归路，回到她和查理身边，回到我的完美世界——那无边无际沙滩上，独一无二的一粒沙。

但我还剩下两支安瓿，在用完之前，我不会停止奋战。

我再次到二手店去买衣服——牛仔裤、法兰绒衬衫和一件黑色毛呢外套。

然后上杂货店买盥洗用具，还有一本笔记本、一包笔和一只手电筒。

我住进汽车旅馆，丢掉旧衣服，洗了这辈子最久的一次澡。

从我身上流下的水是灰色的。

站在镜子前，几乎就像又变回原来的自己，只不过因为营养不良，颧骨突出了些。

我一直睡到下午，然后才搭车前往南区。

电厂很安静，阳光从发电室窗口斜斜照入。

我坐在箱体门口，翻开笔记。

我自从醒来以后，便一直想到阿曼达在告别的留书中，提到我没有写下自己的感觉。

那就写吧。

　　我二十七岁。在实验室工作了一整个上午，因为进行得太顺利，差点又推托不去参加派对。最近常常这样，忽视朋友与社交活动，只为了多偷得几个小时待在无尘室。

　　最初留意到小后院最远角落里的你，是我站在木栈板平台上，啜饮着科罗娜加青柠，心思却还留在实验室。

我想是你的站姿吸引了我——你被一个瘦瘦高高的男生困住，动弹不得。那个男的穿着黑色紧身牛仔裤，我认得他是这个朋友圈的人，好像是个艺术家还是什么的。我甚至不知道他叫什么，只是我朋友凯尔最近跟我说过：哦，那家伙跟谁都上过床。

直到今天我仍无法解释，总之当我看着他和一名黑发、黑眼、穿着藏蓝色裙子的女子——也就是你——攀谈时，心中忽然充满忌妒。我莫名地、疯狂地想要揍他。你的肢体语言隐约透露着别扭。你脸上没有笑容，双手抱在胸前，我忽然觉得你被困在不愉快的交谈中，也不知道为什么，我就是在意。你拿着一只空酒杯，杯身残留有一条条红酒的痕迹。我心里有个声音催促着：去找她说话，帮她脱困。也有另一个声音呐喊道：你对这个女人一无所知，连她的名字都不知道，你又不是那个家伙。

我发现自己已在不知不觉中，端着一杯刚斟满的红酒，穿过草地向你走去，当你转移视线与我四目相交时，我觉得胸腔内好像有个零件忽然卡住不动，好像两个世界互相冲撞。当我靠近，你从我手上拿过杯子，就好像是你事先遣我去拿来的，你还露出轻松熟悉的微笑，仿佛我们早已相识。你想介绍我和眼前这位迪伦认识，但那个穿紧身牛仔裤的艺术家眼看淫欲无法得逞，便找借口开溜了。

接下来只有我们俩站在树篱阴影中,我心跳得简直快要失控。我说:"很抱歉打断你们,只是你看起来好像需要拯救。"而你说:"直觉精准。他是帅气,可是让人受不了。"我自我介绍。你跟我说了你的名字。丹妮拉。丹妮拉。

我们第一次相处时聊了些什么,我只有零星片段的记忆。主要记得当我告诉你我是原子物理学家时,你笑了起来,但不带嘲弄,倒像是你听到这番意外的话确实很开心。我还记得你唇上沾了红酒的样子。纯粹就理智而言,我一直都知道我们的分离与隔绝只是幻觉。我们全都是由相同物质组成,也就是在死亡恒星的火焰中形成后,爆发出来的物质碎片。对于这项知识,我真的从来没有彻骨的感受,直到那一刻,在那里,和你在一起。而且是因为你。

是的,也许我只是想上床,但我也好奇,这种缠绵的感觉可不可能证明有更深层的东西存在。这种特殊的思考模式,我明智地藏在自己心里。我还记得令人愉悦的啤酒气泡声和太阳的温度,接着当太阳开始西沉,我才发觉自己有多想带你离开派对,却不敢开口。这时你说道:"我有个朋友的画廊今晚开幕,想不想来?"

我暗想:我愿意跟你到天涯海角。

剩余安瓿数：一

我走在没有尽头的长廊上，手电筒的光线从墙面反射回来，不断闪动。过了一会儿，我在一道与其他门毫无差异的门前停下。

那是一兆一兆又一兆当中的一道门。

我的心跳得急速，手心冒汗。

我什么都不要。只要我的丹妮拉。

想要她的那种急迫感，我无法解释。

也从来不想试图解释，因为那种神秘非常美好。

我想要许多年前我在那个后院派对见到的那个女人。

尽管必须放弃其他心爱事物，我仍选择与她共度一生的那个人生。

我想要她。

就只要她。

我深吸一口气。吐出来。

然后打开门。

13

最近刚刮过一场暴风雪，细雪洒在水泥地上，覆盖了高处玻璃窗底下的发电机。

即便现在，仍有阵阵疾风骤雪从湖面吹来，仿佛冰冷的五彩碎纸飘下。

我从箱体所在之处信步走开，努力不让自己抱太大希望。

这有可能是任何世界里，位于南芝加哥的一座废弃电厂。

我缓缓走过成列的发电机，地板上闪了一下，吸引我的目光。

我趋上前去。

只见离发电机座十五厘米处的水泥裂缝中，有一只空安瓿瓶，瓶颈已经折断。过去一个月来，我经过那么多座废弃电厂，从没见过这个。

也许正是贾森2号偷走我人生的那个晚上，在我失去意识的几秒钟前，他给自己注射用的。

我徒步离开这个工业鬼城。

饥饿、口渴、疲惫。

北方的天际线隐约可见,尽管高楼层被低低的冬季云层截断,这绝对是我熟知的那座城市,错不了。

暮色初降时分,我在八十七街搭上往北的红线列车。

这辆电车座位上没有安全带,没有全息影像。只是慢慢地、摇摇晃晃地驶过南芝加哥。接着驶过偌大的郊区。

我换了车。蓝线带我进入中产阶级化的北部城区。

过去这个月,我去过的芝加哥都很相似,但这一个有些不同。不只是那个空安瓿瓶,还有一种更深层、难以解释的东西,只能说感觉很像是我所属的地方,很像是我的。

当列车行驶过因高峰时段交通拥堵而停在高速公路上的车阵时,雪下得更大了。

我在想……

丹妮拉,**我的**丹妮拉,是否仍安然无恙地活在这片雪和云底下?

我的查理是否仍呼吸着这个世界的空气?

我走出列车,踏上洛根广场的电车站台,两手深深插在外套口袋里。雪黏在我住宅附近的熟悉街道上,黏在人行道上,黏在停靠路边的车子上。高峰时段车流的车头光束冲破浓密的雪花前进。

我们那条街上,前前后后的房子矗立在风雪中,光芒闪烁而美丽。

我家门前阶梯上已经积了一厘米多的薄雪，只留下单独一人走向大门的脚印。

透过褐石屋前窗，可以看到里面的灯光，从我在人行道站立的位置看起来，那里十足就像家。

我不断预期会发现某个不对劲的小细节，诸如前门不对、门牌号码不对、门阶上有一件我不认得的家具等等。

可是门没错。

门牌号码没错。

前厅餐桌上方甚至有一盏四维超正方体吊灯，而且我靠得够近，可以看见壁炉架上的大照片：我、丹妮拉和查理在黄石国家公园的"灵感台"拍的。

从连接餐厅与厨房那扇敞开的门望过去，我瞥见贾森站在中岛前，手里拿着一瓶酒，伸出手，往某人的酒杯里倒酒。

兴奋之情袭上心头，但并未持久。

从我的位置，只能看见一只美丽的手抓着杯脚，顿时一切再次涌上心头——这个男人对我所做的一切。

他所夺走的一切。

他所偷取的一切。

我在室外雪地里什么也听不见，但能看见他边笑边小酌一口酒。

他们在说什么？

他们上一次做爱是什么时候？

现在的丹妮拉会不会比一个月前，跟我在一起的时候更快乐？

这个问题的答案，我能承受得了吗？

我脑中清醒、平稳的声音明智地建议我立刻离开那栋屋子。

我还没准备好。我什么计划都没有。有的只是愤怒与忌妒。

而且我不该操之过急。我还需要更多证据来确认这是我的世界。

同一条路再过去一点，我看见我们家雪佛兰的熟悉车尾，于是走过去，拨掉覆盖住那块伊利诺伊州车牌的雪。

是我的车牌号码。

车漆的颜色也对。

我把后面挡风玻璃清干净。

雷克蒙狮子会的紫色贴纸看起来分毫不差，因为被撕了一半。当初我一把贴纸贴到窗玻璃上，就后悔了，试着想把它撕下来，却只移除了狮脸的上半部，因此只剩一张血盆大口。但那是三年前的事了。

我需要更近一点、更确切一点的证明。

被绑架的几周前，我在校园附近倒车，不小心撞到停车计时器，车子损伤不大，只有右侧尾灯撞裂，保险杠凹陷而已。

我拨开尾灯红色塑料罩上的雪，接着是保险杠。

我摸摸裂痕。又摸摸凹陷处。

之前去过无数个芝加哥,都没见过任何一辆雪佛兰萨博班(Suburban)有这些记号。

我起身后,很快地往对街长椅瞥了一眼,就是我曾经呆坐一整天,看着另一个我如何过日子的那张长椅。此时椅子是空的,雪静静地在座位上堆积起来。

该死。

长椅后方大约一米处,有个人在白雪纷飞的夜色中看着我。

我开始快步走下人行道,心想自己的举动看起来八成像在预谋偷雪佛兰的车牌。

得小心一点。

"小村啤酒馆"前窗的蓝色霓虹招牌在风雪中闪闪烁烁,仿佛灯塔的信号,告诉我家就在不远处。

在这个世界里没有皇家饭店,因此我住进了经常光顾的酒吧对面那家惨淡的戴斯旅馆。

我只付得起两晚的房钱,付完钱后手头现金只剩一百二十美元外加零钱。

旅馆内的商务中心在一楼走廊尽头一个很小的房间,里面有一台几乎已经过时的台式电脑、传真机加扫描仪。

连上线后,我证实了三项信息。

贾森·德森是雷克蒙的物理系教授。

瑞安·霍尔德刚刚以他在神经科学领域的研究贡献,获得帕维亚奖。

丹妮拉·瓦尔加斯·德森不是芝加哥知名艺术家，也没有经营平面设计事业。她的网站设计虽然业余却十分吸引人，网站上展示了她几件最好的作品，并宣传她在教绘画。

当我拖着沉重脚步爬楼梯上三楼房间，才终于开始愿意相信。

这是我的世界。

我坐在旅馆房间的窗边，俯视着"小村啤酒馆"一闪一闪的霓虹招牌。

我不是个粗暴的人。

我从来没有打过人。

甚至试都没试过。

但如果想要夺回我的家人，实在别无他法。

我必须做一件可怕的事。

必须对贾森2号以牙还牙，只不过我不会为了问心无愧，就只是把他放回箱体内。尽管还剩下一瓶安瓿，我也不会重蹈他的覆辙。

他当初有机会就应该杀了我。

我感觉到我大脑中物理学家那一面正悄悄溜出来，试图夺取掌控权。

我毕竟是个科学家，是个过程取向的思考者。

因此我把这件事想成实验室的实验。

我想达成一个结果。要达到那个结果需要采取哪些步骤呢?

首先,定义我期望的结果。

杀死现在住在我家的贾森·德森,把他放到一个再也不会有人发现的地方。

要完成这件事需要哪些工具?

车。

枪。

用来绑他的东西。

铁锹。

安全的弃尸地点。

我厌恨这些念头。

没错,他抢走我的妻子、我的儿子、我的生活,但是想到这些准备工作与暴力行为,总觉得丑陋不堪。

芝加哥往南一小时的车程,有一座森林保护区。坎卡基河州立公园。我和查理、丹妮拉去过几次,通常是在秋天,当树叶开始变色,我们也觉得心情浮躁,需要到城外享受一天大自然与幽静的时候。

我可以趁夜里把贾森2号载到那里去,或者是让他开车,就像他当初对我那样。

我知道河北岸的一条步道,就带他走那条路。

我会在一两天前先过去准备,预先在某个安静偏僻的地方挖好他的坟。我也会事先研究该挖多深,以免被野兽闻到腐臭味。

先让他以为他要自己挖坟，那么他就会以为有较多时间可以设法逃跑或是说服我打消杀他的念头。然后，当我们来到离坟穴不到六米处，我会把铁锹往地上一扔，说可以开始挖了。

等他弯腰去捡，我会做出我自己也想象不到的事。

我会朝他的后脑勺开一枪。

然后把他拖到洞口边，再把他推进洞内，然后填土。

好消息是谁也不会找他。

我会悄悄地重新进入他的生活，正如他悄悄地进入我的生活那般。

也许过个几年，我会将实情告诉丹妮拉。

也许我永远不会告诉她。

兼卖枪支的体育用品店在三条街外，还有一个小时打烊。查理念中学时很迷足球，那段时间我每年都会上这家店买一次鞋底防滑片和球。

即便当时，枪支柜台在我眼里就一直有种莫名的魅力。

有种神秘气息。

以前的我怎么也无法想象，会是什么样的动机驱使一个人想拥有一把枪。

我这辈子只开过两三次枪，是在艾奥瓦念高中的时候。即使那个时候，在最要好的朋友的农场上开枪射击生锈的油桶，我也不像其他孩子那么亢奋。我太害怕了。当我站着面对标的物，举起沉重的手枪瞄准时,总挥不去"死亡掌握在自己手中"的想法。

这家店叫"球场和手套",由于时间晚了,店里连我在内只有三个客人。

我晃过一排排吊着运动夹克的衣架和一整面墙的运动鞋,往后方的柜台走去。

霰弹枪与来复枪挂在墙上,底下放着一箱箱子弹。手枪在柜台的玻璃底下闪着光。

黑色的。镀铬的。

有的有旋转弹膛。有的没有。

有些看起来应该只有七十年代动作片中那种警察佩戴过。

一个穿着黑色T恤和半旧蓝色牛仔裤的女人走过来。她一头红色卷发,布满雀斑的右臂上环绕一圈刺青写着:**人民有权拥有及携带枪械以免受害**。整个人颇有十九世纪女神枪手安妮·欧克丽的韵味。

"需要帮忙吗?"她问道。

"呃,我想买一把手枪,不过老实说,我对枪一无所知。"

"为什么想买枪?"

"居家防卫。"

她从口袋掏出一副钥匙,打开我面前的柜子。我看着她的手臂伸进玻璃底下,拿出一把黑色手枪。

"这把是克拉克一三一,四十口径,奥地利制造,制止力很强。如果你想要小型一点,最好拿到隐秘携枪许可,我也可以提供你袖珍型的。"

"这阻止得了入侵者吗？"

"可以啊，被这枪打到是爬不起来的。"

她将滑套往后拉，检查枪管是否清空，然后让滑套重新归位，再退出弹匣。

"一次可以装几发子弹？"

"十三发。"她把枪递给我。

我却不太清楚应该怎么办。瞄准？掂掂重量？

我别扭地拿着枪，尽管没上子弹，心里还是有那种"**死亡掌握在手中**"的不安感。

从扳机护弓垂挂下来的价格标签上写着五百九十九点九九美元。

我得先查明我的财务状况。也许我可以直接走进银行，从查理的户头取钱。上次看的时候，还有四千美元左右的存款。查理从来不动那个账户。没有人会去动。如果从里面取出一两千美元，应该不会被发现，至少不会马上被发现。当然了，前提是我得先设法弄到一张驾照。

"你觉得如何？"她问道。

"很好，我是说感觉就像把枪。"

"我可以再跟你介绍其他几把。如果你想找左轮手枪，我有一把很不错的史密斯威森点三五七。"

"不用，这把就可以了。我只是需要去凑点现金。需要什么样的背景调查？"

"你有持枪证吗？"

"那是什么？"

"就是伊利诺伊州警局发给枪械持有人的身份证。你得去申请。"

"需要多久时间？"

她没有回答。

只是用奇怪的眼神盯着我，然后伸出手从我手上取回克拉克手枪，放回玻璃底下的原位。我问道："我说错什么了吗？"

"你是贾森，对吧？"

"你怎么知道我的名字？"

"我站在这里，一直试着把整件事想明白，想确定我没发疯。你不知道我叫什么？"

"不知道。"

"看吧，我觉得你在耍我，这不是个明智的……"

"我以前从来没跟你说过话。事实上，我已经差不多四年没进这家店了。"

她锁上柜子，把钥匙收回口袋。

"我想你该走了，贾森。"

"我不懂……"

"要不是你在开玩笑，就是你脑子受伤或者得了老年痴呆，再不然就是你疯了。"

"你在说什么？"

"你真的不知道？"

"不知道。"

她两只手肘靠在柜台上。"两天前，你走进这里，说你想买一把手枪。我给你看了同一把克拉克。你说是为了居家防卫。"

这是什么意思？难道贾森2号早有准备，以防我回来，或者他其实就在等着我？

"你卖枪给我了吗？"我问道。

"没有，你没持枪证，还说你需要去拿现金。我想你根本连驾照都没有。"这时一阵刺刺麻麻的感觉沿着我的脊椎往下窜。两只膝盖顿时变得无力。

她说："而且还不只是两天前。你给我的感觉实在太怪异，所以昨天，我问盖瑞以前有没有见过你，他也是枪支柜台的员工。他见过。上个星期就见过三次。结果今天你又来了。"

我扶靠着柜台以免跌倒。

"所以呢，贾森，我再也不想在这间店里看到你，就算只是来买运动内裤都不行，要不然我会报警。你听明白了吗？"

她的神色显得害怕而坚决，看她那副模样，我可不想在暗巷里相遇时被她视为威胁。

我说："我明白。"

"滚出我的店。"

我走出店外，进入纷飞大雪中，雪花冻僵了我的脸，我只感到头晕目眩。

我往街道那头瞥了一眼，看见有辆出租车驶近。当我举起手，出租车车头转向我，慢慢停靠到路边。我拉开后车门，跳上车。

"要去哪里？"司机问道。

要去哪里？

好问题。

"旅馆，谢谢。"

"哪一间？"

"不知道，在这附近十条街范围内，随便一间便宜的，麻烦你帮我挑。"

他透过前后座位间的玻璃隔板往后看。

"你要**我**挑？"

"是的。"

我一度以为他不愿意，也许这个要求太奇怪，也许他会叫我下车。但没想到，他开始打表，重新驶入车流中。

我望着车窗外白雪飘过车头灯、车尾灯、街灯与闪光灯。

胸腔里心跳怦然，脑中思绪纷乱。

我需要镇定下来。

有条理地、理性地加以思考。

出租车停靠在一家看起来破旧的、名叫"日暮"的旅馆前面。

司机往后瞄一眼,问道:"这间可以吗?"

我付了车钱,走向旅馆的服务台。

收音机正在播一场公牛队的比赛,柜台后面有个大块头的职员正在吃饭,面前摆了一大堆中餐馆用的白色餐盒。

我掸落肩上的雪之后,以外公的名字"杰斯·麦克雷"登记住房。

我只付一晚的钱。

剩下十四点七六美元。

我上到四楼,进房间后随即拴上门锁与门链。

房间里死气沉沉。床上铺着花卉图案的棉被,那图案让人觉得沉闷沮丧。

美耐板桌子。塑合板抽屉柜。

但至少暖和。

我走到窗帘旁边往外看。

雪下得够大,街上已渐渐杳无人迹,开始结冰的路面留下车辆驶过的轮辙。

我脱下衣服,将最后一只安瓿收放到床头柜下层抽屉的基甸会《圣经》里面。

然后冲进淋浴间。

我需要好好想想。

我搭电梯下到一楼,使用房卡进入商务中心。

点开我用过的免费信箱登录页面,输入另一个直觉想到的账号。

就是把我的名字用个文字游戏重组：asonjayessenday。

不出我所料，果然有人注册了。

密码自然毫无悬念。

过去二十年来，我几乎全都用这个密码，就是我第一辆车的品牌、车款与年份的字母组合：jeepwrangler89。

我尝试着登录。

成功了。

我进入了一个新建立的电邮账号，收件箱里有几封供应商寄来的简介，还有一封最近收到的信，寄件人署名"贾森"，已经打开过了。

主题写着：欢迎真正的贾森·德森回家。

我把信打开。

信中没有内容。

只有一个超链接。

链接新网页后，屏幕上弹出一个提示信息：

欢迎来到 UberChat 聊天室！

目前线上人数三人。

你是新使用者吗？

我按下"是"。

你的使用者名称为"贾森9号"。

登录前,我得建立一个密码。

接着一个大视窗显示出一整段聊天记录。

可供挑选的表情符号。

还有一个小小的打字空间,可以在留言板写下公开信息,或是发送私信给个别使用者。

我将页面向上翻回对话开头,时间大约是十八个小时以前,而最近一则信息则是四十分钟前贴上的。

管理员贾森:我在家附近看过几个你。我知道外面还有更多的你。

贾森3号:这种事真的发生了吗?

贾森4号:这种事真的发生了吗?

贾森6号:太不真实了。

贾森3号:所以有多少人去过"球场和手套"?

管理员贾森:三天前。

贾森4号:两天前。

贾森6号:我在南芝加哥买的。

贾森5号:你有枪?

贾森6号:有。

管理员贾森:有谁想到过坎卡基河州立公园?

贾森3号：我有。

贾森4号：我有。

贾森6号：昨晚我真的开车去那里挖了个洞。万事俱备。车子准备好了，还有铁锹、绳子，一切都计划得天衣无缝。今天晚上，我去屋外等那个让我们所有人落到这步田地的贾森出来，结果竟看到我自己出现在雪佛兰后面。

贾森8号：你为什么取消行动，贾森6号？

贾森6号：采取行动又有什么用？要是我除掉他，你们当中也会有另一个跑出来，对我做同样的事。

贾森3号：是不是大家都用赛局理论推演过各种情节了？

贾森4号：是。

贾森6号：有。

贾森8号：有。

管理员贾森：有。

贾森3号：所以我们都知道不可能有好的结局。

贾森4号：你们可以全部自杀，让我拥有她。

管理员贾森：是我开这个聊天室，拥有管理员权限。现在还有五个贾森潜藏着，提供给各位参考。

贾森3号：我们何不一起加入军队，征服全世界？我们这么多分身一起合作会发生什么事，你们能想象吗？（我开玩笑的。）

贾森6号：我能想象吗？完全可以。他们会把我们全关进国家实验室，一直实验到我们死前一刻。

贾森4号：我可不可以直接说出我们所有人的想法？这真是他妈的怪透了。

贾森5号：我也有一把枪。你们没有人像我一样，为了回家历经千辛万苦。你们没有人看过我看见的情景。

贾森7号：你又不知道我们其他人经历了什么。

贾森5号：我看见了地狱，不夸张，就是地狱。你现在在哪里？

贾森7号：我已经干掉我们当中两个人了。

又一个提示信息闪现在屏幕上：

您有一条私信，来自贾森7号。

我打开信息，头立刻怦怦地抽痛起来，几乎就要胀破。

我知道这个情形太不正常了，你想不想和我联手？两个人出主意总比一个人强。我们可以合作除掉其他人，等到一切烟消云散后，我们一定能想出解决之道。现在分秒必争。你觉得如何？

我觉得如何？

我简直无法呼吸。

我离开了商务中心。

身子两侧汗水直流，却觉得好冷。

一楼走廊空荡、安静。

我匆匆走向电梯,升到四楼。

跨出电梯踩上灰褐色地毯后,快步通过走廊,然后将自己反锁在房里。

晕头转向。我怎么没料到会有这种事发生?

事后想想,这是无可避免的。

虽然我没有分出分身进入长廊里各个交替的现实,但我确实出现在每个进入过的世界里。也就是说,在那些充满灰渣、冰雪与疫病的世界里的其他的我,都被分裂了。

长廊无穷尽的特质使我不太可能遇见其他的自己,但我确实见过一个——背部皮开肉绽的那个贾森。

无疑的,那些贾森大多数都在其他世界里被杀或永远迷失,但有一些也跟我一样,做了正确的选择,或者是够幸运。他们或许会经由不同的门、不同的世界,走上和我不同的路,但最后却都还是各自回到这个芝加哥。

我们想要的都一样,就是找回我们的人生。

天哪。

我们的人生。

我们的家庭。

万一其他这些贾森多半和我一样呢?都是想要夺回自己被抢走的东西的正直人士。万一真是如此,我又有什么权利宣称丹妮拉和查理是我的,而不是他们的?

这不只是一场棋局,还是一场与自己对战的棋局。

我不想这样看,却情不自禁。我在这世上最宝贵的东西——也就是我的家人——其他贾森都想要,因此他们全都是我的敌人。我自问:为了重拾人生,我愿意做些什么?如果杀死另一个我,就能和丹妮拉共度下半辈子,我会做吗?他们会做吗?

我想象自己的其他分身孤单坐在旅馆房间里,或是走在下雪的街头,或是望着我那栋褐石屋,内心纠结着一模一样的思绪。问自己同样的问题。试图预测其他分身的下一步行动。

不可能有得商量。纯粹只有竞争,是一场零和赛局,只有一个人能胜出。

假如有人鲁莽行事,假如情势失控,使得丹妮拉或查理受伤或死亡,那么便无人得胜。想必正是因为这样,几个小时前从我家前窗望进屋内时,一切看似都很正常。

没有人知道该采取什么行动,所以还没有人主动出击对付贾森2号。

这是个典型的布局,纯粹的赛局理论。

想到这竟是如囚徒困境般的问题,我不禁惊慌失措:一个人的想法有可能自我超越吗?

我不安全。我的家人不安全。

但我能怎么办?

如果我所能想到的每一步,都注定会被预料到,或是会在我采取行动之前被人抢先一步,那我还留有什么余地?

我觉得焦躁不安，浑身不对劲。

在箱体里最糟的日子——不管是火山灰渣像雨点一样打在脸上，或是差点冻死，又或是在某个世界见到丹妮拉，她却始终没喊过我的名字——都比不上此刻在我心里翻腾的风暴。

我从来不像现在感觉离家这么远。

电话铃响了，猛然将我拉回当下。

我走到桌边，在响第三声时拿起话筒。

"喂？"

没有回答，只有轻轻的呼吸声。

我挂断电话。

移步到窗边。

掀开窗帘。

四楼底下，街上空无一人，雪依然纷纷扬扬落下。

电话铃又响了，但这次只响一声。

奇怪。

当我慢慢后退坐到床上，那个电话始终困扰着我。

会不会是另一个我想确认我在房里？

首先，他到底是怎么发现我住在这间旅馆的？

答案很快便浮现，而且令人心惊肉跳。

此时此刻，在洛根广场，想必有无数个我正跟他做着同样的事：打电话到附近每家汽车旅馆与饭店寻找其他贾森。他会找到我不是运气，而是统计概率。即使只有三五个贾森，每人打上十来通电话，也能找遍我家方圆数里内的所有旅馆。

不过柜台服务生会说出我的房号吗？

也许不是故意的，但楼下那个一边听公牛队赛事、一边猛塞中国菜的男人，有可能受骗。**我**会怎么骗过他呢？

若是其他人在找我，我登记的姓名或许能为我的行踪保密，但是其他所有的分身也全都知道外公的名字。是我搞砸了。如果使用那个名字是我的第一直觉，其他贾森也会有同样的第一直觉。那么假设我知道了我可能会登记的姓名，接下来要做什么？

柜台的人不会这么简单就说出我的房号。

我得先假装知道我住在这里。

我会打电话到旅馆，请他转接杰斯·麦克雷的房间。

当我听到我的声音接起电话，便能知道我在这里，然后马上挂断。

接着我会在三十秒后打回来，对柜台人员说："很抱歉要再麻烦你一次，我刚刚打过电话，但忽然断线，能不能请你再帮我接到……哎呀，房间是几号来着？"

如果够幸运，柜台人员刚好是个粗心的笨蛋，他很可能会在重新接线之前脱口说出我的房号。

因此，第一个电话是为了确认接电话的人是我。

而第二个电话，来电者一得知我的房号便立刻挂断。

我从床上起身。

这想法很荒谬，但我就是无法置之不理。

我是不是正要上楼来杀我呢？

我一面将两条手臂套进羊毛外套的衣袖，一面往门口走去。

我害怕得头晕目眩起来，尽管我自己也不太确定，心想或许是自己疯了，或许是太快对一件平凡无奇的事——房里的电话响了两次——骤下怪异结论。

也许吧。

不过自从进了那个聊天室，再也没有什么能令我吃惊。

万一我想得没错，却又没有听从自己的直觉呢？

走。

现在就走。

我慢慢开门。

进入走廊。

空荡无人。安安静静，只有头上日光灯发出低低的嗡嗡声。

走楼梯还是搭电梯？

走廊另一头，电梯叮咚一声。

我听见电梯门开启，然后一个穿着湿外套的男人走出来。

我一度无法动弹。

无法将目光拉开。

那是我正在向我走来。

我们四目相交。

他没有笑容。

脸上毫无表情，只有一种令人不寒而栗的肃杀之色。

他举起枪,我拔腿就往反方向跑,沿着走廊冲向另一头的门,心里暗暗祈祷门没上锁。我以最快的速度从亮着的出口标示灯下跑过去,进入楼梯间时还回头瞄一眼。

我的分身朝我奔来。

下楼梯时,我一手扶着栏杆往下滑以保持平衡,一面想着:别跌倒别跌倒别跌倒……到了三楼平台,我听见上面的门砰的一声打开,追赶的脚步声瞬间充斥整个楼梯间。

我继续往下。

来到二楼。

然后是一楼,这里有扇中央加装玻璃窗的门通向大厅,另一扇没有窗子的门通往其他地方。我选择了其他地方,夺门而出……

撞上一堵凛冽、雪花密布的空气墙。

我踉踉跄跄跌下几级阶梯,踩入几寸厚的松软细雪中,鞋底却因路面结冰而打滑。

我刚把身体打直,就有一个人影从巷子里两个垃圾桶之间的暗处冒出来。

身上穿着和我一样的外套。

头发上洒满了雪。

那是我。

他手上的刀刃被附近的街灯一照,闪映出一道光。他向我逼近,持刀刺向我的腹部——这把刀和速度实验中心背包里配备的刀子款式相同。

我在千钧一发之际往旁边一闪,抓住他的手臂,使尽全力将他摔向旅馆门前的阶梯。

他刚摔倒在阶梯上,上面的门便轰然打开,我仓皇逃命前两秒,脑海中留下了最不可思议的影像记忆:一个我拿着枪跑出楼梯间,另一个我则从楼梯爬起来,两手发了疯似的摸索着消失在雪地里的刀子。

他们是一起的吗?联手杀死他们所能找到的每一个贾森?

我奔跑在建筑物之间,雪不断往脸上黏,肺叶像在燃烧。

转出下一条街的人行道后,我回头看看巷子,发现有两个黑影朝我追来。

我穿过飞扬的白雪。

外头一个人也没有。街上空空如也。

隔着几道门外,忽然爆发出喧哗声——有人在欢呼。

我连忙跑过去,推开一扇伤痕累累的木门,进到一间只有站位的平价酒吧,里面每个人都面向吧台上方那一排平板电视,只见公牛队与客队正进入第四局生死战的缠斗。

我挤入顾客当中,让人群淹没我。

店内没地方可坐,也几乎无处可站,但最后好不容易在飞镖靶底下挤出小小一块空间可以伸伸腿。

所有人都目不转睛看着比赛,我却盯着门看。

公牛队控球后卫射进一个三分球,店里爆发出如雷的欢呼,陌生人互相击掌拥抱。

酒吧门忽然晃开。

我看见自己站在门口，满身是雪。

那人往内跨了一步。

我一度找不到他的踪影，后来当人群开始骚动时才又再次看见他。

这个贾森·德森经历过什么？看过什么样的世界？在什么样的地狱里杀出血路回到这个芝加哥？

他扫视着人群。

在他身后，可以看见外头下着雪。

他的眼神冷酷无情，但不知道他会不会也这么说我。

当他的目光扫向店内深处我站立的位置，我连忙蹲到标靶底下，躲在人腿丛林中。

静候整整一分钟过后。趁人群再次欢声雷动，我慢慢起身。

此时酒吧的门已经关上。

我的分身走了。

公牛队获胜。

酒客开心酒醉，流连忘返。

等了一个小时，吧台边才空出一个位子，反正也无处可去，我便爬上一张高脚凳，点了一杯淡啤酒之后，身上余额已不到十美元。

我饿坏了,但这里没有吃的,只能一边小酌啤酒,一边囫囵吞下几碗脆饼。

有个醉汉想和我聊聊公牛队季后赛的胜算,我却只是低头瞪着啤酒看,最后他臭骂了我几句,并开始骚扰站在我们后面的两名女子。

他大声叫嚣,一副挑衅找碴儿的样子。

这时来了一个保镖,把他拖出店外。

客人渐渐减少。

我坐在吧台边,试着对周遭的噪声充耳不闻,思绪不断回到同一个念头:我得把丹妮拉和查理弄出埃利诺街四十四号的褐石屋。只要他们还待在家里,这些贾森做出疯狂举动的威胁就不会消失。

可是要怎么做呢?

贾森2号现在可能跟他们在一起。

现在是半夜。哪怕只是稍微接近我们家,都要冒太大风险。

我需要丹妮拉出来,来找我。

可是不管我想到什么主意,另一个贾森也正在想,或是已经想到,又或是很快就会想到。

我没有办法战胜。

这时候有人打开酒吧门,我望了过去。

我的一个分身——背着背包、穿着毛呢外套和靴子——从门口走进来,当我们四目相对,他露出惊讶的神色,高举双手致意。

很好。也许他不是来找我的。

倘若真如我所想，有那么多个贾森在洛根广场东奔西跑，他很可能只是碰巧进来避寒，找个遮蔽风雪的安全处所。就跟我一样。

他走到吧台，爬上我旁边的空椅，没戴手套的手冷得直发抖。

也可能是怕得发抖。

女酒保晃了过来，好奇地看着我们俩——好像**想要**问什么——但最后只是对新来的客人说："想喝点什么？"

"跟他一样。"

我们看着她从啤酒桶倒了一大杯，然后将杯子端过来，泡沫从杯沿溢了出来。

贾森举起啤酒杯。

我也举杯。

我们互相注视。

他的右脸颊有一道逐渐淡去的伤疤，像是被人用刀子划的。

绑在无名指上的线戒和我的一样。

我们喝了口酒。

"你是什么时候到……"

"你是什么时候到……"

我们忍不住淡淡一笑。

我说："今天下午，你呢？"

"昨天。"

"我有个感觉,好像很难……"

"……避免帮对方把话说完?"

"你知道我现在在想什么吗?"

"我不会读心术。"

真奇怪……我正在对自己说话,可是他的声音听起来不像我应该有的声音。

我说:"我在想,你和我是在多久以前岔开的。你有没有看到灰渣掉落的世界?""有。后来还有冰雪。那次我差点没能逃过。"

"那阿曼达呢?"我问道。

"我们在暴风雪中走散了。"

我蓦地一阵失落,仿佛心里有颗小炸弹爆裂。

我说:"在我的世界里,我们待在一起,躲进了一间屋子。"

"埋到老虎窗高度的那间?"

"没错。"

"我也找到那间屋子了。里面死了一家人。"

"那么后来你……"

"那么后来你……"

"你先说。"他说。

他啜着啤酒时,我问道:"那个冰雪世界之后,你去了哪里?"

"我走出箱体,跑进一个人的地下室,那个人完全失控。

他有枪，把我绑了起来。本来很可能会杀了我，结果却拿了一瓶安瓿，决定自己去看看长廊。"

"所以他进去就再也没出来了。"

"没错。"

"后来呢？"

他眼神放空片刻。接着又长饮一口啤酒。

"后来我看到一些可怕景象，真的很可怕。一些黑暗的世界，邪恶的地方。你呢？"

我分享了我的经历，虽然总算能一吐为快，但无可否认地，向他吐露的感觉很奇怪。

直到一个月前，我和这个男人都还是同一个人，也就是说我们有百分之九十九点九的经历是相同的。

我们说过相同的话，做过相同的选择，体验过同样的忧惧、同样的爱恋。

当他请我喝第二杯酒，我忍不住直盯着他看。

我就坐在自己身旁。

他有种不太真实的感觉。

也许因为我是从一个不可思议的角度观看吧——从自己的躯壳外看着自己。

他看起来强壮，但也显得疲惫、受伤又惊惧。

这感觉很像在跟一个熟知你一切的朋友交谈，但偏偏又多了一层令人痛苦难忍的熟悉感。除了上个月之外，我们之间毫无秘密。他知道我做过的所有坏事、我脑中兴起的所有念头、我的弱点、我内心的恐惧。

"我们叫他贾森2号，"我说，"也就意味着我们自认为是贾森1号，是最初的那个。但我们不可能两个都是贾森1号。而且外面还有其他人认为**他们自己**才是最初的贾森。"

"我们全都不是。"

"对，我们是一件复合物当中的一小片。"

"一个面向。"他说，"有些很接近于同一个人，大概就像你和我。有些则是天差地别。"

我说："这能让你从另一个角度想自己，不是吗？"

"我不禁要想，谁才是理想的贾森？这样的贾森真的存在吗？"

"你能做的只是活出最好的自己，对吧？"

"我正想这么说。"

酒保提醒客人快打烊了。

我说："没有太多人能说自己做过这种事。"

"什么？和自己喝啤酒吗？"

"对。"

他干了啤酒。

我也干了。

他滑下高脚椅，说道："我先走。"

"你要往哪边去？"

他犹豫一下才说:"北边。"

"我不会跟着你。你也能做到吗?"

"可以。"

"我们不可能两个人都拥有他们。"

他说:"问题是谁有资格,但也许没有答案。不过假如最后剩下你和我,我不会让你阻止我和丹妮拉、查理团圆。虽然很不想,但是到了逼不得已,我还是会杀了你。"

"谢谢你的啤酒,贾森。"

我看着他走。

等候五分钟。

我最后一个离开。

外面还下着雪。

街上新积了十五厘米的雪,铲雪车出动了。

走上人行道后,我仔细观察四周片刻。

酒吧里的几名酒客正踩着蹒跚的步伐远去,可是街上没看见其他人。

我不知道该往哪儿去。

我**没有**地方可去。

口袋里有两张有效的旅馆房卡,但无论用哪一张都不安全。其他贾森轻易就能取得复制卡,他们现在可能已经在我房里,等着我回去。

我猛然惊觉——最后一瓶安瓿还放在第二间旅馆里。

现在没了。

我开始走下人行道。

现在凌晨两点,我已经快没力气。

此刻,还有多少个贾森正在这附近的街头游荡,面对着同样的恐惧、同样的问题呢?有多少人已经被杀?

有多少人还在外面猎杀?

我总忍不住觉得自己在洛根广场并不安全,即使三更半夜也一样。每经过一条巷弄或一个黑影深深的门口,我就会留意有无动静,留意有没有人跟在后面。

走了八百米来到洪堡公园。

我在雪地上留下了足迹。

进入一片宁静。

我已经累不可支。两条腿疼痛不已。饥肠辘辘。走不动了。

一棵高大的常绿树耸立在远方,树枝被雪压得往下垂。

最低的枝桠离地大约还有一米高,但似乎足以遮风挡雪。

靠近树干的地方,只有些许的雪,我把雪扫开,坐到土地上,靠着树干的背风面。

这里好安静。可以听见远处铲雪车穿梭市区的隆隆声。

低低云层反射所有的灯光,映照出一片霓虹粉红的天空。

我将外套拉拢一些,双手握成拳头,保留一些核心温度。

从我坐的地方望去是一片开阔平野,只有几棵树零星散布。

一条长长的步道旁竖立了路灯,雪飞落而下,在灯光周围形成亮丽的雪花光环。在这里，一切都静止不动。

虽然冷，却不至于比天气晴朗无风时更糟。

我想我不会冻死。但应该也不会睡觉。

当我闭上双眼，忽然灵光一闪。

随机。

当一个对手天生就具备能预测你一举一动的条件，该如何才能打败他？

那就是完全随机做决定。

毫无计划。

不假思索地采取行动，几乎或完全没有事先盘算。

也许这会是错误的一步，让你重重栽跟头，全盘皆输。

但也可能是其他的你料想不到的一着棋，而让你意外获得策略上的优势。

该如何将这样的思维应用到目前的局势呢？

我该怎样才能做出完全随机、让人意想不到的事呢？

不知怎的我睡着了。

在一个灰灰白白的世界里颤抖着醒来。

风雪停了，透过枯枝可以看见远方的片片天空，最高的几栋建筑刚好碰触到悬在城市上空的云台。

开阔的平野雪白宁静。

天刚亮。路灯熄灭了。

我坐直身子,没想到如此僵硬。

外套上面有星星点点的雪迹。

一吐气就在冷空气中形成白烟。

在我见过的所有芝加哥当中,从无一个能比得上今天清晨的宁谧祥和。

街道上空空荡荡,寂静无声。

白色天空、白色大地,将建筑物与树木衬托得格外分明。

我想到七百万居民也许还在床上被窝里,也许站在窗口,从窗帘缝看着风雪过后的景象。想象着这些,有一种无比安全又安心的感觉。

我勉强站起来。

方才一醒来就生出一个疯狂念头。

是昨晚在酒吧,就在另一个贾森出现前不久发生的一件事激发的灵感。我自己绝不可能想得到,因此我几乎信心十足。

我回头穿过公园,往北走向洛根广场。

走向家的方向。

见到第一家便利商店,我就进去买了一根甜斯维什(Swisher Sweets)雪茄和一个迷你BIC打火机。剩下八点二一美元。

外套被雪浸湿了。

我把它挂在入口旁,走向长吧台。

这个地方逼真得值得称道,好像很早很早就在这里了。

五十年代的氛围不是来自雅座与高脚椅的红色塑胶皮面，或是挂在墙上数十年来常客的裱框照片。我想，那氛围是来自始终不变。整间餐厅弥漫着培根的油脂味、现煮咖啡的香味，还有残留自某个时代、难以磨灭的味道，而在那个年代，走到桌位前恐怕得先穿过一群吞云吐雾的客人。

除了吧台前的几个客人之外，我还注意到有个雅座坐了两名警察，另一个坐了三名刚下班的护士，另外有个穿黑色西装的老先生，露出穷极无聊的眼神盯着自己的咖啡。

我坐到吧台只是为了靠近开放式烤盘散发出的热气。

一个年纪颇大的女服务生走过来。

我知道我看起来想必像个疲惫不堪的游民，但她没有表露任何想法、没有批判，只是用一种疲惫的、中西部人特有的礼貌为我点餐。

待在室内感觉真好。窗子都起雾了。

寒意渐渐从我体内退散。

这间通宵营业的快餐店与我家只隔八条街，我却从未光顾过。

咖啡送上来的时候，我用脏兮兮的手指捧着陶瓷马克杯取暖。

我事先算了一下。

结果只能买得起这杯咖啡、两个鸡蛋和一些吐司。

我试着要吃慢一点、久一点，但实在饿到极点。

女服务生看我可怜，多送了我几片吐司。

她人真好。

但也让我对即将发生的事更过意不去。

我看了看预付卡手机上的时间,就是我在另一个芝加哥买来打给丹妮拉那个手机。在这个世界不能用——我猜平行宇宙间的通话分秒是不能转移的。

上午八点十五分。

贾森2号很可能已经在二十分钟前出门搭车,以便赶上九点半的课。

也或许他根本没出门。或许他病了,或是某个我意想不到的原因,让他今天待在家里。那可就糟透了,但若是要到家里附近去确认他不在家,又太冒险。

我从口袋掏出八点二一美元,放到吧台上。

刚好勉强可以付我的早餐钱,外加一点零头当小费。

我喝下最后一口咖啡。

然后将手伸进法兰绒衬衫的贴袋,拿出雪茄与打火机。

四下环顾一周。

此时餐馆里坐满客人。

我刚进来时还在这里的两个警察已经走了,但现在有另外一个坐在最里面角落的雅座。

我撕开包装时,两手微微颤抖,几乎细不可察。

这雪茄倒是名副其实,末端略带甜味。

我按了三下才点起火来。

我点燃雪茄末端的烟草,吸入一大口,然后对着正在烤盘上翻动松饼的快餐厨师的背,吹出长长一缕烟。

十秒钟内,无人察觉。

接着坐在我旁边一位年纪较大、外衣上沾满猫毛的妇人转头对我说:"你不能在店里抽烟。"

我则回了一句我本来十辈子都不可能会说的话:"可是饭后来根雪茄是莫大的享受。"

她透过平板玻璃镜片看着我,好像觉得我疯了。

女服务生提着一壶热腾腾的咖啡走过来,神情显得极度失望。

她摇着头,用母亲责备孩子的口吻说:"你要知道这里不能抽烟。"

"可是很享受啊。"

"需要我叫经理来吗?"

我再抽一口。吐出来。

那位厨师——身材壮硕、肌肉发达,手臂上布满刺青——转过身来,怒视着我。

我对女侍说:"那好极了。你最好马上去叫经理来,因为我不会把烟熄掉。"

女侍离开后,在我旁边、被我搞坏了用餐心情的老妇人嘟哝道:"这年轻人真没教养。"她说完丢下叉子,爬下高脚椅,便往门口走去。

在我附近的其他一些顾客也开始注意到了。

但我还是继续抽,直到一个长相有点像公鸡的男人从餐厅后面出来，女侍尾随在后。那个男人穿黑色牛仔裤和侧边留有汗渍的白色牛津衬衫，搭了一条素色领带，领结已经松开。

从他整体的邋遢外观看来，他八成已经工作一整夜。

他来到我身后停下，说道："我是值班经理尼克。店里不能抽烟，你这样会让客人不舒服。"

我坐在高脚椅上微微转身，与他正眼对视。他看起来疲倦又气恼，这样找他麻烦，我也觉得自己很混蛋，可是现在无法喊停。

我瞄了四周一眼，发现所有目光都在我身上，烤盘上甚至有块松饼焦了。

我问道："我的高级雪茄让你们全都不舒服吗？"

肯定的答案此起彼落。

有人骂我"烂人"。

餐厅最里面的动静引起我注意。

终于。

那名警察静静离开角落雅座，沿着通道向我走来，我听见他无线电通信设备里的沙沙声。

他很年轻。要我猜的话，将近三十吧。

眼神中有一种海军陆战队员的强硬，也透着智慧。

经理往后退一步，松了口气。

这时警察站在我旁边，说道："我们这里有室内空气质量管理法，你现在已经违法了。"

我又抽一口雪茄。

警察说:"这位先生,我已经熬了大半个晚上,店里很多其他顾客也一样。你为什么非要破坏每个人吃早餐的心情?"

"你又为什么要破坏我抽雪茄的心情?"

警察脸上闪过一丝怒气。瞳孔开始放大。

"马上把你的雪茄熄了。这是最后一次警告。"

"要不然呢?"

他叹了口气。"这不是我想听到的回答。站起来。"

"为什么?"

"因为你得进拘留所去。你要是不在五秒钟内熄灭雪茄,我会认定你是拒捕,也就是说我可不会再这么客气了。"

我把雪茄丢进咖啡杯,当我跨下高脚椅,警察迅速扯下腰带间的手铐,往我的手腕一扣。

"有没有携带任何武器或针头?任何可能伤害我或是我应该知道的东西?"

"没有,警官。"

"你现在有没有吸毒或用药?"

"没有,警官。"

他搜了我的身,然后抓住我的手臂。

我们走向门口的途中,其他顾客都拍手叫好。

他打开后车门,叫我小心头。

双手反铐在背后,几乎很难优雅地弯腰坐进警车后座。警察随后坐上驾驶座。

他系上安全带,启动引擎,驶入下雪的街道。

这后座似乎是特别设计得很不舒服,完全没有伸腿的空间,膝盖紧紧压靠着座椅骨架,而座椅本身的材质是一种坚硬的塑胶化合物,坐起来感觉好像水泥。

我透过保护车窗的铁栅栏凝视车外,看着住家附近熟悉的建筑物缓缓后退,心里想着:这么做到底有没有一点成功的希望?

我们驶进第十四区警局的地下停车场。

警员哈蒙德将我拖出后座,押着我通过一扇对开铁门进入登记室。

里面有一排桌子,一边放着给犯人坐的椅子,中间有一块亚克力隔板,另一边则放置工作站电脑。

这个房间里有种呕吐混合绝望的气味,连清洁剂都难以掩盖。

这么一大早,除了我只有另外一个囚犯,是一名女子,坐在最远那一头,被铐在桌边。她发癫似的前后摇晃,不停搔抓、拉扯自己。

哈蒙德再次搜我的身,然后叫我坐下。

他解开我左手腕的手铐,改铐到桌边一个环眼螺栓,然后说:"请出示你的驾照。"

"弄丢了。"

他把这点记在文件上,随后绕到桌子另一边,登录电脑。

他问了我的名字。

社会保障卡号码。地址。雇主。

我问道:"我到底犯了什么罪?"

"行为不文明,扰乱治安。"

哈蒙德开始填写逮捕报告。

几分钟后,他停止打字,隔着刮痕累累的隔板看我,"我觉得你不像疯子或混球。你没有前科,以前从来没惹过事。所以刚才是怎么回事?简直就像……是故意想被逮捕。有什么话想跟我说吗?"

"没有。很抱歉搞砸了你的早餐。"

他耸耸肩。"不是我也会是别人。'"

我压了指纹。拍了照片。

他们拿走我的鞋子,给了我一双拖鞋和一条毯子。

他登记完我的资料后,我问道:"我什么时候可以打电话?"

"现在就可以。"他说着拿起一个固定线路电话的话筒,"你想打给谁?"

"我太太。"

我说出号码,看着他拨号。

电话铃响后,他越过隔板将话筒交给我。

我的心怦怦跳得厉害。

接电话,亲爱的,快点。

语音信箱。

我听到我的声音,但不是我的留言。贾森2号重录留言是为了在小地方划定自己的地盘?

我对警员哈蒙德说:"她没接。麻烦你挂断好吗?"

他就在哔声响起前一秒挂上电话。

"丹妮拉很可能是不接陌生电话。能不能请你再试一次?"

他又拨了一次。

电话再次响起。

我在想:如果她还是没接,我应该冒险留言吗?

不行。万一被贾森2号听到呢?假如她这次没接,我得想想其他办法去……

"喂?"

"丹妮拉。"

"贾森?"

听见她的声音,泪水立刻刺痛我的双眼:"是啊,是我。"

"你在哪里打的电话?电话上显示来电是芝加哥警局。我还以为是哪个兄弟会要来募捐,所以才没……"

"你先仔细听我说。"

"没事吧?"

"我去上班的路上出了点事,我晚一点再跟你解释……"

"你还好吗?"

"我没事,只不过现在人在拘留所。"

一时间,电话另一头静悄悄,可以听到后面传来她正在听的全国公共广播电台的节目。最后她终于开口:"你被捕了?"

"对。"

"为什么?"

"我需要你来保我出去。"

"天哪,你做了什么?"

"拜托,我现在真的没时间解释。我好像只能打这么一个电话。"

"我该找律师吗?"

"不用,只要尽快赶来就好。我在第十四区的……"我看向哈蒙德,以眼光询问地址。

"加利福尼亚北路。"

"加利福尼亚北路。顺便带支票过来。查理去上学了吗?"

"去了。"

"你来的时候顺便去接他,把他也带过来。这非常……"

"绝对不行。"

"丹妮拉……"

"我不会带我儿子去接他爸爸出狱。到底是怎么回事,贾森?"

哈蒙德警员用指节敲敲亚克力板,然后一根手指横划过喉咙。

我说:"我的时间到了。请你尽快赶过来。"

"好。"

"亲爱的。"

"什么?"

"我真的好爱你。"

她挂断电话。

我的单人拘留室内有一张薄如纸的床垫放在水泥地板上。

有马桶。水槽。门上还有监视摄像头对着我。

我躺在床上,身上盖着警察局发放的毯子,两眼瞪着上方一块天花板,我猜之前有形形色色的人在绝望、无助与坐立难安交迫之下,都盯着同一个地方看过。

此时我心里想的是:有太多事情可能出错,轻易便能阻止丹妮拉来见我。

她有可能打电话给贾森2号。

他有可能在课间空当打电话给她,只是为了打个招呼。

其他某个贾森也可能决定采取行动。

只要发生其中一件,整个计划就会立刻泡汤。

我胃痛了起来。心跳加速。

我试着让自己冷静,却抑制不了恐惧。

不知道有没有其他分身预料到这一步。我试着自我安慰说不可能,要不是昨晚在酒吧看见那个找碴儿的醉汉因为骚扰几名女子,被保镖给架出去,我绝对不会想到要让自己被逮捕,以便诱使丹妮拉和查理到一个安全的环境来找我。

我之所以做出这个决定,起因于一个只有我经历过的独特事件。

但话说回来,我也可能想错了。我可能把一切都想错了。

我起身,在马桶与床之间来回踱步,但是在这间一米八乘二米四大的囚室内,能走的空间实在有限,越是踱步,四面墙仿佛越是寸寸逼近,到最后真的能感觉到囚室引发的幽闭恐惧让我的胸口紧束起来。

渐渐感到呼吸困难。

最后我走到门上与眼齐高的小窗前。

望出去是一条单调的白色走廊。

邻近某间囚室里传出女人的哭声,回响在混凝土空心砖墙之间。听起来好像全无希望。不知道是不是我刚进登记室时看见的那个女人。

有名警卫走过去,抓着另一名囚犯的手肘上方。

我回到床上,盖上毯子蜷缩起来,面对着墙壁,尽可能不去想,但不可能。

感觉仿佛过了好几个小时。

怎么可能这么久?

我只想得到一个原因。

有什么事情发生。

她不会来了。

我囚室的门锁开了,发出一声机械巨响,让我的心跳速度瞬间飙升。

我坐起身来。

那个娃娃脸警卫站在门口说:"你可以回家了,德森先生。你太太刚刚来交保了。"

他带我回到登记室,我看都懒得看就签了一些文书。

他们将鞋子还给我,送我穿过一连串的走廊。

当我推开最后一道走廊尽头的门,气息忽然卡在喉咙里,霎时间热泪盈眶。

我想象过我们最后团聚的各种地点,却从未包含十四区警局大厅。

丹妮拉从椅子上站起来。

不是一个不认识我的丹妮拉,也不是嫁给另一个男人或嫁给另一个我的丹妮拉。

而是**我的**丹妮拉。独一无二。

她穿着偶尔画画时会穿的衬衫——一件褪色的蓝衬衫,溅满了油彩与亚克力颜料——当她看到我,立即困惑而不敢置信地皱起脸来。

我冲过大厅,张开双臂抱住她,她在喊我的名字,那口气好像有什么地方想不通,但我不会放手,因为**不能**放手。我一瞬间想到的是——我经历过什么样的世界,我做过哪些事、吃过哪些苦、受过哪些煎熬,才回到这个女人的怀抱。

真不敢相信这感觉有多好——能碰触她。能呼吸同样的空气。能闻到她的气味。

能体验与她肌肤相贴时触电的感觉。

我将她的脸捧在手里。与她接吻。

那双唇——柔软得叫人为之疯狂。

然而她拉开了身子。

然后将我往后推,两手抵在我胸口,双眉紧皱。

"他们跟我说你是因为在餐厅里抽雪茄被捕,说你不肯……"她的思路脱离了正轨,却开始研究起我的脸来,好像有什么地方不对劲。她的手指抚摸着两个星期没刮的胡碴。当然不对劲了——这不是她今天醒来时看到的脸。"贾森,你今天早上胡子没这么长。"她上下打量我,"你好瘦。"接着又摸摸我身上破烂肮脏的衬衫,"这不是你今天出门穿的衣服。"

看得出来她努力地想厘清这一切,却徒劳无功。

"你带查理来了吗?"我问道。

"没有。我说了我不会带他来。是我疯了还是……"

"你没疯。"

我轻轻拉着她的手臂,将她带到一个小小等候区的两张直背椅前。

我说:"我们稍坐一下。"

"我不想坐,我要你……"

"拜托了,丹妮拉。"

我们于是坐下。

"你信任我吗?"我问道。

"我不知道。这一切……让我害怕。"

"我会全部解释给你听，但是首先我要你叫一辆出租车。"

"我的车就停在两条街……"

"我们不能走路到你停车的地方。"

"为什么？"

"外面不安全。"

"你在胡说什么？"

"丹妮拉，拜托你就相信我这次好吗？"

我以为她会拒绝照做，不料她却拿出手机，打开一个软件，叫了车。

最后她抬起眼睛看着我说："好了，三分钟。"

我环视大厅一周。

从登记室送我到这里来的警员已经走了，此时，大厅里除了我们俩，就只有接待窗口的女职员，不过她坐在一道厚厚的防护玻璃后面，我自然觉得她听不到我们说话。

我看着丹妮拉。说道："我现在要说的话，听起来会像是疯言疯语，你会觉得我疯了，但是我没有。记得瑞安在小村啤酒馆庆祝的那个晚上吗？庆祝他得到那个奖？"

"记得，那是一个多月以前的事了。"

"自从那天晚上走出家门，一直到五分钟前你走进那道门，我始终没有再见过你。"

"贾森，那天晚上过后我每天都见到你。"

"那个人不是我。"

"你在说什么？"

"他是我的另一个分身。"

她只是愣愣地看着我的双眼。

"这是什么恶作剧吗？还是在玩什么游戏？因为……"

"不是恶作剧。不是游戏。"

我从她手里拿过手机看时间。"现在是十二点十八分。也是我的学生咨询时间。"

我打了我在学校的专线电话，随即将手机交给丹妮拉。

响了两声后，我听见我的声音回答："嗨，美女。我正在想你呢。"

丹妮拉的嘴巴慢慢张开。脸色像生病似的。

我按了免提，然后用嘴型对她说："**说话**。"

她说："嗨，今天都还好吗？"

"好极了。早上的课上完了，现在趁午餐时间见几个学生。没事吧？"

"嗯，没事。我只是……想听听你的声音。"

我从她手里抓过电话，开启静音。

贾森说："我满脑子都在想你。"

我看着丹妮拉说："跟他说你一直在想，去年圣诞节我们去佛罗里达礁岛玩得很过瘾，你想再去一次。"

"我们去年圣诞节没去礁岛啊。"

"我知道,可是他不知道。我想向你证明他不是你以为的那个男人。"

我的分身说:"丹妮拉?电话断了吗?"

她关掉静音。"没有,我还在。其实我打电话来的真正原因是……"

"不就只是想听听我甜蜜悦耳的声调?"

"我想到去年圣诞节去佛罗里达的礁岛,玩得真的很开心。我知道我们手头有点紧,可是能不能再去一次?"

贾森毫不犹豫:"当然了,一切都依你,心爱的。"

丹妮拉一面直视着我,一面对着话筒说:"你觉得我们还能租到同一栋房子吗?就在海滩上,粉红白色相间的那栋,真的是太完美了。"

说到最后一个字,她的声音忽然变得沙哑,我以为她马上就要情绪失控,但她终究勉强把持住了。

"我们会想出办法的。"他说。

握在她手里的电话开始抖动。

我要慢慢地折磨他。

贾森说:"亲爱的,现在有人在走廊上等着见我,我要赶紧挂电话了。"

"好。"

"那就今晚见了。"

不,你们不会再见了。

"今晚见，贾森。"

她结束通话。

我紧握住她的手，说道："看着我。"

她一脸茫然、混乱。

我说："我知道你现在头昏脑涨。"

"你怎么可能人在雷克蒙校园，又同时坐在我面前？"

她的电话哔了一声。

屏幕上出现一条信息，通知我们车子到了。

我说："我会说明一切，但现在我们得上这辆车，到学校去接儿子。"

"查理有危险吗？"

"我们都有危险。"

这句话似乎将她强拉回到现实。

我一面起身一面扶她从椅子上站起来。

我们穿过大厅，朝警局门口走去。

一辆黑色凯迪拉克 SUV 停在前方六米处的路边。

推开门出来以后，我拉着丹妮拉沿人行道走向那辆怠速的凯迪拉克。

昨晚的暴风雪已无影无踪，至少天空中完全看不出来。强烈的北风把云都吹散了，留下一个阳光灿烂的冬日。

我打开后车门，跟在丹妮拉后面上车，她把查理学校的地址告诉穿黑色西装的司机。

"请尽量开快点。"她说。

车窗颜色染得很深,当我们加速离开警局,我转头对丹妮拉说:"你应该发个短信给查理,让他知道我们要去,做好准备。"

她把手机转到正面,可是手抖得太厉害,无法打字。

"来,给我。"

我拿过手机,打开对话框,找到她和查理最后的通讯。

我打字写道:

我和爸爸现在要到学校接你。没时间替你请假,所以你直接跟老师说要上洗手间,然后到校门口来。我们搭一辆黑色凯迪拉克。十分钟后见。

司机将车驶出停车场,进入一条已经铲过积雪的街道,路面在绚烂冬阳照耀下渐渐干了。过了两条街后,我们经过丹妮拉那辆海蓝色的本田。

在她的车前面隔着两辆车,有一辆白色厢型车,我看见车内驾驶座坐了一个和我长得一模一样的人。

我从后车窗瞄了一眼。

我们后面有一辆车,可是离得太远,看不清司机的脸。

"怎么了?"丹妮拉问道。

"我想确定没有被跟踪。"

"有谁会跟踪我们?"

她的电话震动了一下，有新短信进来，刚好让我不必回答她的问题。

查理：没什么事吧？

我：没事。我们见面再说。

我伸手搂住丹妮拉，将她拉近我身边。

她说："我觉得好像被困在噩梦里面醒不过来。到底怎么回事？"

"我们要去个安全的地方。"我低声说，"一个可以私下说话的地方。到时我会把事情原原本本地告诉你和查理。"

查理的学校是一大栋不规则的复合建筑，看起来很像精神病院混合蒸气朋克风城堡。我们的车停进接送区车道时，他就坐在前门阶梯上看手机。

我叫丹妮拉等着，然后自己下车走向儿子。

他站起来，有些迷惑，因为看到我靠近。

看到我出现。

我冲上前去，紧紧抱住他说："天哪，我好想你。"根本来不及想到要制止自己。

"你怎么会在这里？"他问道，"车子呢？"

"来，我们得走了。"

"去哪里？"

但我只是抓起他的手臂,拉着他走向凯迪拉克敞开的右后门。

他先上车,我随后跟上,然后关上车门。

司机往后一瞄,用浓重的俄罗斯口音问道:"现在去哪?"

从警局过来的路上我就想过了,要去一个又大又吵的地方,即使有另一个贾森跟来,我们也可以轻易混入人群中。但现在我却想推翻这个选择,另外想了三个替代方案:林肯公园温室、威利斯大楼的观景台和玫瑰岗墓园。玫瑰岗似乎是最安全的选项,最令人意想不到。不过威利斯和林肯公园也同样吸引我。因此我违背自己的直觉,又回到最初的选择。

我告诉司机:"去水塔广场。"

我们静静地搭车进入市区。

当市中心的大楼逐渐靠近,丹妮拉的手机震动了。

她看一眼屏幕,然后递到我眼前,让我看看她刚收到的信息。

是个"七七三"开头的号码,我不认得。

丹妮拉,我是贾森。我现在是在用陌生的号码发短信给你,但是等我见到你,我会向你解释一切。你们现在有危险,你和查理都是。你在哪?请尽快回电给我。我非常爱你。

丹妮拉似乎吓傻了。

车内的空气宛如带电,会刺人。

司机转上密歇根大道,被午餐时间的车潮塞得动弹不得。

远处隐约可见芝加哥水塔大厦的黄色石灰岩，比起宽阔的壮丽大道两旁那群摩天大楼，却是矮了一截。

凯迪拉克停在大门口，但我请司机改在地下停车场让我们下车。

于是我们从栗子街进入幽暗的地下停车场。

往下四层楼之后，我请他在下一排电梯处停车。

据我看起来，没有车辆尾随我们进来。

司机开走之后，我们的关门声仍回响在水泥墙壁与梁柱间。

水塔广场是个垂直式的购物中心，高级服饰专柜与名牌店共有八层楼，环绕着一个铝合金与玻璃打造的中庭。

我们搭电梯到美食广场所在的夹层楼面，走出玻璃电梯。

刮风下雪的天气把人们都赶进室内了。

至少在当下，我觉得我们丝毫不引人注目。

我们在一个僻静角落找到一张长椅，远离人来人往。

我坐在丹妮拉和查理中间，想着此时此刻在芝加哥，有那么多贾森为了坐在我现在坐的位置，可以不计一切，甚至于杀人。

我吸了一口气。该从何启齿呢？

我注视着丹妮拉的眼睛，替她将一绺头发拨到耳后。

我又注视着查理的双眼。告诉他们我有多爱他们。

说我是历经了千辛万苦，如今才能坐在他们中间。

我从我被绑架开始说起，那是个凉爽的十月夜晚，我被人用枪挟持，开车到南芝加哥一座废弃电厂。

我说出我的恐惧，说我以为自己会被杀，不料醒来却置身于一座神秘的科学实验室的机棚，在那里出现了一群我从未见过的人，而他们不但认识我，还一直在等着我回去。

他们俩竖耳倾听我娓娓道出我如何在第一晚逃离速度实验中心，回到我们位于埃利诺街的住处，但那里却不是我的家，而是当初选择将一生奉献于研究的我独居的住所。

在那个世界，我和丹妮拉从未结婚，也没有生下查理。

我告诉丹妮拉，我在巴克镇的装置艺术展上遇见她的分身。接着被抓又被关到实验室。

后来与阿曼达逃进箱体。

我描述了平行宇宙。

描述我走入的每一道门。每一个崩坏的世界。

每一个不太对劲的芝加哥，但它们却一步步带着我回到了家。

有些事情我刻意未提。

因为还说不出口。

就是艺术展开幕酒会后与丹妮拉共度的那两个晚上。

我目睹她死去的那两次。

我终究会告诉他们的，等时机成熟的时候。

我试着想象丹妮拉和查理听到这些会是什么感觉。

当泪水开始从丹妮拉脸上滑落，我问道："你相信我吗？"

"我当然相信。"

"查理呢？"

儿子点点头,但他的目光却远在数里之外。他呆呆看着购物的顾客溜达而过,我不禁纳闷我说的这些,他究竟听进去多少。

一个人该如何去面对这种事?

丹妮拉擦干眼泪说道:"我只想确定一下我真的听懂了你说的话。你的意思是,你去参加瑞安·霍尔德的庆功宴那晚,另一个贾森偷走了你的生活?他把你送进箱体,把你困在他的世界,好让他自己可以住在这个世界?和我在一起?"

"正是这个意思。"

"也就是说我一直和一个陌生人一起生活。"

"也不尽然。我想直到十五年前为止,我和他都还是同一个人。"

"十五年前发生了什么事?"

"你告诉我你怀了查理。平行宇宙之所以存在,就是因为我们所做的每个选择让人生产生一条岔路,通向一个平行的世界。你跟我说你怀孕的那个晚上,不只是你和我记忆中的那个样子,而是以许许多多的排列方式展开。在某个世界,例如我们现在生活的这个,你和我决定共度人生,于是我们结婚、生下查理、共组家庭。在另一个世界,我认为二十几岁就当父亲不是我理想的人生道路,我担心会丢掉工作,雄心壮志也会一蹶不振。"

"所以在我们某个版本的人生中,我们没有留下查理。你追求你的艺术,我追求我的科学,最后我们分道扬镳。那个男人,就是过去这个月和你一起生活的我的分身,是他制造了这个箱体。"

"就是我们刚认识的时候,你在研究的那样东西的放大版?那个立方体?"

"没错。在某个时间点,他发觉自己放弃了一切,让工作成为他这一生最重要的价值。当他回顾十五年前所做的决定,忽然感到后悔。可是箱体无法带人回到过去或进入未来,它只能联结当下同一时刻所有可能存在的世界。于是他找了又找,直到找到我的世界,然后和我互换人生。"

丹妮拉脸上的表情只能以惊愕与嫌恶来形容。

她从长椅上起身,跑进洗手间。

查理想追过去,但我按住他的肩膀说:"给她一点时间吧。"

"我就知道有点不太对。"

"什么意思?"我问道。

"你——不,不是你,是**他**——他有一种不一样的,怎么说,精力吧。我们经常说话,尤其是吃晚饭的时候。他就是……我也不知道……"

"什么?"

"不一样。"

有些事我想问问儿子,一些有如赤焰闪过心底的问题。

他是不是比较风趣?

是不是比较好的父亲?

比较好的丈夫?

和这个冒牌货一起过日子是不是比较刺激有趣？

但我担心自己承受不了答案。

丹妮拉回来了。脸色惨白。

她重新坐下后，我问道："你还好吗？"

"我想问你一个问题。"

"什么问题？"

"今天早上，你让自己被捕……是为了让我去找你吗？"

"是。"

"为什么？为什么不直接上家里来，只要等……天哪，我都不知道该怎么叫他了。"

"贾森2号。"

"等贾森2号出门以后。"

我说："说到这个就真的很疯狂了。"

查理问："之前那些还不算疯？"

"我不是唯一一个……"话还没说出口我就觉得自己疯了。

但还是得告诉他们。

"什么？"丹妮拉问。

"我不是唯一一个拼了命回到这个世界的人。"

"这是什么意思？"她问道。

"还有其他贾森也回来了。"

"什么其他贾森？"

"在那个实验室逃入箱体里的我的分身，只是他们选择了不同的途径进入平行宇宙。"

"有多少人?"查理问。

"不知道,可能很多。"

我解释了在运动用品店和聊天室发生的事,也告诉他们有个贾森追踪到我住的旅馆,还有一个拿刀子攻击我。

我妻儿脸上的困惑随即转化成一目了然的恐惧。

我说:"所以我才故意让自己被捕。据我所知,有很多个贾森一直在观察你们、尾随你们、追踪你们的一举一动,试图想出下一步该怎么做。我需要你们到一个安全的地方来找我,所以才让你叫车。我知道至少有一个我跟着你去了警察局。我们搭车从你的本田旁边经过时,我看见他了。所以我才想让你带着查理一起来。不过无所谓。现在我们一起在这里,很安全,而你们俩也都知道真相了。"

丹妮拉过了好一会儿才能出声。

她轻声说道:"其他这些个……贾森……是什么样子?"

"你想问什么?"

"他们都跟你有同样经历吗?他们基本上就是你吗?"

"是的。直到我踏入平行宇宙之前,我们是同一个人。后来我们全都选择了不同的路,有了不同的经验。"

"可是有些人就跟你一样?是我丈夫的不同分身拼死拼活回到这个世界,只为了想和我、查理团聚。"

"对。"

她眯起眼睛。

她心里该是什么感觉？

看得出她很努力地想了解这不可思议的一切。

"丹妮，看着我。"

我凝视着她泪光闪闪的双眼。

我说："我爱你。"

"我也爱你，但其他那些人也一样，对吧？就跟你一样。"

听到这句话真让我肝肠寸断。我不知怎么回答。

我抬头看着附近的人流，心想不知道有没有被监视。

我们坐在这里以后，夹层楼面越来越拥挤。

我看见一个女人推着婴儿车。

年轻情侣在购物中心里慢慢地逛，牵着手、吃着冰激凌，沉浸在自己的幸福当中。有个老先生拖着脚步跟在妻子后面，脸上的表情像是在说：**拜托你带我回家**。

我们在这里不安全。我们无论在这座城市的哪个地方都不安全。

我问道："你要跟着我吗？"

她犹豫地看了看查理。然后又看我。

"要，我要跟着你。"她说。

"好。"

"那我们现在怎么办？"

14

我们离开时,除了身上的衣服,就只带了一个银行信封,里面装满从支票与储蓄账户全部提领出来的现金。丹妮拉用信用卡租车,但接下来的每笔交易都会以现金进行,以增加追踪的难度。

下午两三点,我们缓缓行驶过威斯康星。

绵延的草地。

低矮的山丘。

红色谷仓。

一个个筒仓形成一道乡村天际线。

农舍烟囱冒出缕缕炊烟。

大地新覆盖了一层白雪,晶莹闪耀,天空则是一片明艳冬蓝。

前进的速度缓慢,因为我避开了公路。走的始终是乡村道路。没有既定的目的地,随心所欲、毫无计划地转弯。

停车加油时,丹妮拉让我看她的手机。上面有一连串未接来电与新信息,全都来自以七七三、八四七与三一二开头的芝加哥地区电话号码。

我打开短信。

丹妮，我是贾森，请立刻回拨这个电话给我。

丹妮拉，我是贾森。首先，我爱你。有太多事想告诉你。收到信息请立刻回电。

丹妮拉，如果还没有其他一堆贾森跟你联络，那么很快就会有了。你想必已经头昏脑涨。我是你的。你是我的。我永远爱你。收到信息马上打给我。

丹妮拉，和你在一起的贾森是个冒牌货。打给我。

丹妮拉，你和查理不安全。和你在一起的贾森不是你想的那个人。马上打给我。

他们没有一个像我这么爱你。打给我，丹妮拉。拜托，求你，爱你。

我会为你杀光他们，解决这件事。只要你出个声。我会为你做任何事。

我不再往下读，将每个号码拉黑，并删除信息。

不过有一则信息特别引起我注意。

那不是陌生的号码。

是来自**贾森**。

我的手机。我的手机一直都在他手上，自从他从街上把我掳走那一晚之后。

你不在家,也不接手机。想必已经知道了。我只能说我是因为爱你,所以才这么做。和你在一起的这段日子,是我这一生最美好的时光。请打给我,听我解释。

我关掉她手机的电源,也叫查理关掉他的。"我们必须和他们断绝联系。"我说,"就从现在开始。如果他们继续发送信息,任何人都可能追踪到我们。"

当太阳开始西斜,暮色渐渐降临之际,我们驶入了辽阔的北林区。

马路空空荡荡。专属于我们。

我们到威斯康星度过无数个暑假,但从未冒险跑到这么北边来,更从未在冬天来过。我们开了好几公里,没有见到一点文明的迹象,而且经过的城镇似乎越来越小,四周荒僻杳无人烟。

我们的自由光吉普车内飘荡着一片令人难挨的沉默,我不知道该如何打破。

又或者应该说,我有没有勇气去打破?

人活一辈子,听到的总是:你是独一无二的个体,地球上没有和你一样的人。

这是对人类的颂歌。可是对我而言,再也不是如此。

丹妮拉怎么可能爱我胜过爱其他贾森?

我看着坐在副驾驶座的她,纳闷着她现在怎么看我,对我又是什么感觉。

去你的，**我**怎么看我自己才是应该探讨的重点吧。

她静静坐在我旁边，只是看着窗外的森林向后飞逝。

我伸手越过中间的置物箱，握住她的手。

她转头看了看我，随即又继续望向窗外。

黄昏时分，我驶进一座名叫冰河的小镇，的确是名副其实的偏乡僻壤。

我们随便买了点快餐，然后顺路到一家杂货店置备食物与基本用品。

芝加哥像是没完没了。

就连在郊区也毫无喘息空间。

但是到了冰河就真的结束了。

我们一进小镇，便经过一个已经废弃的单排小商场，店门都用木板封死了。紧接着，建筑物与灯光从后视镜中逐渐远去，我们缓缓穿梭在黑暗的林间，两旁高大的松树将道路紧紧夹住，车头灯在狭窄路上射出圆锥形亮光。

道路在灯光下流动着。

我们没有超越任何一辆车。

到了小镇北方将近两公里处，我转进第三条岔路，进入一条单行道，积雪的车道在云杉与桦木林间蜿蜒而过，最后通往一座小半岛。

过了几百米，车灯照见一栋小木屋，似乎正是我想找的地方。

就像威斯康星州这一带大多数的湖边住宅，这间木屋里头暗暗的，看似无人居住。

冬天关闭不用。

我将吉普车停在环形车道上，熄灭引擎。

这里非常暗，非常静。

我看着丹妮拉，说道："我知道你不喜欢这样，不过去租房子会留下可以追踪的书面记录，还是闯空门风险小一点。"

从芝加哥一路北上至此，六小时车程，她几乎都没开口。

仿佛处于惊吓状态。

她说："我懂。反正走到这一步，也早已超过非法入侵的程度，对吧？"

我打开车门，踩进刚下不久、深约三十厘米的积雪。

寒意彻骨。空气中没有一丝风。

有一间卧室窗户没关，根本无须打破玻璃。

我们提着塑料购物袋走上覆盖着雪的前门廊。

屋内冷得像冰库。

我打开灯。正前方，一道楼梯通往漆黑的二楼。

查理说："这里好恶心。"

与其说恶心，倒不如说是疏于打扫、霉味弥漫。

一间正值淡季期间的度假小屋。

我们把袋子拿进厨房，放到料理台上，然后在屋里转一转、看一看。

内部的装潢既温馨舒适，却也老派过时。

白色家电设备都已老旧。

厨房的亚麻地板已出现龟裂，硬木地板则磨损严重，还会吱吱嘎嘎响。

客厅里，砌砖壁炉上方有一尾大口黑鲈的标本，墙上挂满裱框的钓饵，至少有上百幅。楼下有一间主卧房，二楼有两个房间，其中一间塞满了三层床。

我们就着油腻腻的纸袋吃从冰雪星后快餐店买来的餐点。

头上的灯在厨房餐桌投下强烈刺眼的光芒，但屋内其他角落都还是暗的。

中央空调努力地将室内加热到可堪忍受的温度。

查理看起来很冷。

丹妮拉沉默、疏离。像个自由落体，慢慢坠入某个黑暗的地方。

她几乎碰都没碰食物。

晚餐后，我和查理从门廊上搬了好些柴火进来，我再用快餐纸袋和一张旧报纸当火引子。木柴灰灰干干的，应该放了很久吧，火很快就烧了起来。

不一会儿，客厅墙壁便被火光照亮。

黑影在天花板上跳动。

我们替查理把沙发床拉开，并拖到离壁炉近一点。

丹妮拉则去准备我们的房间。

我和查理并肩坐在床垫尾端，让火焰的热气流遍全身。

我说："你要是半夜醒来，就再添一块柴火。也许可以让火烧到天亮，让整个地方暖起来。"

他踢掉脚上的查克·泰勒帆布鞋，脱去帽子。见他钻进被子，我忽然想到他已经满十五岁了。

他的生日是十月二十一日。

我"嘿"了一声，他转头看我。"生日快乐。"

"你在说什么？"

"我错过了。"

"哦，对啊。"

"过得怎么样？"

"还好吧。"

"你们做什么了？"

"去看电影，上馆子。然后我就跟乔尔和安琪拉出去了。"

"安琪拉是谁？"

"朋友。"

"女朋友吗？"他的脸在火光中泛红，"还有我最想知道的是……你驾照考过了吗？"他浅浅一笑，"我要很自豪地说，我已经拿到学习驾照了。"

"那太好了。他带你去的吗？"

查理点点头。

妈的，心好痛。

我把被单和毯子拉高盖住查理的肩膀，亲亲他的额头。我已经好多年没有替儿子盖被哄他睡觉，因此试着好好享受这一刻，让时间过慢一点。但正如同所有的美好事物，这一刻过得特别快。

查理在火光中注视着我，问道："爸，你还好吧？"

"不好，不太好。但我现在和你们在一起了，这才是最重要的。那另一个我……你喜欢他吗？"

"他不是我爸爸。"

"我知道，可是你……"

"他不是我爸爸。"

我从沙发床站起来，往火里又丢一块木柴之后，拖着沉重的脚步穿过厨房，走向房子另一头，脚下的硬木地板被我压得咿呀作响。

这个房间几乎冷得无法入睡，但丹妮拉已经把楼上的床组剥光，还从壁橱里搜刮来更多毯子。

四面都是木板墙。角落里有一台电暖器发出亮光，让房间里充满烧焦的尘味。

浴室传出一个声响。

是啜泣声。

我敲敲空心门。

"丹妮拉？"

我听见她屏住气息。

"什么事？"

"我能进来吗？"

她静默片刻。接着门锁弹开。

我发现丹妮拉缩靠在角落里一座贵妃缸旁边，膝盖抱在胸前，眼睛又红又肿。

我从来没见过她这副模样——当着我的面全身发抖、情绪崩溃。

她说："我没办法。我就是……没办法。"

"没办法什么？"

"你现在就在我面前，我也那么爱你，可是我再想到你其他那些分身……"

"他们现在不在这里，丹妮拉。"

"他们想啊。"

"可是他们不在。"

"我不知道该怎么想或该有什么感觉。然后我又怀疑……"

她仅存的些许冷静也消失了。我就像看着冰块破裂。

"你怀疑什么？"我问道。

"我是说……你真的是你吗？"

"你在说什么？"

"我怎么知道你就是**我的**贾森？你说你在十月初走出我们家门，直到今天早上在警察局之前都没有见过我。但我怎么知道你就是我爱的那个男人？"

我蹲下来。

"看着我，丹妮拉。"

她照做了。透过迷蒙泪眼。

"你看不出来是我吗？你分辨不出来吗？"

她说："我没法不去想跟他在一起的这一个月。想到都会起鸡皮疙瘩。"

"你们的生活怎么样？"

"贾森，别这么对我。也别这么对你自己。"

"我每天在那条长廊上，在那个箱体里面，努力想找到回家的路的时候，总会想到你们俩。我也不愿意这样，但你设身处地想一想。"

丹妮拉张开膝盖，我往中间爬过去时，她将我拉靠在她胸口，手指轻抚我的头发。

她问道："你真的想知道吗？"

不想。

但我非知道不可。

我说："不然我心里会一直有疙瘩。"

我把头靠在她身上。感受着她胸部的起伏。

她说："老实说，一开始太美好了。我之所以清清楚楚记得你从瑞安的庆功宴回来的那天晚上，就是因为你——应该说他——回到家以后的举止。起初我以为你喝醉了，但不是。那感觉就像……就像你用一种新的眼光在看我。"

"我还记得,好多年前,我们在我的公寓第一次做爱的情景。当时我赤裸着身子,躺在床上等你。而你却只是呆站在床尾,注视了我好一会儿,就好像是第一次真正看到我,或许也是第一次有人真正看到我。那是最能勾起情欲的了。"

"这一个贾森就是用这种眼神看我,我们之间产生了一种新的能量。有点像以前你周末出差开会回来以后的感觉,不过还要更激烈得多。"

我问道:"所以跟他在一起,一定就像我们刚刚交往的时候了?"

她没有马上回答。只是吸气吐气片刻。

最后才终于开口:"真的很对不起。"

"这不是你的错。"

"两个星期以后,我忽然想到这不只是一个晚上或一个周末的事,这才发觉你有点变了。"

"什么地方不一样?"

"许许多多小地方,像是穿着打扮,像是早上准备出门的方式,像是晚餐时聊的话题等等。"

"还有我跟你做爱的方式?"

"贾森!"

"请不要说谎。不然我不能接受。"

"对,那也不一样。"

"更好吗?"

"就仿佛又回到第一次。你会做一些以前从来没做过，或是很久没做的事。我觉得你好像不是想要我，而是需要我，好像我是你的氧气。"

"你想要另外那个贾森吗？"

"不想，我想要那个和我一起创造人生、和我一起生下查理的男人。但是我需要知道你就是那个人。"

在这个地处穷乡僻壤、略微散发霉味、没有窗户又窄小的浴室里，我坐挺起来凝视着她。她也凝视着我。

疲惫万分。

我勉强站起身，然后扶她一把。

我们移身到卧室里。

丹妮拉爬上床，我关了灯，也爬进冷冰冰的被子里，躺到她身边。

床架会发出吱吱嘎嘎的声响，而且只要稍微一动，床头板就会砰地撞到墙壁，也震得相框咔嗒咔嗒响。

她穿着内裤和白T恤，身上的味道就像坐了整天车没洗澡——变淡的体香剂略带刺鼻气味。我爱极这个味道。

她在黑暗中轻声说："这件事该怎么解决，贾森？"

"我正在解决。"

"什么意思？"

"意思就是明天早上再问我一次。"

她吹在我脸上的气息温热香甜。

这气息正是让我联想到家的一切精华所在。

她很快就睡着了，呼吸深沉。

我以为我也马上会随她入睡，不料闭上眼睛后，思绪竟如万马奔腾。我看见自己的许多分身跨出电梯、坐在停着的车内、坐在我们褐石屋对街的长椅上。

到处都能看见我。

房里一片漆黑，只有电暖器的线圈在角落里发光。

屋内静悄悄。

我睡不着。

得把这事解决掉。

我悄悄溜出被窝，走到门口，停下来回头瞄丹妮拉一眼，只见她安全地盖在一堆毯子底下。

我走过走廊那不停发出嘈杂声响的硬木地板，越接近客厅越感到暖和。

火已经转弱。我加了几块木柴。

很长一段时间，我只是呆坐着凝视火焰，看着木头慢慢崩塌成一床火红余烬，听着儿子在身后轻轻打呼。

这个念头是今天开车往北走的时候第一次浮现脑海，之后便不停地反复琢磨到现在。

一开始觉得很疯狂。

但越是针对它做加压检测，越是感觉我别无选择。

客厅的电视音响柜旁边有张书桌，桌上摆了一台十年前的苹果电脑和一台古董级打印机。我打开电脑电源，若需要密码或是没有网络连线，就得等到明天，到镇上找一家网吧或咖啡馆再说了。运气不错。有一个访客登录的选项。

我开启网页浏览器，进入那个"asonjayessenday"电子邮箱。

超链接仍可运作。

欢迎来到 UberChat 聊天室——目前线上人数七十二人。
你是新使用者吗？
我按下"否"，并以我的使用者名称与密码登录。

贾森9号，欢迎回来！正在为你登录聊天室！

这次对话长了许多，见到参与者如此众多，我不禁冷汗直流。
我浏览了所有的对话，一直看到最近一则信息，不到一分钟前留的。

贾森42号：至少从下午两三点开始，屋里就没人了。
贾森28号：所以是谁干的？
贾森4号：我跟踪丹妮拉从伊丽娜街四十四号去了加利福尼亚北路的警察局。
贾森14号：她去那里做什么？

贾森 25 号：她去那里做什么？

贾森 10 号：她去那里做什么？

贾森 4 号：不知道。她进去以后就没再出来。她的本田还停在那里。

贾森 66 号：意思是说她知道了？她还在警局吗？

贾森 4 号：我不知道。一定出了什么事。

贾森 49 号：昨晚我差点被我们当中某个人杀死。他有我旅馆房间的钥匙，大半夜拿着刀跑进来。

我开始打字。

贾森 9 号：**丹妮拉和查理跟我在一起。**

贾森 92 号：安全吗？

贾森 42 号：安全吗？

贾森 14 号：怎么会？

贾森 28 号：拿出证据。

贾森 4 号：安全吗？

贾森 25 号：怎么会？

贾森 10 号：你这王八蛋。

贾森 9 号：怎么会这样不重要，不过，是的，他们都安全，也非常害怕。我想了很久，我想我们所有人都有同样的愿望，那就是无论如何都不能让丹妮拉和查理受到伤害，对吧？

贾森 92 号：对。

贾森 49 号：对。

贾森 66 号：对。

贾森 10 号：对。

贾森 25 号：对。

贾森 4 号：对。

贾森 28 号：对。

贾森 14 号：对。

贾森 103 号：对。

贾森 5 号：对。

贾森 16 号：对。

贾森 82 号：对。

贾森 9 号：我宁可死也不想看到他们出什么事。所以我有个提议。两天后的午夜，我们全部到电厂集合，平和地进行抽签。抽中的人就可以和丹妮拉和查理一起在这个世界生活。同时我们也要毁掉箱体，以免又有其他的贾森找来。

贾森 8 号：不要。

贾森 100 号：想都别想。

贾森 21 号：这要怎么做？

贾森 38 号：绝不可能。

贾森 28 号：先证明他们跟你在一起，不然就闭嘴。

贾森 8 号：为什么要碰运气？为什么不争取到底？就各凭

本事。

贾森109号：那输的人呢？自杀吗？

管理员贾森：为了不让这段对话变得语无伦次，我暂时冻结了所有参与者的账号，只留下我和贾森9号。其他人仍然可以观看对话内容。贾森9号，请继续说。

贾森9号：我明白这么做有很多地方可能出错。我可能会决定不现身，你们谁也不会知道。任何一个贾森都可能选择不参与，在一旁等待混乱平息之后，再对我们其中一人做出贾森2号所做的事。只不过我知道自己会遵守承诺，也许是我太天真，但我认为这表示你们所有人也都会遵守。因为你们遵守承诺不是为了我们，而是为了丹妮拉和查理。我还有另一个选择，就是带着他们远走高飞，换新的身份，一辈子逃亡，还要时时留意背后。尽管我很想和妻儿在一起，却不希望他们过这种日子。而且我没有权利独自占有他们。我是深深这么感觉，所以甘愿参加抽签，哪怕光是从人数看来，我几乎已注定要失败。我得先和丹妮拉谈过，但同时也要把消息传开。明天晚上我会再上线，告诉大家更多细节，也包括贾森28号要的证据在内。

管理员贾森：我想已经有人问过，那输的人怎么办？

贾森9号：我还不知道。现在最重要的是让我们的妻儿下半辈子过得平静安全。如果有人不这么想，就不配得到他们。

日光从窗帘透进来,晒醒了我。

丹妮拉在我怀里。

我就这么静静躺着,好久好久。抱着她。

这个非同一般的女人。

过了好一会儿,我抽出身,抓起堆在地上的衣服。

我在余火(其实只剩一堆灰烬)旁换好衣服,又丢进最后两块柴火。

我们起晚了。

壁炉上的时钟显示九点半,从水槽上方的窗户望出去,可以看见阳光斜斜射进常绿树与桦树群间,在我目光所及的林地上,照出许多光圈与黑影。

我走到屋外,在晨寒中步下门廊阶梯。

小屋后方的土地缓缓向下倾斜,连到湖边。

我走上一道积雪覆盖的码头,一直走到尽头。

离岸边一两米处有一圈薄冰,但现在才刚入冬,即使最近刮过暴风雪,其余湖面仍未结冰。

我拨掉一张长椅上的雪,坐下来,看着太阳悄悄从松林背后爬升上来。

寒意让人精神为之一振,仿佛喝了一杯浓缩咖啡。

水面上漫起一片薄雾。我听到身后雪地上响起嘎吱嘎吱的脚步声。

回过头,看见丹妮拉正踩着我的脚印,往码头走来。

她拿了两只冒着热气的马克杯，头发蓬乱得十分有型，几条毛毯像披肩一样披挂在肩头。当我看着她慢慢靠近，忽然惊觉这极有可能是我和她共度的最后一个早晨。明天一大早我就要回芝加哥。一个人。

她将两只杯子交给我，取下一条毯子将我包住，然后也坐到长椅上。我们喝着咖啡，眺望湖水。

我说："以前我总觉得我们会在这样的地方终老。"

"我怎么不知道你想搬到威斯康星来。"

"我是说年纪再大一点的时候，找一间木屋，整治一下。"

"你能整治什么呀？"她笑着说，"开玩笑的。我懂你的意思。"

"也许每年可以跟孙子到这里避暑。你可以在湖边画画。"

"那你要做什么？"

"不知道。也许终于能按进度把我订的《纽约客》杂志看完。反正能跟你在一起什么都好。"

她伸手摸了摸还绑在我无名指上的线圈。"这是什么？"

"贾森2号拿走了我的婚戒，起初有一段时间我开始变得混乱，不知道什么才是真实，不知道自己是谁，到底有没有和你结过婚。所以才在手指绑了这条线提醒自己：你——这个你——是存在的。"

她吻了我。

吻了很久。

我说："我得跟你说一件事。"

"什么？"

"在我醒来后的第一个芝加哥，就是我在一个关于平行宇宙的装置艺术展上找到你的那次……"

"怎么样？"她微笑问道，"你跟我上床了？"

"对。"

微笑顿时僵住。

她就这么瞪了我一会儿，然后用几乎没有情感的声音问道："为什么？"

"当时我不知道自己在哪里，或是发生了什么事。每个人都以为我疯了，我自己也慢慢这么觉得。后来我找到了你，这是我在一个完全不对劲的世界里，唯一熟悉的人事物。我多希望那个丹妮拉就是你，只可惜她不是，她不可能是，就像另一个贾森也不是我。"

"所以你就这样一路在平行宇宙里跟人上床？"

"只有那一次，而且事情发生的时候，我并不知道自己身在何处，也不知道自己是疯了还是怎样。"

"她表现如何？我表现如何？"

"也许我们不应该……"

"我也这么说过。"

"那好吧。就像你形容另一个贾森第一天回到家的情形一样。那就像在我还不知道自己爱上你以前，跟你在一起的感觉。"

就像再度体验到第一次那种不可思议的亲密联系。你现在在想什么？"

"我在想我应该要有多生气？"

"你为什么要生气？"

"哦，这就是你的论点？反正是另一个我，所以不算外遇？"

"我是说，至少这是原版。"

她忍不住被逗笑了。

她会被逗笑正足以说明我为什么爱她。

"她是什么样的人？"丹妮拉问道。

"她是个没有我、没有查理的你。好像在跟瑞安·霍尔德交往。""不会吧。我是个很成功的艺术家？"

"是的。"

"你喜欢我的装置艺术吗？"

"太棒了，你太棒了。尔想不想听听？"

"好啊。"

我向她描述那座亚克力迷宫，描述走在里面的感觉，描述那令人惊叹的影像、壮观的设计。

她听得双眼发亮。但也感伤起来。

"你觉得我快乐吗？"她问道。

"什么意思？"

"在我放弃了那么多而成为那个女人以后。"

"我不知道。我只和那个女人在一起四十八小时。我认为她就像你、像我、像每一个人一样，有自己的遗憾。我想她偶尔午夜梦回，也会怀疑自己当初选择的路对不对，会担心自己选错路，会好奇和我在一起的人生会是什么样子。"

"有时候我也会好奇这些事。"

"我看过好多版本的你，有些跟我在一起，有些没有，有艺术家、有老师、有平面设计师。但说到底，一切都只是人生。我们看到它的宏观面，像一个大故事，可是一旦进入其中，也不过就是日常生活，对吧？这不正是人需要学着以平常心看待的事吗？"

湖心处有条鱼一跃而出，溅起水花后，在玻璃般的水面泛起一圈又一圈完美的涟漪。我说："昨天晚上，你问我要怎么解决这件事。"

"有什么好主意吗？"

我第一个直觉就是保护她，不让她知道我的打算，可是我们的婚姻不是建立在保密上面。我们俩无所不谈。即使是最艰难、难以启口的事。这是我们夫妻关系中深扎的根基。

因此我说出昨晚在聊天室的提议，眼看着她脸上先后闪过愤怒、恐惧、惊愕与不安的表情。

最后她说道："你想把我当奖品送出去？就像一篮没人要的水果？"

"丹妮拉……"

"我不需要你有什么英雄之举。"

"不管怎么样,我都会回到你身边。"

"但那是另一个你。你的意思是这样,对吧?万一他也跟毁掉我们人生的那个王八蛋一样呢?万一他不像你这么好呢?"

我转移目光,望向湖的另一头,一面眨去泪水。

她问道:"你为什么要牺牲自己,让别人跟我在一起?"

"我们都必须牺牲自己,丹妮拉。这是你和查理唯一的出路。求求你,就让我恢复你们在芝加哥的安全生活吧。"

我们走回屋里时,查理正在炉子上煎薄饼。

"好香啊。"我说。

他问道:"你可以弄你那个水果的玩意儿吗?"

"当然可以。"

我花了点时间才找到砧板和刀子。

我站在儿子旁边,先在锅子里将枫糖浆用慢火煮沸,再把削皮切丁的苹果放进去。

从窗口可以看到太阳爬得更高了,森林中明晃晃的。

我们一起吃早餐,轻松闲聊,有好几度感觉近乎正常,"这有可能是最后一次和他们共进早餐"的事实,并未一直盘踞在我心头。

中午刚过不久,我们徒步到镇上去,走在褪去色彩的乡村道路中央,阳光底下的路面已经干了,阴影处仍有积雪。

我们在一家二手店买了衣服，然后去一家小戏院看早场电影，是六个月前上院线的片子。是一部荒唐的浪漫喜剧。正符合我们的需求。

我们一直待到片尾字幕跑完、灯光亮起，走出戏院时，天色已暗。

来到城边上，我们走进唯一一家开业的餐厅碰碰运气，店名叫"冰河公路"。

我们坐在吧台的位子。

丹妮拉点了一杯黑皮诺，我自己点啤酒，给查理点了可乐。

餐厅里挤满了人，这是威斯康星州冰河镇上，唯一会在平日夜晚营业的店家。

我们点了些吃的。

我又喝了杯啤酒，接着再一杯。

不久，我和丹妮拉都有些许醉意，餐厅里也更加嘈杂。

她一手搁在我腿上。

双眼因为喝了酒而失去光彩。能够再次离她这么近，感觉真好。我尽量不去想现在发生的每件小事都将是我最后一次的体验，但既然心知肚明，难免沉重无比。

餐厅里仍持续不断地涌入客人。美妙的嘈杂声。

后侧的小舞台上，有支乐队开始在做准备。

我喝醉了。没有找碴儿挑衅也没有发牢骚。只是醉得恰到好处。

只要心思一飞到其他地方，我就把它打乱，让自己专心于当下。

台上表演的是一支四人组乡村西部乐队，不久我和丹妮拉已经和一群人在狭小的舞池跳起慢舞来。

她的身体紧贴在我身上，我一手搂着她的后腰，耳边听着铁弦吉他的声音，加上她凝视我的眼神，我真恨不得立刻带她回到那张床头板松脱、吱嘎作响的床上，把墙上所有相框都撞落下来。

我和丹妮拉大声笑着，我却不知道为何而笑。
查理说："你们俩都醉了。"
他或许言过其实，但也不算太夸张。
我说："我们需要发泄一下。"
他对丹妮拉说："已经一整个月没有这种感觉了，对不对？"
她看着我。
"对，没错。"
我们跟跟跄跄走在漆黑的公路上，前后都没有车灯。
树林里万籁俱寂。连一丝风也没有。
静得像幅画。

我锁上我们的房门。
丹妮拉帮我把床垫搬下床。
我们把它放到地板上，关了灯，身上脱得一丝不挂。

尽管开着电暖器,房里还是冷飕飕的。

我们光着身子钻进毯子底下,冷得直发抖。

她的肌肤与我相贴,平滑而冰凉,她的嘴柔嫩温热。

我亲吻她。

她说她需要我立刻进入她的身体,说她快受不了了。

和丹妮拉在一起不是像回家。

这就是家。

我记得曾经想起过十五年前第一次和她做爱,觉得好像找到一样我甚至不知道自己一直在寻找的东西。

今晚,当硬木地板在我们身子底下轻轻呻吟,少许月光从窗帘缝间流泻进来,照亮她张着嘴、头往后仰、低声却急切地呼唤我名字的模样。这就是家的感觉更加强烈了。

我们汗流浃背,寂静中心跳怦然。

丹妮拉用手指梳过我的头发,我最喜欢她像这样在黑暗中凝视着我。"怎么了?"我问道。

"查理说得对。"

"哪方面?"

"他在回家路上说的那句话。自从贾森2号来了以后,我们**从来**没有像这样过。谁都代替不了你,就算是你也一样。我不断地想起我们相遇的情景。在那个人生阶段,我们有可能邂逅任何人。但偏偏是**你**出现在那个后院派对上,从那个痞子手里把我救出来。我知道我们相恋有一半是因为我们很来电,但另一半原因也同样神奇。原因很简单,你刚好就在那一刻走进我的生命。是你而不是其他人。就某些方面说来,这不是比来电本身更不可思议吗?我们竟然能找到彼此!"

"是很神奇。"

"我发觉到,同样的事昨天又发生了。那么多个贾森当中,是你在快餐店里演了那出闹剧,把自己送进拘留所,才能让我们安全团聚。"

"你是说这是命中注定。"

她微微一笑。"我想我要说的是'我们又再一次找到彼此'。"

我们又享受了一次鱼水之欢,然后入睡。

深夜时,她叫醒我,在我耳边悄声说:"我不要你走。"

我转身侧躺,面对着她。

黑暗中,她两眼睁得斗大。

我头在痛。

嘴巴发干。

正夹在酒醉与宿醉之间混沌不明的过渡期,愉悦也正慢慢转变成痛苦。

"要不要我们继续往前开?"她说。

"去哪里?"

"不知道。"

"那要怎么跟查理说?他有他的朋友,也许还有女朋友。"

难道就叫他把这些都忘了？他好不容易才开始喜欢上学。"

"我知道，"她说，"我也不想这样，不过没错，我们就这么跟他说。"

"我们的居住地、朋友、工作……我们得靠这些事情来定义自我。"

"但不是全靠这些。只要和你在一起，我就能百分之百知道自己是谁。"

"丹妮拉，我是巴不得能跟你在一起，可是假如我明天不这么做，你和查理永远不会安全。而且不管怎么样，你都还是有我。"

"我不要你的其他分身，我要你。"

我在黑暗中醒来，头不停抽痛，口干舌燥。

穿上牛仔裤和衬衫后，蹒跚走过走廊。

今晚没有生火，整个一楼唯一的光源，就是插在厨房料理台上方插座的一盏微弱夜灯。我从柜子里拿出杯子，盛了一杯水龙头的水。

一饮而尽。

再盛一杯。

中央空调停止了运作。

我站在碗槽前面，小口小口喝着冰凉的井水。

小屋悄然无声，甚至可以听见远处角落里，地板木材纤维膨胀与收缩发出的哔剥声。我从厨房水槽上方的窗子,凝望外面的森林。

我很高兴丹妮拉想要我,但却不知道接下来该往何处去,不知道该怎么保护他们安全。我开始头晕。

在吉普车稍微后面一点的地方,有个东西引起我注意。

有个黑影在雪地上移动。

肾上腺素立刻飙升。

我放下杯子,往前门走去,穿上靴子。

到了门廊上,我扣好衬衫的扣子,走进前门阶梯与车子之间脚印杂沓的雪地。

然后再经过吉普车。

就在那里。我看见了在厨房里留意到的东西。

我趋近时,它还在移动。

体型比我原先想的还大。

很像个男人。

不。

天哪。就是个男人。

他拖行过的路径看得清清楚楚,因为身后留下血迹,在星光下看起来是黑色的。

他一边爬向前门廊一边呻吟。看来他永远也爬不到。

我走到他身边蹲跪下来。

是我,从外套到速度实验中心的背包再到手指上的线戒,都是我。

他一手抱着不断涌出血来的肚子，抬起头看我，那是我这辈子见过最绝望的眼神。

我问道："是谁干的？"

"我们当中的一个。"

"你怎么找到这里来的？"

他咳出一口血雾。

"救我。"

"来了多少人？"

"我想我快死了。"

我环顾四周，马上就扫描到一对血脚印从这个贾森所在处移向吉普车，接着绕过小屋侧面。

垂死的贾森在喊我的名字。

我们的名字。

哀求我救他。

我也想救他，可是满脑子却只想到：他们找到我们了。

他们不知用什么方法找到我们了。

他说："别让他们伤害丹妮拉。"

我回头看看车子。

刚才一开始没发现，但现在看到四个轮胎都被划破。

就在不远的雪地里，我听见有脚步声。

我扫视林间想看看有什么动静，可惜星光未能照进更外围、更浓密的森林。

他说:"我还没准备好。"

我低头看着他的双眼,感觉到自己心里的惊慌恐惧逐渐加剧,"如果这是尽头,勇敢一点吧。"

忽然一声枪响划破寂静。

声音来自小屋后方,湖畔附近。

我跑过雪地,经过吉普车,冲向前门,试图分析现在是怎么回事。

小屋里,丹妮拉喊着我的名字。

我爬上阶梯。从前门冲进屋去。

丹妮拉正要从走廊下来,身上裹着毯子,从主卧室洒出的光线照亮她的背后。

儿子则从厨房过来。

丹妮拉与查理在起居室会合后,我反手将前门锁上。

她问道:"刚才那是枪声吗?"

"是。"

"出了什么事?"

"他们找到我们了。"

"谁?"

"我。"

"那怎么可能?"

"我们马上就得走。你们俩到我们的房间去,换好衣服,赶紧收拾东西。我去检查后门有没有上锁,然后就去跟你们会合。"

他们走过走廊。

前门没有问题。

那么要进屋便只剩下从装设了纱窗纱门的密闭式后门廊通往客厅的那扇落地窗了。

我穿过厨房。

丹妮拉和查理会期待我告诉他们接下来该怎么办。

而我毫无概念。

不能开车。只能徒步离开。

当我来到客厅,思绪有如汹涌澎湃的意识流。

我们需要带上什么东西?

电话。

钱。

我们的钱呢?

放在卧室抽屉柜最底层的一个信封里。

另外还需要什么?

有什么是不能忘记的?

有多少个我追踪到了这里?

我今晚会死吗?

被自己所杀?

我在黑暗中摸索前进,经过沙发床,来到落地窗前。伸出手去检查门把时便惊觉了——这里不应该这么冷。

除非最近开过落地窗。

譬如几秒钟前。

现在锁住了,我却不记得上过锁。

透过玻璃窗,可以看见后院平台上有东西,可是太暗了,看不清任何细节。好像在动。我得回到家人身边。

才刚刚从落地窗前转身,沙发床后面便窜出一个黑影。

我的心瞬间停止跳动。

一盏灯忽然亮起。

我看见自己站在三米外,一手按着电灯开关,另一手拿枪指着我。

他身上只穿了一条四角短裤。

两手沾满鲜血。

他用枪口对准我的脸,一面绕过沙发,一面轻声说:"把衣服脱掉。"

他脸上那道疤痕暴露了他的身份。

我回头瞄向落地窗外。

灯光的亮度正好让我可以看见后院平台上有一堆衣物——Timberland鞋子和毛呢外套——还有另一个贾森侧躺在地,头倒在血泊中,喉咙被割开。

他说:"我不会再说一遍。"

我开始解开衬衫扣子。

"我们认识。"我说。

"那还用说。"

"不,你脸上的伤。两天前的晚上,我们一起喝过啤酒。"

我眼看这条信息让他有所触动,却并未如我预期让他改变心意。

他说:"这改变不了什么。到此为止了,兄弟。换作是你,你也会这么做的,这你知道。"

"老实说,我不会。我起先也以为我会,但我不会。"

我最后脱下袖子,把衬衫丢给他。

我知道他的打算:穿上我的衣服,到丹妮拉面前假装是我。他还得重新划开脸上的疤,好让它看起来像新的伤口。

我说:"我想了一个可以保护丹妮拉的计划。"

"是啊,我看到了。但我不会牺牲自己,让别人跟我的妻儿在一起。还有牛仔裤。"

我解开裤子的纽扣,心想我失算了。我们并不是全部都一样。

"你今晚杀了多少个我们?"我问道。

"四个。如果有必要,我会杀死上千个你。"

我慢慢脱下牛仔裤,先脱一边再脱另一边,同时说道:"你在箱体里面,在你提到的那些世界里,发生了一些事情。是什么让你变成这样?"

"也许你没那么想和他们团圆。如果是这样,你就不配……"

这时我趁机将牛仔裤丢向他的脸,朝他冲过去。

我两手抱住贾森的大腿，使尽全力把他抱起来，直接往墙壁撞过去，他一口气喘不过来。枪掉落在地上。

我趁贾森痛得缩身之际把枪踢进厨房，同时用膝盖猛力撞上他的脸。

我听见骨头碎裂的声音。

接着我一把抓住他的头，膝盖往后拉，正打算再撞一次，不料他从底下扫我的左脚。

我砰一声倒在硬木地板上，重重撞到后脑勺，痛得眼冒金星。转眼间他已经压到我身上，一手掐住我的喉咙，血不断从他受伤的脸滴下来。

他打我的时候，我感觉到颧骨断裂，左眼下方一阵有如恒星爆炸般的剧痛。

他又接着打。

我在血泪迷蒙中眨着眼睛，再次得以看清时，他正握着刀向我挥刺而来。

一声枪响

我开始耳鸣。

一个小黑洞穿透他的胸骨，血涌了出来，顺着他胸膛中央流下。他手中的刀子也落在我身旁的地上。我看着他用一根手指插入弹孔，想把它塞住，但血仍泉涌不止。

他吸了口气，气息中带着湿湿、粗粗的杂音，同时抬头看着开枪射他的人。

我也伸长脖子去看,恰好看见另一个贾森用枪指着他。这一个胡子刮得干干净净,穿着一件黑色皮夹克,是十年前结婚纪念日丹妮拉送我的礼物。

他的左手上,一枚金色婚戒闪闪发亮。

是我的戒指。

贾森2号又开一枪,第二颗子弹削过我的攻击者的头骨侧边。他跟跄倒下。

我转过身,慢慢坐起来。

啐了一口血。

脸上热辣辣的。

贾森2号拿枪瞄准了我。

他就要扣下扳机。

我真真切切看见了自己的死亡降临,脑海中浮现的不是话语,而是自己小时候在艾奥瓦州西部,爷爷家农场上的一连串画面。暖和的春日,辽阔的天空,玉米田,我在后院里,盘着球朝向防守"球门"的哥哥推进——球门其实就是两棵枫树间的空地。

我暗忖,为何濒死前的最后记忆会是这个?当时的我最快乐吗?是最纯正的自己吗?

"住手!"

丹妮拉站在厨房的角落里,已经换好衣服。

她看看贾森2号。

然后看看我。

又看看被子弹贯穿脑袋的贾森。

再看看密闭式门廊内,喉咙被割断的那个贾森。

然后也不知是怎么办到的,她不带一丝颤音地问道:"我丈夫在哪里?"

贾森2号似乎一时不知所措。

我擦去眼睛的血,"我在这里。"

"我们今天晚上做了什么?"她问道。

"我们边听着差劲的乡村音乐边跳舞,然后回家,然后做爱。"我看着那个夺走我人生的男人,"就是你绑架我的?"

他看着丹妮拉。

"她全都知道了。"我说,"没有必要再说谎。"

丹妮拉问道:"你怎么能这么对我?这么对我们家人?"

查理出现在母亲身边,四周的可怕景象他都看在眼里。

贾森2号看着她。然后看着查理。

贾森2号和我只相隔不到两米,但我坐在地上。

我还没能碰到他,他就会开枪了。

我心想,让他说话。

"你怎么找到我们的?"我问道。

"查理的手机有搜索电话位置的软件。"

查理说:"我只是昨天深夜开机发了一条信息。我不想让安琪拉以为我把她甩了。"

我看着贾森2号说:"那其他贾森呢?"

"不知道。大概是跟着我来的吧。"

"有多少人?"

"我不晓得。"他转向丹妮拉,"凡是我想要的,我都得到了,除了你。我一直没法忘记你,一直在想我们若没分手会怎样,所以我才……"

"十五年前,在你还有机会的时候,你就应该留下。"

"那么我就造不出这个箱体了。"

"那可真是太好了,为什么呢?你自己看看,你一生的心血除了带来痛苦还有什么?"他说,"每个时刻、每次呼吸,都包含了一个选择。可是人生是不完美的。我们会做错选择,所以最后总会活在无尽的懊悔中,还有什么比这个更糟的吗?事实上我建造的这样东西,能将懊悔连根拔除,让我们找到做出正确选择的世界。"

丹妮拉说:"人生不是这样运作的。你要承担自己的选择,从中学到教训,而不是投机取巧。"

这时候我慢慢地,将重心移到脚上。

可是他发现了,说道:"试都别试。"

"你要当着他们的面杀了我?真的吗?"我问道。

"你曾有过那么远大的梦想。"他对我说,"你大可以待在我的世界,待在我打造的人生,好好过日子。"

"你就是拿这个理由为自己辩护?"

"我知道你的心思,知道你每天走路去搭电车上班时要面对的恐惧:**我这一生真的就是这样了吗?** 或许你有足够的勇气承认,也或许没有。"

我说:"你没有资格……"

"说实话,我绝对有资格评判你,贾森,因为我**就是**你。也许我们在十五年前分别进入不同的世界,但我们先天的条件是一样的。你不是天生来教大学物理,来看瑞安·霍尔德这样的人获得了原本应该属于你的荣耀。你**没有**什么做不到的,我知道,因为我全做到了。看看我打造了什么。我可以每天早上在你那栋褐石屋醒来,问心无愧地看着镜中的自己,因为我实现了我想要的一切成就。你能说出同样的话吗?你成就了什么?"

"我和他们一起创造了人生。"

"我把每个人暗自希望的东西交给了你,交给了我们俩。那就是过两种人生,我们最好的两种人生。"

"我不要两个人生,我要他们。"

我看看丹妮拉,又看看儿子。

丹妮拉对贾森2号说:"而我也要他。拜托你,让我们过自己的生活吧,你用不着这样。"

他的表情转趋强硬。

眼睛眯了起来。

往我这边移动。

查理尖叫道:"不要!"

枪口离我的脸只有几厘米。

我直视着我的分身的双眼,问道:"你现在杀了我,然后呢?你能得到什么?她不会因为这样就想要你。"

他的手在颤抖。

查理眼看就要朝贾森2号扑过去。

"不许你碰他。"

"别冲动,儿子。"我瞪着枪管,"你输了,贾森。"

查理还是过来了,丹妮拉抓住他的手臂试图阻止,却被他挣脱。

查理接近时,贾森2号的目光从我身上移开了那么一刹那。

我立刻一巴掌挥掉他手中的枪,抓起地上的刀子,深深刺进他的肚子,刀刃几乎毫无阻力地往内滑入。

我站着,手用力一扭将刀子抽出,当贾森2号倒向我,抓住我的肩膀时,我再次把刀刃往里送。

刺了一次、一次又一次。

好多血从他的衬衫渗透到我手上,屋内弥漫着铁锈般的血腥味。

他紧紧抓着我,刀子还插在他肚子上。

我想到他和丹妮拉在一起的情形,恨得将刀刃用力一转拔了出来,然后将他推开。

他摇摇晃晃。

皱着脸。

抱着肚子。

血从他的指缝间流出来。

他的腿再也无力支撑。

他坐了下来,然后随着一声呻吟侧身倒地,头靠在地板上。

我两眼直盯着丹妮拉和查理不放。过了一会儿才走到贾森2号身旁,不理会他的呻吟,只顾往他口袋里摸索,最后终于找到我的车钥匙。

"雪佛兰停在哪里?"我问道。

他回答时,我得贴近才听得清。"岔路口再过去四百米,停在路肩。"

我奔向刚才脱下的那堆衣服,很快地穿上。

扣好衬衫纽扣后,我弯腰去系靴带,无意间瞄了贾森2号一眼,他就这样躺在这间老旧木屋的地板上,血流不止。

我拿起地上的枪,在牛仔裤上擦了擦枪把。

我们得走了。

谁知道还有多少人会来。

我的分身喊了我的名字。

我看过去,只见他沾满血的手里拿着我的结婚戒指。

我走向他,取过戒指,直接套到无名指的线圈上面。这时贾森2号抓住我的手臂,把我往下拉向他的脸。

他有话想说。

我说:"我听不见。"

"看……看……车上置物箱里面。"

查理走过来，猛力地环抱住我，强忍着泪水，但他的肩膀不停抖动，最后还是哭了起来。当他像个小男孩在我怀里哭泣，我不禁想到他刚刚目睹的可怕情景，忍不住也热泪盈眶。

我两手捧起他的脸，说："是你救了我。要不是你试着阻止他，我绝不可能有机会。"

"真的吗？"

"真的。而且我还要把你那支该死的手机踩烂。好了，我们该走了。从后门。"

我们跑过客厅，一面闪避一摊摊的血。

我打开落地窗，当查理和丹妮拉进到密闭式门廊，我往后觑了一眼这一切的始作俑者。

他的眼睛还睁着，缓缓地眨动，看着我们离开。

到了外面，我随手将门关起。

来到纱门之前，还得再涉过另一个贾森的血泊。

不知该往哪边走。

我们往下走到湖边，沿着水岸线往北穿过树林。

湖水又黑又光滑，宛如黑曜石。

我不断环视树林，寻找其他贾森的踪迹——随时可能会有一个从树后面冒出来要杀我。走了百来米后，我们离开了湖岸边，往马路的方向移动。

小屋传出四声枪响。

此时我们开始奔跑,费力地在雪地里跋涉,三人都气喘吁吁。

激增的肾上腺素让我感觉不到脸被打伤的疼痛,但还能撑多久呢?

我们冲出森林来到马路上。

我站在双黄线上,片刻间,树林里安静无声。

"往哪边?"丹妮拉问道。

"往北。"

我们沿着路中央跑。

查理说:"我看到了。"

就在正前方,右线道的路肩上,我发现我们那辆雪佛兰半停进树林里,只露出车尾。我们一一上车后,我插入钥匙,忽然从侧面后视镜瞥见有动静——路上有个黑影冲了过来。我连忙发动引擎,松开手刹车,然后挂挡。

我将车猛然回转后,油门踩到了底。

我说:"趴下。"

"为什么?"丹妮拉问。

"赶快趴下!"

我们加速驶入黑暗中。

我打开车灯。

直接照见一个贾森站在路中央,举枪对准了车。

接着一声枪响。

一颗子弹打穿挡风玻璃,射入头枕,离我的右耳只差两三厘米。

枪口火光再次闪动，又一记枪响。

丹妮拉大声尖叫。

我的这个分身该有多沮丧绝望，竟然甘冒打中丹妮拉和查理的风险？

贾森试图闪躲，却晚了一秒钟。

保险杠右侧边缘撞到他的腰，这一撞可不轻。

他很快被重重抛摔出去，头直接撞击到副驾驶座侧的玻璃，力道之大把玻璃都撞破了。我仍继续加速前进，只从后视镜看着他滚过马路。

"有人受伤吗？"我问道。

"我没事。"查理说。

丹妮拉重新坐起来。

"丹妮拉。"

"我也没事。"她边说边拨落头发里的车窗玻璃碎片。

我们疾驶过幽暗的公路。

谁都没有说话。

现在是凌晨三点，路上只有我们一辆车。

夜风从挡风玻璃的子弹孔流泄进来，车子行驶的噪声从丹妮拉旁边那扇破掉的玻璃传入，震耳欲聋。

我问道："你的手机还在吗？"

"在。"

"给我。你的也是,查理。"

他们递过手机后,我将我这侧的窗子摇下几厘米,把手机扔出车外。

"他们还会再来,对不对?"她问道:"他们永远不会停止。"

她说得对,其他那些贾森不可靠,我抽签的提议错了。

我说:"我本来以为有办法可以解决的。"

"现在我们怎么办?"

我顿时感到心力交瘁。

我的脸一秒比一秒更疼。

我望着丹妮拉。"打开置物箱。"

"要找什么?"她问道。

"我也不知道。"

她拿出了车主使用手册、我们的保险和车辆登记文件。

一个胎压计、一个手电筒。

然后是一个我再熟悉不过的小皮袋。

15

我们此时坐在被枪打得满目疮痍的雪佛兰车上,车子则停在一个空荡荡的停车场。

我开了整夜的车。

仔细照照镜子,发现左眼发紫,肿得厉害,左边颧骨部位也因为皮下大量出血而变黑。整张脸一碰就痛不可当。

我回头看看查理,再看看丹妮拉。

她伸手越过中央置物箱,用指甲顺着我的颈背轻抚而下。

她说:"我们还有什么选择?"

"查理,你说呢?这也是你要做的决定。"

"我不想离开。"

"我知道。"

"但我想我们非走不可。"

我的意识中闪过一个非常奇怪的念头,仿佛夏日流云。

我们分明已经山穷水尽。我们所建立的一切——房子、工作、朋友、群体生活——全都没了,如今只剩下彼此,但在此时此刻,我却感到前所未有的快乐。

早晨的阳光从屋顶的裂缝洒进来,在阴暗荒凉的廊道上映出斑驳亮点。

"这地方真酷。"查理说。

"你知道你要去哪里吗?"丹妮拉问。

"很不幸,我能带我们去的地方只能盲目前去。"

当我引领他们通过一条条废弃走道时,已经不只是筋疲力尽,全靠咖啡因与恐惧支撑着。从小屋取得的枪塞在背后腰带里,贾森2号的小皮袋则夹在腋下。我忽然想到,黎明时分开车前来南区,在经过市中心西侧时,竟然一眼都没有瞥向建筑群的天际线。

哪怕最后再看一眼都好啊。

我感觉到一丝悔意,但随即压制下来。

我想到那无数个夜晚,自己躺在床上想象:如果情势有所不同,如果我选择的岔路不是当父亲与平凡的物理教授,而是在我的领域中发光发热,会是什么样子?我想总归一句话,就是人都想要得到自己没得到的东西,认为只要做了不同选择就能得到那些东西。

但事实上,我也做了许多不同的选择。

因为我不单只是我。

我对于自身认知的理解被完全粉碎了——有一个名叫贾

森·德森的人**曾经**做过每一种可能的选择，也过了每一种可以想象得到的生活，而我只是这个具有无限多面向的人其中一面。

我不由得认为我们其实是自己所有选择的总和，就连我们原本**可能**选择的路，多少都应该要纳入身份计算的考量当中。

不过其他的贾森都不重要。

我不想要他们的生活。

我想要我的。

因为尽管一切都一塌糊涂，我还是哪里都不想去，只想和这个丹妮拉、这个查理在一起。只要有一丁点儿不一样，他们便不是我爱的人。

我们慢慢走下楼梯前往发电室，足音回荡在空阔、开放的空间里。

到了距离底端一层楼的地方，丹妮拉说："那下面有人。"

我停下脚步。

双眼凝视下方幽暗处时，开始觉得嘴巴发干。

我看见一个原本坐在地上的男人站起来。

接着他旁边又站起一个。

接着又一个。

在最后一台发电机与箱体间的整个阴暗处，我的各个分身一一站起身来。

该死。他们为了抽签提早来了。

有数十人。全部都看着我们。

我回头往楼梯上面看,血液奔涌进耳内,惊慌之余只听见一阵如瀑布般的哗哗声,一时间将所有声音都隔绝在外。

丹妮拉说:"我们不跑。"她从我的腰带拔出枪,一手勾住我的臂弯,"查理,抓住你爸爸的手臂,不管发生什么事都别放手。"

"你确定要这样吗?"我问道。

"百分之一百万确定。"

我两手分别被查理和丹妮拉勾住后,缓缓跨下最后几阶,走过破裂的水泥地。

我的众分身就站在我们与箱体之间。

室内就像没有氧气。

四下只有我们的脚步声,以及从高处没有玻璃的窗口吹进来的风声。

我听到丹妮拉吐出颤抖的气息。

我感觉到查理的手心在冒汗。

"继续走。"我说。

他们当中有个人站出来。

他对我说:"这和你提议的不一样。"

我说:"事情有了变化。昨晚,我们当中有几个人试图想杀死我,而且……"

丹妮拉打断我:"有个人对着我们的车开枪,而查理在车上。就这样,没得说了。"

她拉我往前。我们向他们逐步接近。

他们并未让路。

有人说："现在你来了，我们就来抽签吧。"

丹妮拉把我的手臂抓得更紧。

她说：我和查理要和**这个**男人进入箱体。"她声音忽然沙哑。"如果还有其他方法……但我们最多也只能做到这样。"

无可避免——我与最靠近的贾森四目相交，他的羡慕与忌妒鲜活而强烈，仿佛触手可及。他一身破烂衣服，散发着无家可归与绝望的臭味。

他用一种愤怒低吼的声音对我说："为什么是你得到她？"

站在他旁边的贾森说："问题不在他，而在于丹妮拉想要什么，我们的儿子需要什么。这才是现在最重要的。让他们过去吧，各位。"

大家开始退开。

我们慢慢通过众位贾森排列成的廊道。

有些人在掉泪。

炽热、愤怒、绝望的泪水。

我也是。

丹妮拉也是。

查理也是。

其他人则是表情坚忍、紧绷。

最后一个终于也退开了。

箱体就在眼前。大门洞开。

查理先进去，接着是丹妮拉。

我的心在胸腔里猛烈跳动，总觉得会有什么事情发生。

到了这个地步，再也没有什么能令我意外。

我跨过门槛，手放在门上，最后再看一眼我的世界。

这幅景象我毕生难忘。

阳光穿过高处的窗子照射在底下的旧发电机上，我的五十几个分身全部盯着箱体看，四下一片惊愕、诡异、身心交瘁的沉默。

箱体大门的关闭机制启动了。

门闩卡入定位。

我打开手电筒，看着家人。

有一度，丹妮拉眼看就要崩溃，但毕竟还是克制住了。

我拿出针筒、针头、安瓿。

将一切准备就绪。

就像以前那样。

我帮忙将查理的袖子卷到手肘上方。

"第一次会有点猛，准备好了吗？"

他点点头。

我按住他的手，将针头插入血管，推杆往后拉，看见血混入注射筒内。

当我将瑞安研制的整剂药打入儿子的血管,他随即翻起白眼,砰的一声倒靠在墙边。我把止血带绑到自己手臂上。

"药效会持续多久?"丹妮拉问。

"大约一个小时。"

查理坐了起来。

"你还好吧?"我问道。

"感觉好奇怪。"

我给自己打了针。已经有几天没注射,药性的冲击似乎更甚以往。

等我恢复过来,又拿起最后一根针筒。

"该你了,亲爱的。"

"我讨厌打针。"

"放心,我已经很熟练了。"

不久我们三人都感受到药效发作。

丹妮拉从我手里拿过手电筒,并从门边退开。

当灯光照亮长廊,我观察她的脸,观察儿子的脸。他们的表情很害怕,充满敬畏。我回想起自己第一次看见长廊时,满怀忧惧与惊叹的感觉。

那是一种不存在任何地方的感觉。

介于中间地带。

"它有多长?"查理问。

"没有尽头。"

我们一起沿着这条无限延伸的长廊走下去。

我不太敢相信自己又回到这里。

而且是跟他们一起。

说不出这是什么样的感觉，总之不是之前那种赤裸裸的恐惧。

查理说："所以说这每一扇门……"

"都通往另一个世界。"

"哇。"

我看着丹妮拉问道："你还好吗？"

"很好，我跟你在一起。"

我们已经走了好一会儿，时间快用完了。

我说："药效很快就会消失，我们恐怕是该离开了。"

于是我们在一道与其他门全然无异的门前停住。

丹妮拉说："我在想，其他那些贾森都找到了回自己世界的路，谁敢说他们不会找到我们最后落脚的世界？理论上，他们的想法都跟你一样，对吧？"

"对，不过这次开门的不会是我，也不会是你。"

我转向查理。

他说："我？万一被我搞砸了呢？万一我把我们带到一个可怕的地方呢？"

"我相信你。"

"我也是。"丹妮拉说。

我说:"即使开门的人是你,进入下一个世界的路其实是我们,我们三人共同创造的。"查理看着门,神情紧张。我说道:"我已经试着向你解释箱体的运作方式,不过暂时把那些都忘记。重点是,箱体和人生其实没什么不同,如果你带着恐惧进去,就会发现恐惧。"

"可是我根本不知道该从何开始。"他说。

"这是一面空白画布。"

我抱抱儿子。告诉他我爱他。告诉他我有多么以他为傲。

然后我和丹妮拉坐到地上,背靠着墙,面向查理和门。她把头倚在我肩上,握着我的手。昨晚开车来的路上,我以为要走进新世界的这一刻我会非常害怕,没想到一点也不。反而充满童稚的兴奋,想看看接下来会怎样。

只要家人与我同在,我已准备好面对一切。

查理往门口上前一步,握住门把。

就在开门前,他吸了一口气,回头瞅我们一眼,显露出一种我从未见过的勇敢与坚强。

像个男人。

我点点头。他转动门把,我听见门闩向外滑开。

一道光刃刺入长廊,光芒耀眼,我不得不暂时遮蔽双眼。眼睛好不容易适应后,我看见箱体开启的门口映着查理的身影。

我一面起身一面拉起丹妮拉,我们走向儿子时,冰冷、毫无生气的真空长廊里充满温暖与光亮。

从门口吹入的风带着湿润泥土与不知名花朵的香气。

是一个暴风雨刚过的世界。

我把手搭在查理肩上。

"准备好了吗？"他问道。

"我们就在你身边。"

致 谢

《人生复本》是我写作生涯中最困难的一本书。写作过程中,若没有那一大群慷慨、有才华又了不起的人给予帮助与支持,让我的天空豁然开阔,我绝不可能撑到终点。

这一次,我的经纪人兼好友 David Hale Smith 确实变出了神奇魔术,而这一路走来,也多亏 Inkwell Management 经纪公司的全体团队在背后支持。感谢 Richard Pine 在我们最需要的时候,提供了睿智的建议,感谢聪明又有毅力的 Alexis Hurley,将我的作品发行到国际;也感谢 Nathaniel Jacks,神奇的文件处理专家。

我的影视经纪人 Angela Cheng Caplan 与律师 Joel VanderKloot,在各方面都出类拔萃,很幸运能有他们帮我。

Crown 出版团队是我合作过的对象中极为顶尖的。他们对此书的热忱与付出,确实令人叹为观止。Molly Stern、Julian Pavia、Maya Mavjee、David Drake、Dyana Messina、Danielle Crabtree、Sarah Bedingfield、Chris Brand、

Cindy Berman，还有企鹅兰登书屋的每一个人，谢谢你们支持这本书。

另外要再次感谢我的优秀编辑 Julian Pavia，我从未受过如此严格的鞭策，也让此书的每一页都更加完善。

要想实现将《人生复本》拍成电影的梦，恐怕无法奢求到更坚强的团队了。深深感谢索尼影业的 Matt Tolmach、Brad Zimmerman、David Manpearl、Ryan Doherty 和 Ange Giannetti，也要感谢 Michael De Luca 与 Rachel O'Connor 当初对此书的大力支持。

Jacque Ben-Zekry 是我的《松林异境》（*Wayward Pines*）三部曲的编辑，尽管这本不是由她负责，她仍给予同样的关注。若少了她的精辟洞见，《人生复本》将会逊色许多。

承蒙物理学与天文学教授 Clifford Johnson 博士的协助，让我在讨论量子力学的重要概念时，不至于完全像个门外汉。书中若有什么地方说错了，错全在我。

若非诸多物理学家、天文学家与宇宙学家毕生致力于寻找关于人类生存本质的基本真相，我不可能写出《人生复本》来。史蒂芬·霍金、卡尔·萨根、Neil deGrasse Tyson、加来道雄、Rob Bryanton 与 Amanda Gefter 助我良多，让我对一切量子学的相关知识有了粗浅的认识。尤其是加来道雄所提出的池塘、锦鲤与超空间的优美比喻，更让我得以了解维数的概念，进而成为贾森向丹妮拉解释多重宇宙的基础。

有几位初期读者不辞辛苦看了多份草稿,一路以来也给了我许多不可或缺的反馈意见。在此特别感谢我的写作伙伴兼挚友 Chad Hodge、我的亲兄弟 Jordan Crouch、我同父异母的兄弟 Joe Konrath 与 Barry Eisler、可爱的 Ann Voss Peterson,以及我那主意特别多的灵魂伴侣 Marcus Sakey,两年前我造访芝加哥时,便是他在无数个看起来成功无望的想法中,为我点出此书的潜能,并鼓励我尽管心生恐惧也要动笔。正因为心生恐惧,才要动笔。我也要衷心赞扬(芝加哥)洛根广场的知名酒吧 Longman & Eagle,《人生复本》的大致形式与定位就是在这里清楚浮现的。

最后也是最重要的,我要感谢我的家人:Rebecca、Aidan、Annslee 和 Adeline。感谢你们的一切。我爱你们。

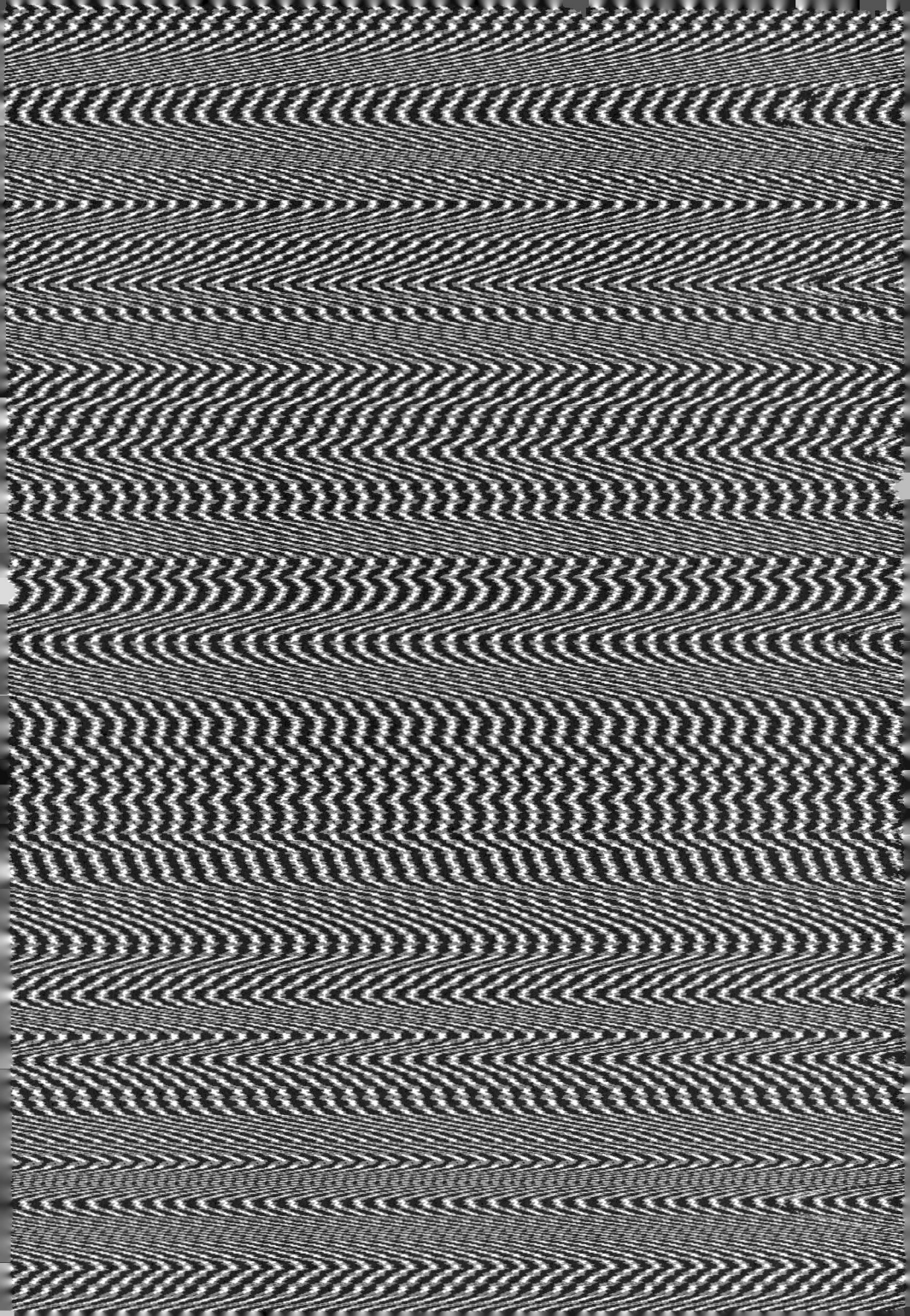

DA
MA